中坚代

新力量原创小说大系

寻找艾薇儿

苏兰朵 ◎ 著

XUNZHAO AIWEI'ER

时代出版传媒股份有限公司
安徽文艺出版社

图书在版编目(CIP)数据

寻找艾薇儿/苏兰朵著.—合肥:安徽文艺出版社,2015.3
(新生代作家小说精选大系)
ISBN 978-7-5396-5140-8

Ⅰ.①寻… Ⅱ.①苏… Ⅲ.①中篇小说–小说集–中国–当代②短篇小说–小说集–中国–当代 Ⅳ.①I247.7

中国版本图书馆 CIP 数据核字(2014)第 231828 号

出 版 人:朱寒冬			
策　　划:朱寒冬　张　堃		责任编辑:刘姗姗　张星航	
封面绘图:刘　菁		装帧设计:许含章	

出版发行:时代出版传媒股份有限公司　www.press-mart.com
　　　　　安徽文艺出版社　www.awpub.com
地　　址:合肥市翡翠路 1118 号　邮政编码:230071
营 销 部:(0551)63533889
印　　制:安徽新华印刷股份有限公司　(0551)65859128

开本:880×1230　1/32　印张:10.125　字数:260 千字
版次:2015 年 3 月第 1 版　2015 年 3 月第 1 次印刷
定价:28.00 元(精装)

(如发现印装质量问题,影响阅读,请与出版社联系调换)

版权所有,侵权必究

苏兰朵,原名苏玲,满族,1971年生,吉林松原人。中国作协会员,国家一级作家。1993年毕业于吉林师范大学中文系。2006年开始发表诗歌散文,2009年开始小说创作,作品多次被《诗选刊》《散文选刊》《小说选刊》《新华文摘》《中篇小说月报》等转载并入选多种年度选本。曾获中国作家出版集团奖、《长江文艺》完美文学奖、辽宁文学奖等奖项。出版诗集《碎·碎念》、散文集《曳航船》、长篇小说《声色》、随笔集《听歌的人最无情》。有诗歌、小说被翻译成德文、日文。

中篇小说

寻找艾薇儿 / 003

女　丑 / 044

初　恋 / 090

白裙子 / 128

百　合 / 170

短篇小说

苹　果 / 207

阳　台 / 235

彩　信 / 247

左　脚 / 267

碎花脸 / 288

香奈儿 / 307

中篇小说

1

我贩狗为生,今年26岁,叫张顺飞。

我有两个哥哥,所以贩狗的那帮哥们也叫我张三。张三不像一个具体人的名字,容易被人不信任。所以在我贩狗比较辉煌那几年,名片上都是规规整整地印着"张顺飞"。别人不像我这么规整,东北话叫"整景"。比如二毛的名片上就直接印着大大的"二毛"两个字,下面用小字标明专销博美、松狮、萨摩,然后是手机号。二毛说,其实只有卖什么狗和手机号是买狗的人需要的。至于名字,有两个功能,一个是给你打电话时的称呼,不能一打电话就说,"那什么,我要买狗。"得说,"你是二毛吗?我要买条松狮啊。"第二个功能是让人家容易记住。所以得简单特别一点。就像"老王太太糖葫芦""黄瘸子驴肉馆"之类的。二毛一直坚持叫我张三,后来简称三儿。

二毛是个黑胖子,有点像他的松狮种犬阿里,脸鼓得像个包子。一头羊毛卷，总是忘了剪也忘了洗，蓬松着，像顶着一朵大菊花，脏兮兮的。他一年四季都穿耐克，我鉴别了一下，春秋穿的那套防雨绸面料、挂绒里子的是真的，其余基本都是假货。其实二毛现在都买真的也买得起了，但是二毛舍不得。不熟悉他的人容易被种犬阿里一俊遮百丑地唬住，以为二毛的耐克都是真的。但是我知道，二毛即使有10条价值16万的种犬阿里，也只舍得买一套真的耐克。话说回来，贩狗的人，天天一身狗毛、狗臊、狗臭气，穿什么都白穿。像我这样一回到家就洗澡然后马上换一身行头的，基本属于异类。二毛翻了翻他的水泡眼："没准你真是投错了行。"我那条血统纯正、来自俄罗斯、出生证明和获奖证书摞起来足有一尺高的萨摩种犬普京被人毒死的那天晚上，他就站在我家的门厅，翻了翻他红肿的水泡眼，说："没准你真是投错了行。"我没好气地说："滚一边去！"二毛是个讲义气的人，或者他在心里一直希望自己能成为一个讲义气的人，像关二爷那样，所以他站在那儿没动。一把推开他摔门滚蛋的是小红——一个与我同居了两年的吉林女人。摔门之前，我当着二毛的面踹了她一脚，谁让她不停唠叨，事后诸葛亮！我免不了又要说说小红，像我喝醉了酒经常和二毛絮叨那样，说说小红。

小红挺不一般的。我是这么觉得。她长得漂亮，家里穷。大老远地来辽宁打工，孤身一人，按说应该做鸡，到洗头房，或者洗浴中心。只要她肯做，两三年就能衣锦还乡。或者碰着个贪恋她的有钱人，做个妾，也能将日子过得不错。但是小红没有，她宁愿跟我一起贩狗。"你就知足吧。小红不做鸡,比做鸡可厉害多了。人家那是要留着身子傍个有钱的。你没钱了,扯你?"二毛喝得眼睛红红的,冲我扔过来这句话,像扔过来一碗醒酒汤。

普京去世小红跑了之后,我的生意一落千丈。为了买这条贵族种犬,我折腾进去十几万,以为从此以后一本万利,可以坐而渔利了。配种的钱,五千六千的,到手就和小红一起挥霍了。到现在,房子还是租的,车的贷款还不上,转给别人了。我那辆九成新的红色马自达6啊!

不说这些了。我还得活着。

我19岁开始贩狗。即便如二毛所说,真是入错了行,也只能错下去了。不贩狗,我干什么去呢?不在贩狗时间赚点钱,我在贩狗以外的时间拿什么去消费呢?我那么喜欢和二毛泡小酒馆,吃肉串、鸡脆骨、牛板筋、烤馒头,喝雪花啤酒,那么喜欢逛超市,买薯片、口香糖、长白山香烟、火鸡腿、枣糕和大枣口味的酸奶,那么爱看报纸——晨报、晚报、日报、《参考消息》、《北京青年报》、《法制日报》。按说这些也花不了多少钱,可总归是要花钱的。一个大男人怎么能被钱憋住呢?这不,看着报纸,赚钱的机会就来了。

晚报有一版叫《天天快讯》,其实就是广告。我特喜欢这一版。这个版面设计有特色,横平竖直切割成若干豆腐块,每个豆腐块里是一条信息,五花八门。比如,**电子琴**,下面小字是电话。

这是招学员的。比如，**歪脖老母**，下面小字是电话和发团时间。这是组团去烧香拜佛的，据说很灵验。普京被害之后的若干天，二毛天天怂恿我去拜拜。当然了，我是不会去的。供在中国东北农村的歪脖老太太能保得了贵族血统的俄罗斯狗吗？比如，**潘世江**，下面小字是离婚、合同、债务，还有电话。这人是律师。我打电话证实了。因为二毛不同意我的判断，非说是私人侦探或者黑社会之类的。比如，**二毛**，下面小字是纯种松狮配，手机号，很像他的名片。那天我陪他到晚报广告部，措辞的时候，我说，你把二毛拿下去，换成阿里。二毛不听，说："凭什么换成阿里？我打的就是'二毛配种'这块牌子。"我说只有卖狗的哥们知道二毛是人，不是纯种松狮。二毛还是不听，说："我愿意！"再比如，**寻爱犬艾薇儿**，5000元，下面小字是电话。我的目光一下子定住了。我不可能错过这条信息。我连潘世江都不会错过，我怎么会错过艾薇儿？我兴冲冲地奔到二毛的店里。

我说："二毛，发财了！"二毛的小眼睛在肿眼泡里瞥了我一眼："你想发财想疯了吧？"阿里这几天正拉肚子，他起早贪黑地伺候，晚上与狗同床，还插电褥子。"操！我爹都没让我这么孝敬过。""你就当它是你爹吧。伺候不好就得送终了。""送终？死了它就一钱不值！"阿里看看二毛，又看看我，突然叫了一声。"他还有精神头生气？估计问题不大。"我把报纸举给二毛看。二毛的眼中亮光一闪："5000？"

我说："老规矩，你先领条蒙事的狗去打探消息，把狗的情况摸清楚了,我再去骗钱。"二毛眼中的光忽地灭了。"还老规矩啊?一次都没得手。""5000块啊!从来没这么多过。总得试试。"

对,总得试试。二毛最终同意了我的想法。反正闲着也是闲着,我们不去骗,也自有别人去骗。

2

我和艾小姐约在红旗广场。艾小姐就是艾薇儿的妈。她在电话里说,我家就在红旗广场附近,你方便吗?我说方便方便,我家离那也不远(我家离那不是一般的远)。她说就是,薇儿也跑不太远。

临出门前,我拍拍艾薇儿的头,对她说,艾薇儿,现在你有名字了,记住了,艾薇儿。我又重复了一遍,艾薇儿。这次它抬头看了我一眼,似乎明白了这个古怪的发音与她有关。对了,艾薇儿就是你,我就知道,唯有你可担此重任,二毛所有的萨摩当中,就数你最聪明了,性情还好。她把脸转向一边,不再听我唠叨。可我还是控制不住唠叨下去。自从小红走后,我就经常在家里自言自语。二毛说,你领条狗回家里去,管它懂不懂的,也有个说话的对象,别一天到晚像大街上那帮对着耳机讲电话的傻×似的。我说小红不喜欢家里有狗味。他的小眼睛"啪"地一瞪:"我操!你还当她能回来哪?"我懒得跟他理论,小红走的时候,本来就没说不回来。

我说:"艾薇儿,根据你二毛爹打探来的情报,从各方面来看,现在你都和你妈说的一个样了。母狗(从名字上就猜到了),全白(有三处精心染过),四岁(谁能看出你三岁还是四岁呢),少一颗门牙。幸好是少一颗门牙,要是身上有块疤,一时半会儿还做不好呢。对了,一会就见到你妈了。听声音,年纪应该不大,普通话说那么好听,没准挺漂亮的,她出了5000块钱找你,不用说,一定很有钱,你也算有福气。别人买你的话,2000块钱顶天了。所以,见了面,最好能跟她亲热点,她把你弄丢一个礼拜了,估计也记不大清楚你长什么样了。但愿如此吧。"我对这事的把握并不大,以往的经验告诉我,那些丢了宝贝的狗妈狗爸们,总是一眼就看出来这个孩子是不是冒充的。说狗受了惊吓或者被自行车撞成了脑震荡也不行。

为什么我和二毛还坚持不懈地做这件事呢?因为确实有人成功过。虽然没过几天就被失主识破,但钱还是骗到了,大不了废了一个手机号。二毛其实对这事早就没开始时那么上心了,他认为成功的几率比中彩票还低。但是他不愿意背弃我,尤其是小红背弃了我之后,他觉得更有责任向我证明"兄弟如手足,女人如衣服"。

我说:"艾薇儿,希望这次我们能成功,也希望你妈妈是个弱智。"我锁上门,跟隔壁的二毛打了招呼,带着她准备离开狗市。二毛头也没抬,对我说:"阿里刚拉了泡屎,你要不要踩一下再走?"我说:"今天穿的是帆布鞋,弄上屎回头还得刷。"我真不应该过来跟他打招呼,好像赚了钱不给他似的,每次都这么充满嘲讽地送我上战场。还是跟艾薇儿说话比较好。我边走边对艾薇儿说:"按说,这次我们也不算黑你妈妈,因为你本来就是只公主一般的萨摩犬,虽然血统不怎么纯正,但要是赶上好年景,把毛色好好染一染,你也能蒙5000块钱。可现在不是那什么CIP吗?到底是CIP还是CPI呢?我也弄不明白了。反正啊,就是钱不值钱了,买菜买房子还顾不过来呢,谁还花大价钱买你呀是不是?所以你就蒙不了那么多钱了。要说以前骗别人家长那会儿,那才叫惊心动魄呢。我和你二毛爹爹曾经把一只笨狗改装成了雪橇犬,雪橇犬的奶奶——一个患白内障的70多岁老太太马上都要点钱了,结果天突然下起了雨,她'大孙子'身上的毛开始掉色,摸得她一手黑糊糊的,气得她直哆嗦,抢起拐杖就打我们,说我们丧尽天良。幸亏我和你爹跑得快,要是胳膊挨上那么一下子,一准淤青。你瞧你,多漂亮!你妈妈一准会喜欢你的……"我发现,手里牵着一只狗在大街上唠唠叨叨,确实比对着耳机讲电话的那些傻×们正常多了。没人奇怪我和一条狗说话,二毛的话是有道理的。虽然艾薇儿并不搭理我,只顾着在行道树的脚跟底下嗅来嗅去。

　　走到我眼冒金星,又打了15块钱的车,终于到了红旗广场。我一瞧手表,晚了5分钟,心说正点,就是要晚那么一点点,才像个拾金不昧的正人君子。

艾小姐是个苍白的女人,当我握她的手时,瞬间冰冷的感觉,让我想到了吸血鬼。《暮光之城》那部片子就是这么说的,面色惨白,皮肤冰冷,吸血鬼都这德行。小红很喜欢那个男主角,脸像擦了白粉,唇色猩红,一副欠揍的模样。我说:"你是不是犯贱?"她一脚踹我屁股上,说:"对,你变个吸血鬼给我看看。"我才懒得那么变态,不过此刻我想,如果小红和艾小姐都变成狗的话,小红一准是满市场最欢实的,艾小姐嘛,蔫头耷脑,脱手之前得经常喂去痛片。但是她身上有一种特殊的气息,说不清是什么,却很吸引人,是小红身上没有的。

我说:"你这条狗,可把我累坏了,快给钱吧。"然后尽量使劲喘粗气。

她不看我,盯着狗。脸上是一种模糊的表情。

我的心提了起来。

她死死地盯着狗,突然说:"艾薇儿,过来,让妈妈看看。"

我的大脑迅速开始旋转,如果艾薇儿不听话,怎么办?

然而奇迹发生了,艾薇儿上前两步,开始舔她的手,还拼命地摇了两下尾巴。这个叛徒,选它真是选对了。

艾小姐蹲下身,手从狗的头上轻轻抚过,目光像子弹一般,密集地扫过艾薇儿的全身。我屏住呼吸,准备随时应对。我看到她试探地摸了摸狗的嘴,意识到她想看牙齿。果然,在艾薇儿温柔神态的鼓励下,她用拇指翻开了艾薇儿的上唇,一个完美的豁口呈现在眼前。艾小姐轻轻地皱了皱眉。难道拔错了?不是这颗？我的心再一次悬起来。

就在这时候,我听到她说:"果然是你。"同时脸上现出了笑容。

我不敢相信这一切,尽量保持镇静,催促道:"好了,母女重逢了,快点给钱吧。"

艾小姐站起身的时候,脸色比刚才有血色了些。她说:"前面有个超市,门口有个提款机,你跟我过去取吧。"她把艾薇儿牵在手里,向前走去。浅灰色风衣、白色长裤、白的帆布鞋,和艾薇儿还真般配,情侣装似的。

我在原地站了好一会,直到她回头唤我:"怎么不走呢?"我将脚向广场的一个大人物雕像踢去,疼。这一切都是真的。我对自己说,有时候,真的东西也可以像梦一样夸张。对了,这就叫梦想成真吧?但我随即告诉自己不能高兴得太早,这女人会不会是个反骗高手?一会取钱的时候不会耍什么花样吧?还是跟紧点好。我快走了两步,并且不停观察着周围,会不会有同伙过来接应?我突然有点害怕了,真应该让二毛跟着一起来,虽然他为了打探艾薇儿的详细消息已经牵着另一条蒙事的萨摩和艾小姐见过一面了,但此刻躲在暗处,总有个照应不是?

事实上一切顺利,电影中常见的打斗场面没有出现。艾小姐将分三次取出的百元钞票交给我,没有一点犹豫,她的心思,此刻都在艾薇儿身上,不停地胡言乱语。她说:"薇儿,我们给爸爸发个短信,他听说你来了,说不定会回来看你……你哥哥不肯陪我,再也不回来了,还是你好,喜欢我……薇儿,你就住在哥哥的房间怎么样?睡我的床也可以,只要你爸爸没看见……"超市的广播里放着一首钢琴曲,她断断续续地说着,声音无比动听。可我听了一会,还是决定迅速离开,不是怕她反悔。我现在可以肯定,她绝不会反悔。因为我强烈地感觉到,这个女人,脑子有点问题,也就是说,我可能碰见了一个精神病。我用小得她几乎听不见的声音说:"那好,我们再见吧。"然后侧身迈步,准备离开。可只走了两步,她把我叫住了,"张先生,你有急事吗?"我吓了一跳,无奈地回过头,"啊,是啊,有事,有事。"哦,她又用刚才那种模糊的表情看着我,"你能不能帮我个忙?""帮忙?帮什么忙?""我想进去买点狗粮,你在这里帮我照看一下艾薇儿,可以吗?""啊,可以可以。"我马上接过皮绳,做微笑状,"愿意为美女效劳。"她似乎苦笑了一下,转身进了超市。

不多时,艾小姐面带微笑,满载而归。购物袋撑得鼓鼓的,依稀可见有罐装的狗粮、火腿肠、牛奶、冰激凌、德芙巧克力、大白兔奶糖……还有半个红惨惨的西瓜。她说,这些,都是艾薇儿喜欢的。My God! 我在心里对着艾薇儿说,你这回可真是进了天堂。她将袋子放到地上,甩了甩手腕,对着艾薇儿说:"可把妈妈累着了。"我假装看手表,不看她。她也不接我手里的皮绳,继续念叨,要是薇儿能自己拿这些东西就好了。我靠!我在心里骂道,这到底是个什么女人啊?脸皮不是一般的厚。我还就不惯你毛病,我连小红的毛病都不惯,我惯你?你好看你自个的,我又没得着什么便宜。我把手机掏出来,低头假装看短信,拿狗绳子的手冲着她伸去。她无奈接过皮绳,站了一会,另一只手缓缓提起地上的大袋子,然后低低地说了声:"张先生,再见!"说完,步履有点艰难地向着广场北边走去了。我摸摸兜里的钱,心说,对不起了。

3

当我揣着5000块钱返回到二毛面前时,他像不认识我一样盯着我,老半天才憋出一句,这世界上真有这样的傻✕?我确定地点点头。钱不是假的吧?我又确定地摇摇头。他咧开嘴,发出周星驰般恣肆的笑声,一拳砸在我肩膀上,水泡眼像两朵小花般绽放。

看来瞎猫还真能逮着死耗子啊?这就是传说中的梦想成真吗?他当即宣布从这个礼拜开始买彩票,并兴奋地在地上走来走去,大菊花一颤一颤,包子脸更大了。过了一会,他忽然停下来,问道:"三儿,你说,如果我每天都不停地梳头发,羊毛卷是不是最后也会开?"他一直为他的羊毛卷苦恼,从我认识他起,这就是他一块心病,为此他还留过一阵子光头,可是他的头上有块暗红的胎记,像俄罗斯一位大人物似的,不过长在后脑勺上,剃光了头发才发现,可是已经来不及了。他和他妈大吵了一架,说:"这么大个事,你怎么不告诉我?"他妈反驳他:"多大个事?早都忘了。"我记得那天他气呼呼地叫我出去喝酒,非说自己不是他妈亲生的,要不怎么姥姥家奶奶家往上数三代,就他一个人是羊毛卷?然后又问我:"你知道二毛子是什么意思吧?"我说:"我知道,别胡思乱想了,你的小名叫二毛,不是二毛子。而且就你那双水泡眼,典型的亚洲人眼睛,和西伯利亚普京海参崴啥的,都扯不上关系。"此刻,我望着他头上盛放的大菊花,不忍心打击他。我说:"兴许能行,要不你逮两根先梳着试试。"他点点头,忽然又醒悟了似的,说:"试个屁,烫都烫不直。"我哈哈大笑起来。他说:"行了行了别傻笑了,走。""干吗去啊?""喝酒!""这还没到饭口,喝什么酒?""中了这么大彩头还不庆祝一下?什么饭口不饭口的,二爷我现在就想喝!"我一想,也是,晦气总算到头了,走!

　　我和二毛迅速收了生意,打车直奔韩国烧烤街。进了一家平日舍不得去的店,二毛把手往桌子上一拍,"啤酒!先来一箱!"

　　不一会,牛肉、鱿鱼、明太鱼、烤串、板筋、鸡脆骨……摆了一桌子,都是我俩爱吃的。二毛用筷子"嘭嘭"撬开两瓶雪花,泡沫飞溅,我们一人抄起一瓶撞在一起,高呼:"Cheers!"

　　就在庆祝酒会进行到正酣之时,我的手机响了。我拿起来看了一眼,名字显示"爱犬艾薇儿",这是寻狗广告上的词,当时看见广告的时候就被我存上了。我说:"糟了,受害者找上来了。"二毛一惊,抢过我的手机看了看,"不接,听见没?千万不能接,准没好事。"我没接,再响,还是没接。过了一会,过来一条短信:艾薇儿很好,真是多谢你了!我举着手机大笑起来:"二毛,我现在是雷锋了,你赶紧敬我一杯,哈哈哈。"二毛把手机抓过去看,看罢,一脸困惑,"苍天啊!她到底是不是人类?怎么会这么弱智?"然后转过头对着我,"哎,这女的是不是长得脸惨白惨白的?身子骨精瘦精瘦的?说话不是本地口音?"我说:"那叫普通话懂不懂?""本地人谁没事闲的说普通话?我就问你,咱俩前后脚见的是同一个人吧?"我说:"对呀,你不就是大前天领条笨狗假装艾薇儿去打探的消息吗?回来告诉我,母狗,全白,四岁,缺一颗门牙,然后咱俩就染毛、拔牙,今天我隆重出场的吗?""别犯贫,我再问你,那女的是不是二十七八岁三十来岁?""对呀。你觉得她有什么不正常吗?"二毛用手指敲敲我的脑袋,"这。"我说,"还行啊,虽然说话有点莫名其妙的,总体来说还算行啊,5000块钱都没数错。"二毛不解地皱起眉,"是啊,跟我说话的时候也挺好个人啊。你说,我领条笨狗去蒙她,她都没生气,对我特有礼貌,一看就很有教养。"我说,"对,就这样有教养的人才好蒙呢,她觉得别人啊,都有教养,哈哈。"二毛瞥了我一眼,"就你?有教养?我呸!""我怎么了?我这模样,一看就是好人家的孩子,就你那贼眉鼠眼的,人家还未必把5000块钱给你呢!"二毛并不生气,喝了口酒,摇摇头说,"你说这要是蒙个傻老娘们吧,我觉得蒙也就蒙了,可是骗一个这么高级的漂亮妹妹,我这心还真有点不落忍。"我看着满桌狼藉,心说,吃都吃了,还说这种屁话。

又喝了一会,我实在喝不动了,对二毛说,剩那四瓶别喝了,一会退了吧。二毛不同意,退什么退?我都能喝了。他看了一眼我的手机,接着说:"三儿,听我的话把号换了,一了百了。现在没看出来狗是假的,不等于明天看不出来,以后看不出来。染的那毛啊,顶多半个月,就得露黑茬。"我没吭声。二毛不屑地看着我,"瞧你那倒霉德行!你留着它干吗?你真以为小红还能回来呢?说不定现在正躺在别人床上呢!"我一把抓过手机揣进怀里,面无表情地站起身,咕哝一句:"我喝不动了,先走了。"酒宴的欢乐气氛被小红是否已经睡在别人床上的臆想打碎,我和二毛不欢而散。

二毛说得没错,我一直留着这个手机号等小红。小红走后,我从未给她打过一个电话,但是,我总是感觉有一天,她会顺着电话线,回来。这个念头我不想告诉二毛。二毛对我的情谊深似海,但是二毛代替不了小红。

第二天下午收了市,二毛来到我的店,说要带我去游戏厅,玩半条命。那是道歉的表示。我说我不去。他说:"操!跟你做朋友真他妈累。"推门走了。

我在店里坐了一会儿,吸了一支烟,想不出来去干什么,于是决定回家。沿途在一个报刊亭买了几份报纸,天还大亮着,离晚上还漫长着。我很无聊,于是我拐进了超市。

超市是个很好的去处,明亮、热闹,最适合寂寞的人前往。每个货架前转一会,时间就迅速消失了。除了丰富的货品,还可以看人，各色的人。老太太带着小孙子，假装生气却又溺爱地看着他把一个又一个袋装小食品扔进购物车里。中年夫妇漠然地互不搭理地往前走，从容选购高档货，显示他们物质的富有。年轻人，是的，每时每刻，每个超市里，都会有那么几对年轻人，热恋中的样子，黏黏糊糊地贴在一起像我和小红曾经做的那样，从我面前走过。

回到家，天终于黑了。

我把从超市买的土豆丝卷饼在微波炉里热了一下，又开了一瓶啤酒，打开电视。

刚要吃，手机响了——"爱犬艾薇儿"，吓了我一大跳，我操，阴魂不散啊。发现是假的了？我一边吃饼，一边看着它响。也许，真应该把这个手机号扔了。小红不会回来了，都走了半年了，要回来早就回来了。再说，她又不是找不到家。可是……她要是先打个电话，发现这个号码已经不是我的了，还会回来吗？我忽然有点烦躁，屋里到处都是小红的气息，越到晚上越鲜明，我拿起沙发垫子盖住那恼人的铃声。

艾薇儿她妈，那个姓艾的女人，那个和小红迥然不同的高级女人，她不让我安静地想一会小红，她的短信过来了。她说，艾薇儿突然拉肚子，好像要死了，求求你帮帮我。拉肚子？怎么会？没听二毛说这是条病狗啊。我看着短信，思量着，兴许是真的，那一大袋子乱七八糟的食物，人吃了也得拉。可是她为什么要找我帮忙呢？因为我认识艾薇儿？还是真把我当成艾薇儿的恩人了？若是不接电话也不回短信，她会不会怀疑我呢？

我回：傻子，你带她去宠物医院啊。

她又回：我不知道哪里有啊。

我想告诉她狗市附近有一家，但是没敢。万一她在那一带发现我和二毛可怎么办？我回：我也不知道。

那边不再说话了。我想继续帮她想点办法，可是，忍住了。我有资格帮她吗？我不过是个骗子。我最好从她的意识中消失。她为什么要找我呢？如果不是发现这是个骗局，她的狗出了毛病，轮得着我帮忙吗？我是她什么人啊？真是莫名其妙。

隔天早上，我被手机短信的铃声惊醒。艾小姐：艾薇儿没事了，我求了一个诊所的大夫帮忙，呵呵。没事了？没事就好。没死就好。我回：祝艾薇儿健康长寿！她还用了个"呵呵"，是在为找了个大夫得意吗？据我所知，一般的大夫都不愿意给狗打针，但是只要给的钱多，请他们出山也不是什么难事。

我躺在床上，睁大眼睛回想着艾小姐的短信，难道说她还没发现艾薇儿是假的吗？

4

接下来的两天相安无事，我以为这件事就这么过去了，像列车驶过站台。但是她又在下一个站台出现了。

这天晚上，我正靠在沙发上百无聊赖地看电视。手机里飘过来艾小姐一条短信：你在干吗呢？我愣愣地看着这几个字，人仿佛一下子被卡住了。

眼前浮现出艾小姐的形象来,苍白,瘦弱,着灰衣,说普通话。身上有一种吸引人的气息,对了,这气息就是二毛说的,有教养。她为什么要问我这句话呢?想跟我聊天?还是发错了?我的手指在手机键上犹豫着……

我回:一个人,在家。鬼使神差般按出这几个字以后,我感到浑身有些发热。

我把电视音量收小,屏息看着手机。过了好一会,短信过来了:哦,我也一个人。

我惊得从沙发上站起来,抬手关了电视。不会吧?她真的想跟我聊天?我走到洗手间,站在镜子前,一张胡子拉碴的平庸面孔出现在眼前。马上泄了气。她那样的女人怎么会看上我呢?再说,她好像有男人啊。我想起她那天的胡言乱语,对着狗说什么你爸爸、你哥哥的。我记得有一句是"说不定你爸爸会回来看你"之类的。莫不是离婚了?

回到沙发里,我拿起手机:艾薇儿的爸爸不在家?

艾小姐:他们还没见过面呢。

还没见过?出差了?还是两地分居?我琢磨着,忽然对这位艾小姐产生了好奇心。

接下来的几天,艾小姐都在晚上9点多准时发短信来。话题五花八门,只是不再提艾薇儿爸爸的茬。她问我现在看什么电视剧,我说《雪豹突击队》,挺好看的。她说国产剧没什么好看的,你看美剧吧。最近有一部叫《别对我撒谎》,讲一个心理学博士通过人的表情来识别谎言,帮警察破案,很有意思。说得我心里一惊。又问我读什么书,我有点窘,回说工作太忙,没时间看书,就看看报纸。她说时下流行侦探小说,你若有时间,可以看看东野圭吾的作品,写得很好,推理好,文笔也好。我说好。她又问,你喜欢听音乐吗?这次我考虑了很久,慎重地说,我喜欢听陶喆和雅尼(其实我更喜欢周杰伦,至于雅尼,我只知道他一首曲子,站前广场以前在晚上总放,很雄壮,好像有多大事似的)。但是艾小姐告诉我,雅尼近年没有好作品,班得瑞也不经听,还是肖邦百听不厌。我的手心出汗了,脸涨得通红。幸亏她看不见。每次跟她聊完,都觉得自己要虚脱了。她问我做什么工作呀?我踌躇了一会,说是做电脑工程的。她问,开发软件吗?我含糊地说,负责一点管理。然后忙问她干什么工作?她说,我以前在出版社工作,现在辞职了。我说为什么辞职?是不是嫁了个有钱的老公啊?她说,想自己做点事情,还没想好。我问是想做生意吗?她回说,不知道。我说你好像不是东北人吧?她说你看出来了,我是安徽人。一个人在东北?她说,不完全是。有时候她会跟我谈星座,像个很迷信的小女孩,但是说着说着就会把人分析得深入骨髓,让我心生敬畏。有时候她又跟我讲小时候,说我们这代人很幸福,物质上虽不那么富有但大家都很快乐。但是大学毕业后就开始不幸。社会变了,人也跟着变了。我说你有什么不幸?那么有钱。她说,我原先也以为有钱会很幸福,但是现在发现,并不是那么回事。我心里不舒服,酸酸地说,你是饱汉子不知饿汉子饥。她说,你若像我一样,也会觉得没意思。我问,那你什么样?她又不说了,转移话题,说,我们谈谈小时候的动画片吧。这个我感兴趣,有说不完的话,那天晚上,我们聊到了后半夜,意犹未尽。我和小红在一起两年好像也没说过这么多话,谈话内容从来没有这么丰富过。

　　我一下子爱上了晚上的这段时光。我开始在白天没事的时候泡网吧,去搜索那些艾小姐提到过的内容,然后把牛×的句子编辑成短信存在手机里,等着与她交流的时候装作很随意的样子发出去。我甚至在周围闹哄哄的环境中一个人戴上耳机听肖邦。

　　二毛觉得我不对劲,问我,最近你怎么神秘兮兮的,泡妞呢?我不愿意跟他讲,含糊地点点头。他说这就对了,别一棵树上吊死,三儿,虽说你长得不算好看,可是你这身材,在男人里那得算一流的,色女看到要流口水那种,小红根本配不上你。我说行了,别忽悠我了,八字还没一撇呢。说完这句话,我被自己吓了一跳。

　　回到家里,我再次来到镜子前打量自己,真的像二毛说的,身材让人流口水吗?那么她呢?我笑了,怎么可能呢?我这档次,和人家差得太多了。可是,她为什么这么喜欢和我聊天呢?她没有别人可聊吗?她的男人晚上一直都不在家吗?

　　这天晚上,我一直在等艾小姐的短信。我甚至预先编好了一个笑话存在手机里,准备她一来信息,我就发过去。但是,没有。有几次我想先给她发,又担心她家里有人,比如艾薇儿的爸爸回来了,那样就不好了。想到这里,我忽然感到有点落寞,觉得这个晚上无比漫长。当电视屏幕出现零点的时间时,我起身准备睡觉,可是睡意全无。我站在洗手间的镜子前,问我自己,张三,你这是怎么了?

漫长的两天过去后,我又等来了艾小姐的短信。这一天,她好像心情不大好。问我如果不开心的时候会干什么,我说喝酒啊,喝酒最管用了。她说对呀,我怎么没想到呢?然后过了半天,她过来一条信息:"你一般喝什么酒?"我说最喜欢雪花啤酒。她说:"哦,那我这红酒就不请你喝了,呵呵。"我好像看到了她的样子,脸红红的,端着玻璃杯,像电视剧中的女子。我问:"你老公还没回来吗?""老公"这个词,我早就想用了。我越来越想知道答案。没想到她马上回复道:"谁跟你说我结婚了?我看着这条信息,手抖了一下,心竟然怦怦跳起来了。我迅速把那个笑话发给她。然后问,现在心情好些吗?她说,有意思。你这人心肠还挺好的嘛。这句话有点像针,刺了我一下。我能算心肠好吗?我难道不是个骗子吗?我仿佛从云雾里一下子跌回到地面。

与艾小姐互道晚安后,我陷入了一种难言的空虚。我算了算,十天了。从红旗广场见面到今天晚上,这十天像梦一样不真实,也像梦一样奇妙。这一切都是真的吗?二毛的话在我耳畔响起,顶多半个月染过的毛就得露黑茬。再过五天,她就会知道我的真实身份。我看着手机,确切地说,我穿过手机的壳看着那张 SIM 卡,五天之后,就要把它丢掉吗?我现在比从前更舍不得丢掉它。

5

这一天,我正在二毛的店里帮他忽悠一个大胖子女老板,她看上一条松狮,二毛唱白脸我唱红脸正在谈价钱呢。艾小姐忽然来了一条短信:"昨晚上忘了问你,艾薇儿这几天怎么在屋里到处尿尿啊?以前不是这样的。"

尿尿?不应该啊。就算这条狗不纯,也是成年狗,怎么说也不会像小狗一样到处尿尿啊。我问二毛是怎么回事。他头也没回地说,还用问,发情了。我一想,是了。艾薇儿也该发情了。我告诉艾小姐,你家公主想找对象了。

短信的事我一直没告诉二毛。如果对他讲了,说不定他会把我的手机扔了。因为,很显然,这是一件很危险的事。打发走了女老板,二毛想起来问我:"谁的狗发情了?什么狗啊?要是想配,让他找我啊。"我只好说行。恰巧这时候,艾小姐的短信又过来了。二毛眼尖,一眼扫到屏幕上"爱犬艾薇儿"几个字。"我操!她怎么还给你发短信呢?啊?"然后一脸疑问地看着我。我拿着手机不知说什么好。二毛一把夺过我的手机,按开短信:那你帮艾薇儿找个对象吧。敢情是她的狗发情了?二毛的水泡眼一瞪:"三儿,你这段时间一直都跟她有联系吧?"我说你想哪去了,这不是狗有事吗,大概想起我来了。"三儿,不是我说你,你可得离她远点,耗子可不能给猫当三陪呀!"我说:"她好像没觉得狗有什么问题。""那可难说,这都十来天了,也快露馅了。你说她的狗想配种是真的吗?该不会钓你上钩,再找警察把你逮起来吧?"我说不会吧?

回到家里我一直思量这事,怎么回答艾小姐?那条给艾薇儿找对象的短信还没回复呢。找个托词拒绝吗?也不是不行,然后就等着大限一到,扔掉手机卡,让一切都消失?那剩下的这几天也毫无意义了。我从现在开始就已经不是她心中的正人君子了。忽然间,觉得心里很不好受。

这时二毛的电话进来。他冲口就说,三儿,我合计了一下,这个赚钱的机会咱们可不能错过。我说,你说啥呢?莫名其妙的。少装糊涂!他有点不耐烦,说啥你不知道?给艾薇儿配种啊!说什么呢你,不怕给猫当三陪了?动动脑子啊——二毛拉了个长音,这事啊,我仔细合计了一下,可以办。怎么办?咱俩都不用出面,这么着,叫你二哥去。我找条狗交给你二哥,让艾小姐和你二哥联系,他们自己定时间地点。配狗总不犯法吧?就算警察去了,也不会抓你二哥的。赚了钱,咱们仨分。你看怎么样?我从心里佩服二毛这个主意,我说,二毛,你真是块做生意的料。二毛有点得意,总不能有钱不赚吧?何况咱们还是干这个的,你说是不是?我看那女的有的是钱,趁着艾薇儿身上的黑毛露出来之前,咱们再宰她一笔,然后就彻底消失,你听我的,干完了这次,就把你那手机号换了。我沉吟了一会,说,二毛,这次给她配不是不行,只是咱能不能正常给她配?二毛犹豫了一下,三儿,过了这村可就没这店了。你该不是惦记上这女的了吧?我告诉你,一点戏都没有,她跟我们不是一路人。再说,你还骗过人家。我说你别瞎猜,没那事。正常配你也是赚,再说,我们都黑过她一次了,这心里……行行行,二毛打断我,就按你说的,给她找条好狗,但是价钱得要多一点,6000,一分不能少。

事情就这样说定了。我马上跟艾小姐联系,在短信里说完价钱,她没有表示任何异议。我说那就等我和那边定好时间再通知你。她说好。

晚上躺在床上,我翻来覆去无论如何睡不着了。习惯性地拿起手机,已经后半夜了。我打开信息箱,艾小姐的短信都整齐地躺在里面。我翻开,一个一个地看,想象着她的样子,想象着那些夜晚。她的面容已经开始模糊,身体却越来越鲜活……这一切都要结束了吗?或许还要结束得更早。

早上起来,我做了一个决定:去见艾小姐最后一面。

两天以后,我早早来到狗市,牵上那条即将与艾薇儿做爱的公狗,迅速返回家。我没有告诉二毛我的决定,只对他说把狗给我哥送去。

在回家的路上,我拐到干洗店,取回两天前送去的西装。进门后,我把狗关进阳台,然后冲到卫生间。我要洗个澡,还要仔细地刮一下脸,再吹一下头发,打一点定型膏。我用了阿迪达斯沐浴露,这是我昨天晚上特意去超市买的,它有一些淡淡的男士香水的味道,能遮住我身上的狗味。衬衫也准备好了,是条纹的休闲款,这样就不用打领带,显得随意一些,洒脱一些。还有鞋,很久不穿的皮鞋,一会需要仔细擦一下。还有什么呢?对了,还有口香糖,出门的时候要嚼两块,再带上银行卡,或许能吃顿饭吧?希望如此,我也不知道。

当我忙活完这一切,离与艾小姐约定的时间还有两个小时。我站在镜子前,打量着张三,我很满意。张三没法更帅了,配得上与艾小姐站在一起了。

我牵着狗走出家门,天气很好。树很好,草也很好;街道很好,行人也很好。我慢慢地走,慢慢地被风吹,头发要稍微乱一点才自然,还有足够的时间。

如约抵达红旗广场,艾小姐还没来。

我点了一支烟,边吸边等。记得她上次是从北面过来的,那有一片高档住宅区。我看着那个方向,想象着她会穿什么衣服,我能远远地认出她来吗?我希望她来得晚些,再晚些。

然而最终艾小姐没能来。我等到的是她的一个电话。

6

艾小姐住院了,严格讲,叫住院观察。因为突然昏倒这种事,以前从未发生过。医生建议她做一个全面的检查。

那天她在家里给艾薇儿洗澡,准备带它出来会男朋友。可能是蹲的时间过长,站起来的时候突然就昏倒在洗手间。一个小时之后她苏醒过来,感到心脏十分难受,已经站不起来了,勉强够到电话,打给了我。

我按照她微弱声音的指引,迅速赶到她家。看到她的样子我吓坏了,背起来就往医院跑,中途她又昏了过去。抢救过来之后,她的心率一直不稳,医生说暂时不能和家属说话。我就在重症监护室外边等着,表现得很焦急。大概是因为那样的表情吧,他们自然而然就拿我当家属了,理所当然地要我去办住院手续,并严肃地告诉我,遇到这种情况要让病人平躺,然后打120,不能没头没脑地背。

晚上7点多,艾小姐被推回病房。看到我,她抱歉地笑了笑,然后似乎想说什么。我示意她别说话。她还是努力把嘴唇拢成一个喇叭形,半天,发出一个音,狗。我这才想起来,因为情况紧急,没顾上两条狗,它们现在都在艾小姐家里。艾小姐这一住院,没人管它们了。现在我基本可以断定,艾小姐是一个人住,即便有亲密的人,也不在身边。否则,她不会在苏醒过来之后第一个想到给我打电话,而且在再次苏醒过来之后只想到狗。想到这些,我说,你放心,我会照顾好狗的,一会就把它们接到我家去,你看行吗?她笑了,指指裤兜,示意我拿钥匙,然后疲惫地闭上眼睛。这笑容让我欣慰。

我打车回到艾小姐家。这次我仔细打量了一下房间，这个神秘女人的家让我好奇。两居室，面积并不大，装修也没有我想象中豪华，只是客厅中有一架白色钢琴让我印象特别深刻。她就是经常坐在钢琴旁给我发短信的吗？等待我回复的时候就弹一会？我注意看了一下，屋里没有男人的照片，也看不出有小孩子的痕迹。这证实了我的猜测。两条狗已经将屋子弄得凌乱不堪，不知是不是已经做过该做的事了。我把艾薇儿叫到跟前，用手指翻开它的毛——这是我来此的路上一直惦记的一件事。谢天谢地！她依然是一只白雪公主。

带着两条狗回到二毛处，我只跟他说没配成，艾小姐突然住院了，狗先放咱们这给照看一下。二毛当然很惊奇，一连串问了我好几个"怎么回事"。我简单解释了一下，并不顾他的强烈反对，马上要折回医院。二毛是有足够理由惊奇的，明明出去的时候是为配狗的，怎么突然间管起人住院来了？他打量着我，三儿，你怎么弄得像新郎官似的？不是你哥去的吗？你怎么知道她住院的？回头我再和你细说。三儿，你到底在搞什么鬼？这一阵子就觉得你不对劲。我说我得走了，对不对劲的，两条狗现在不是都在你手里吗？二毛看看狗，可也是。又一把拉住我，我看你还是别去了，要是她摸清你底细就不好了，随时都能把警察招来。我说她现在人事不省，报不了案。二毛有点急了，那你更不能去了，回头再死你手里，咱说不清楚。我说那怎么行啊？住院押金都是我掏的。二毛听了一跺脚，在我后面骂，你个傻×！

回到病房,夜已经深了,艾小姐躺在床上,安详地睡着了。值班医生说,病人现在情况稳定,你可以休息了。

我端详着艾薇儿,这个名字是我在办住院手续时脱口而出的,我不想让人知道我连她的名字都不晓得,那样我要多说很多话。艾薇儿的脸色比原来更加苍白了,除此之外,她呼吸均匀,表情舒展,完全不像个病人。白色外套和牛仔裤被整齐地叠过,平放在椅子上。应该是护士整理的。手机被放在床头。

她的一只手放在被子外面。那是一只漂亮的手,白嫩、纤长。我似乎看到它在白色钢琴上跳舞,自信而娴熟。这瘦弱的身体里,原来埋藏着那么多令人神往的秘密。我看得出了神。

手机在此时震动了一下。我犹豫了片刻,决定看看,毕竟现在是非常时期。

小巧的白色手机是触摸屏的。我用手指敲了一下屏幕,屏幕亮起来,显示是一条短信,下面是来电人:老公。这两个字让我吃了一惊。她不是说没结婚吗?短信里说了什么呢?我被一股强大的力量攫住,忍不住打开了那条短信。

只有一行字:明晚我过去。

过去?我推敲着这个词,一个被称作"老公"的男人对"老婆"的家只是有时候"过去"?这意味着什么呢?我看着艾薇儿,她一动不动地安睡着,那么美,尤其是这种放松的状态。可这么美的女人,在病中的夜里,除了一条只有传达意味的短信之外,怎么就没有人惦念她呢?现在似乎能理解她为什么会出

5000块钱找一条狗了。我把那只漂亮的手抬起,放到被子里,呆坐在她床前,不知过了多久……

第二天早晨,当我被强烈的阳光刺醒,艾薇儿已经在地上走动。

她脸色红润了些,冲我笑一下:"你醒了?帮我办一下出院手续吧。"

"出院?"我一愣,"不是说要观察两天吗?"

"我咨询过医生了,他们说一会儿量一下血压,做个心电图,如果没有问题,就可以出院。"

"哦。"我注意到她手里拿着手机,有点尴尬。她却没提短信的事,转过身,对着窗玻璃理了理头发,"我看起来还挺精神的吧?"

"是啊!挺好的。"我站起身,披上衣服往外走。心中莫名地有些恼火。

到了住院处收费室,艾小姐的主治医生也在,正给一个办出院的病人家属解释收费情况。他有些疑惑地看着我,问道:"真要出院?""是。"我很肯定。他摇摇头:"我建议还是再观察两天,弄清楚病因。最好验一下血,再到精神科做一下心理咨询。""心理咨询?为什么?""我怀疑她有抑郁症,这可能是病因。""你为什么这么怀疑?"我的好奇心又蠢蠢欲动。"别误会。"他摆了一下手,"是因为查不出器质性问题。"他显然以为我的质问表达着身为家属的不满。又补充道,"现在这个社会,谁没有压力呢?但是每个人的承受能力是不同的,释放的方式也不同。"我回味着他的话,想着艾薇儿神秘莫测的生活和反常的言谈举止,觉得他的猜测很有道理。医生以为我在担心,拍拍我的肩膀说,出院后找个机会去做下心理治疗,现在好多人都做,不是什么大不了的事。我接过退还给我的几百块钱,心里说我担什么心,又不是我把她弄成这样的。

回到病房,艾薇儿却不见了,连同她的衣服、钥匙、手机,全都不见了。保洁员大姐正在打扫房间。我问:"人呢?""不是出院了吗?"她奇怪地看着我,似乎想探究什么。我操!忽然有种被涮的感觉,看着手里的医疗费收据,愤怒从心底油然而生。爱犬艾薇儿,你个骚货!一分钟都等不及,怎么不抑郁死你!

7

艾小姐仿佛蒸发了一般,消失了。"爱犬艾薇儿"这个名字再也没有从我手机的电话簿里蹦到屏幕上来。每次有短信的铃声响起,我都非常紧张。我设想着,如果是她的短信,我第一句话对她说什么。但打开信息,十回有九回都是垃圾广告。时间一点点流逝着。有几次我想给她打个电话,或者发个短信。可说的其实很多,比如身体怎么样了,艾薇儿挺好的,你什么时候来领回去?但是,如果我还是她心中那个艾薇儿的恩人,那个在夜晚与她聊天的电脑工程师,那个背着她去医院并为她垫付医药费的男人,她难道不应该跟我说句谢谢吗?

离我原定扔手机卡的日子已经过去一周了,艾薇儿身上的黑毛如期露出来了,我想,也许留着这张卡已经真的没什么意义了。

二毛感觉到了我情绪的变化,几次想拉我出去喝酒,都被我拒绝了。到底发生了什么呀?他小心地问我,换来的是我的沉默。我从来没用过沉默的方式来表达不高兴,即便是小红跑了之后的那段灰暗日子,我也是通过喝酒来解决心中的郁闷。这让他很吃惊。他转而安慰我,住院费不就是1000多块钱吗?艾薇儿咱俩一人宰了她2000多,你还是赚。我不吭声。他又接着说,狗不是还在我们手里吗?不赔!我还是不吭声。不过说到艾薇儿,这阵子我倒一直惦记着一件事,就是把狗毛再染一染。那天,在艾小姐家见到艾薇儿时,我就有了这个念头,等黑毛露出来以后,一定要再染一染。不过现在看来,也许没有必要了。

又过了些日子,我终于决定弃用这个手机号,包括已经破烂不堪的手机。我和二毛到手机市场溜达了两回,已经看好了一款新的,手机号也准备买个189的新号段,与139的日子彻底拜拜。

一切仿佛又回到了从前,我准备全身心投入到贩狗的事业中,游说我两个哥哥一人拿出10万块钱,准备再买条差不多的种犬,正经做生意,希望能再创事业的高峰。只是我不再喜欢玩半条命,而是迷上了肖邦。我把MP3里的周杰伦删除干净,都换成了肖邦。在回家的路上,我沉浸在音乐中,忘了自己是谁。

这天,我正和二毛在店里热聊着美国的狗选美大赛的事,手机响了——是"爱犬艾薇儿",而且是一个电话。我呆住了,我没想到这个名字有一天还会从电话簿里跳出来。二毛也愣愣地看着我。良久,我按开通话键。我不知道我会说什么,我听到我说,你还活着呢?

那边没有生气,有笑声,说,还行,没死。

沉默,我等她说。

她说,那天……真是谢谢你了!

一丝安慰狂喜着从心底涌上来……

她说,后来有点急事,先走了。你别介意。

我依然沉默,听她说。我知道,她要说的还有很多,比如关于艾薇儿。

果然,她问,我的艾薇儿还好吧?

我说,好得不得了,就快管我叫爸了。

她笑了一下,那就好。然后问我,你什么时候方便?我请你吃顿饭,表达一下感谢。另外,医疗费得还你。

吃饭?这事我可没料到,有点不好意思了。我说,那啥……不用……

她说,要的,我要离开这儿了。以后……恐怕再也见不到了。

这样啊?我又吃了一惊。

我们于是约好明天晚上。

放下电话,我冲二毛说,赶紧的,把艾薇儿领过来,明天得还人家。

二毛翻了翻眼珠,手抚了抚乱蓬蓬的头发,突然一捂肚子,哎哟!不行了不行了,我先上趟厕所。说着,往门边挪。

我一把拎住他的衣领子,上厕所?骗谁呢你?我太了解二毛了,他在撒谎时总是动作过多。

二毛的包子脸憋得通红,用水泡眼可怜地看着我,三儿,你别生气。

我生什么气?啊?怎么回事?

二毛用手抓着脑袋上的大菊花,狠了狠心,三儿,实话告诉你吧,卖了。

卖了?我抓住他的肩膀,不敢相信。卖了?你竟然瞒着我卖了?啊?前两天我还看见它在你那边呢。什么时候卖的?

就昨天,一早来了个老板,一眼就看中了,当时就甩出2000块,2000还不卖?那不是傻吗?我这还没来得及染呢,要是染染,估计3000也卖了。二毛说完咧了咧嘴,三儿,手轻点,疼。

我一把将他推出去,真不是东西!我怎么跟人交代?

交代什么呀?二毛一脸不屑,要不说你这人傻,把电话号一换,不就全解决了吗?反正你也要换了。这都这么长时间了,谁知道她还要不要啊?一条萨摩前前后后卖了7000,就现在这行情,偷着乐去吧你!他整理着衣服,继续嘟囔,平白无故得3500块钱,还想怎么样?

我已无话可说。因为,我是这场骗局的一部分。

钱呢?我没好气,把钱给我!

8

第二天晚上,我比约定的时间提前到达饭店。

坐在包房里,我点了一支烟。我要趁艾小姐到来之前的空当,想想一会该说什么。我是个不善言辞的人。对一个不善言辞的人来说,要表达这么复杂的事情,有点难度。我摸了摸揣在裤兜里的5000块钱,好在钱能说明一切,它能帮我省掉很多话。

昨晚,我想了半宿,最后弄清了一件事,如果我还想继续撒谎的话,那么今天就不必坐在这里。像二毛说的,把手机里的卡拔掉,扔进厕所,按一下水箱的冲水按钮,就行了。非常简单,一了百了。她不是要离开这里了吗?再也见不着了吗?那还见这多余的一面干什么呢?但是,我总觉得哪里不对劲,说服不了自己。拜拜了,亲爱的5000块钱。二毛若是知道我又搭进去1500,一准还会大骂我傻×!卡棱子!我是不会告诉他的。这是我张顺飞自己的事情。

艾小姐在服务员的引领下进来了,我停止了臆想。

她缓缓在我对面坐定,抬头笑了一下,你能来,我真高兴。这一笑,不知为什么,很苦涩。这段日子没见,她看上去憔悴了很多。

我问,你身体怎么样了?

她说,没什么大碍。

她叫服务员拿来酒水单,两人点菜。出乎我意料,她竟然要了白酒。

不一会,酒菜齐备。她亲自倒了酒,然后举起杯,张先生,那天晚上,真谢谢你!真的,非常感谢!说完,干了。

我被她的诚恳感动了,什么也没说,也一饮而尽。

气氛马上变得很融洽,我不忍心破坏。她也没有马上问到艾薇儿,让我很释然。

大厅飘过来轻柔的音乐,她的脸红润起来,把玩着小巧的玻璃杯,显得分外迷人。我一定傻愣愣地盯着她瞧了半天。瞧到她有点受不了,放下酒杯,低头夹菜吃。过了一会,她忽然想起什么来,拿过皮包,从里面取出一个信封,推到我面前,张先生,这是那天的医疗费……我后来又回医院了,可你已经走了。

我接过钱,有点疑惑,又回医院了?一大早你急三火四地干吗去了?

她整理了一下头发,缓缓说道,我给美容院打电话,问那天有没有时间给我做美容,一向都是需要提前一天预约的,我也拿不准,没想到美容师告诉我早上恰巧没订出去,我就赶紧去美容院了。真是不好意思,也忘了跟你打声招呼。说完,她歉意地笑了笑。

原来是这样！我想起那条短信来。她就是为了他急着出院,急着去做美容的吧?

她似乎看出了我的疑问,却没有顺着答案的方向说,而是转移了话题。她问,张先生,你有女朋友吗?

我说,已经分手了。

哦,她若有所思,举起酒杯,张先生,你人这么好,一定会找到一个好女人的。来,为你的美好未来,干一杯。

我看着她,也为你的美好未来吗?

对,也为了我的。她干了。

我看着她又变得模糊的目光,不知说什么。

真好,你能来。好长时间没人陪我喝酒了。她给自己倒了满满一杯,一仰头,又干了。

我将酒瓶拿到自己身边。艾小姐,不急,慢慢喝。对了,我想起来问她,还不知道你叫什么名字呢?

她一愣,随即笑了,是啊,名字。也许以后,我就叫艾薇儿了……

我讪讪地笑着,表面上有点不好意思,心里却对自己说,张三,你个傻×。聊过几次天,以为她就信任你了吗?

我的眼神泄露了内心的信息,她收起笑脸,对我说,张先生,你别误会,我的意思是说,我真的准备以后就用艾薇儿这个名字了。

我不解地看着她。

她低下头抚摸着酒杯,自语般地说,薇儿是我小时候的名字。

这样啊,明白了。我想起了那些夜晚,她无数次地在短信中提到"我们小时候……",心底涌起一股暖意。

我抬手将两个杯子斟满,举起自己的,来,干杯!为了小时候!

她也端起自己的。两个杯子撞在一起,发出清脆的响声。我看到她脸上浮起一片温暖的光。

大厅里的音乐此时转成了钢琴曲,我们都停止了吃菜,聆听着……一曲终了,我说,多好啊,肖邦。她吃惊地看了我一眼,随即会心地笑了。

接下来的谈话很舒服,在肖邦的映衬下,我放低了声音,学着她的样子说话,夹菜时手活动的幅度也不知不觉小下来。这种感觉很奇妙,让我享受。

聊了一会,她忽然有些伤感,盯着空杯看了半天,然后说道,你看到的我手机里那个叫"老公"的电话号码,已经被我删除了。说着,一滴泪掉进菜里。

我一下子不知所措,慌忙给她倒酒。

她端起来一口喝干净。

分手了?婚外情吗?她的事情我依然那么好奇,渴望探听。忍不住小心问道,为什么呀?

不明白是吧?她看着我,突然充满嘲讽地说道,我就是传说中叫"二奶"的那种女人啊！我吃惊地张大了嘴。她看着我,继续说道,看到了吧？不是美若天仙像小仙女,也没有三头六臂像母夜叉。我回过神来,呷了一口酒。她似乎还不过瘾,发泄似的继续说着,我被人秘密包养,不用上班,有钱花,随便买漂亮衣服、名牌手袋。说着敲了敲她的皮包,我这才注意到包是香奈儿的。她的情绪明显有点失控了,手有点抖。我想打断她,举起酒杯。但是她不理我,沉浸在自己的情绪中。可是我寂寞,太寂寞了！他只有想要我的时候才来,要完了扔下钱马上就走。你知道那种日子吗？你当然不知道！你又不是女的。我无可奈何,只好自己喝酒。她并不想让我参与进来,只自说自话,我后来想生个孩子,但是没有成功。我瞒着他,死撑到六个月,最后还是做掉了。是个男孩,你知道吗？她嘴一咧,突然大放悲声。服务小姐马上推门进来,我尴尬地连说不好意思,没事没事。她看了看她,又看了看我,似乎明白了什么的样子,什么也没说又出去了,将门严严实实地关上。

一个优雅的女人瞬间就变成了一个泼妇,如果不是亲眼看见,我无论如何不会相信。长期以来承受压力的结果,大概就是这样吧？太可怕了。这还是那个与我短信聊天的有教养的女人吗？我感到心有点难受,忽然想早点离开这里。

她哭了一气,心情似乎好了些,又给两个杯子斟了酒。来,喝,今天真痛快！真应该早点找你出来。

我喝了一口,进入话题,这么说,你要离开这儿了？

是啊,再也不想回来了。

哦,那要去哪里呢?

回老家。

回家挺好,家里亲戚朋友多,就不孤单了。准备做什么呢?

还没想好。不过,肯定不用再养狗打发日子了。

说到正题了。我清了清嗓子,艾小姐,艾薇儿它……

她打断了我,对了,我正要说这个事呢。她整理了一下头发,双手在脸上搓了搓,我这一走,也不能带着它,张先生你人这么好,艾薇儿……就托付给你吧!

我一惊,险些碰掉了筷子,这个变化,完全在我的意料之外。我不知说什么好,愣愣地看着她。

她仿佛表达完了所有想表达的(可能也包括大哭),显得很轻松。

我在柔和的灯光中注视着她,陷入想象。就是那个男人,那个被她称作"老公"的男人,将她消磨成现在这个样子吗?苍白、瘦弱、神经质、歇斯底里?

我问,你爱他?

她将目光放远,仿佛看着那个男人在说,他是我见过的最成功的男人,又懂得哄女人。他和一般的男人,不在一个层面上。任何一个女人爱上他都很正常。

我操!这话让我自惭形秽。

我错就错在,高估了他对我的爱,以为他总有一天会变成我的老公。现在,我终于明白了。她神色黯然,将我面前的长白山香烟盒拿起来看了看,又闻了闻。我以为她想抽,忙举起打火机。她摆摆手,怀孕那会就戒了,后来就再也没抽。可是,经过了这么优秀的男人,我还能爱上谁呢?

我无声地端起酒杯,喝了一大口。我不想吹牛,真的觉得,她眼中此刻的悲哀,能杀死人。我问,他是做什么的?这男人让我好奇。

她没有回答我。沉默了一会,看着酒杯说,我答应过他,要保守秘密。

哦!我张了张嘴,心里骂自己嘴贱。

谈话陷入僵局之后,我重新开始焦虑。

我知道,该面对狗的问题了。来之前,我只知道这次会面不能告诉二毛,尤其是我想坦白真相,把5000块钱还给艾小姐这件事,打死都不能说。我很不自信。在未来那么多个和二毛吃肉串喝啤酒的晚上,要守住这个秘密,不知自己能不能做到。坐到这里之后,我一直在试着找机会开口,但我发现,开口比我想象得难多了。可是刚才,艾小姐突然说回老家,要把艾薇儿托付给我,一下子打乱了我的计划,一个新的方向出现了。这5000块钱还要不要拿出来?要不要将我和二毛合伙骗她这个秘密就此守住?也许,顺势替她照管艾薇儿,什么也不说,就当什么都没发生,也未尝不是个好的选择。我被这些思虑推来压去,快要爆炸了。

酒已经没有了，我开始抽烟，以缓解心中的纠结。我不明白，老天为什么要这样折磨我的心？我只是个落魄的狗贩子，不是天将降大任的那个人。难道就因为用假艾薇儿骗了她吗？我看着她叫服务员进来，掏出红色的钱包，拿出钞票，买单。可老天为什么不去惩罚二毛呢？他那么胖，比我禁折腾。

我听到艾小姐说，张先生，艾薇儿就拜托你了。我们认识，也算缘分。后会有期吧。再见了！说完，她站起身，向门口走。

在她的手够到门把手的瞬间，我终于决定了。

我将5000块钱掏出来，放到桌上。我说，等一下，把这钱，拿回去吧。话一出口，顿时轻松多了。

她回过头，吃惊地看着我，又看看钱。张先生，我不是要把艾薇儿卖给你。

我知道。我将烟捻灭，沉吟了片刻，吃力地说，这个艾薇儿……是假的。我是个狗贩子，我骗了你……对不起！

沉默，所有的声音都消失了。

艾小姐站在门口，良久，移动脚步，走到我身边。又是一阵难堪的沉默。然后，有颤抖的声音传过来："应该道歉的是我！张先生，从来就没有报纸上的那个艾薇儿。那条狗，是我凭空想象出来的。是我……用来打发寂寞的……一个游戏。"

我张大嘴巴，呆住了。老半天才回过神来。我寻找着她的目光，发出结结巴巴而奇怪的声音："那……那些短信呢？"

她的身体一抖，手扶住了餐桌，咬了咬嘴唇，却什么也没说出来。我逼迫着她的目光,她躲闪了几次,最终还是迎了过来。可那里面的内容太复杂,我还没来得及找到我想要的部分,她已经低下头,深深地向我鞠了一躬:"对不起!"

"啪!"手机从我手上滑落,在触到大理石地面的瞬间,碎片纷飞……

女 丑

一

碧丽珠将最后一枚亮片小心地粘在鼻翼，对着镜子仔细看了看，起身，收拾化妆品。小绵羊站后面等半天了，一屁股坐下去，差点踩到她的脚。碧丽珠心里不痛快，但没说什么。她很累。

她坐在化妆台后面的破沙发里，点了一支烟，目光瞥在小绵羊的腿上。这是一双迷人的腿。修长、笔直、饱满、紧致。此刻，它们被包裹在黑丝袜里，弯曲着从椅子前端斜伸出来，小腿和脚踝在高跟鞋的烘托下，线条无可挑剔。碧丽珠将目光滑开，下意识地拽了拽超短裙。最近又有些胖了。

皮猴从外面进来，不知从哪弄来一个手持电动小风扇，凑到小绵羊身侧，殷勤地吹起来。到底还是年轻啊！碧丽珠在心里感叹。打扮停当的老公张顺水早跟着别人到外面凉快去了。

小绵羊来路不明。声音嗲嗲地，一忽说是魏三艺校毕业的，一忽又说以前在夜总会唱过,还做过迪厅的领舞。老板徐春是见过世面的人,绷着脸听了半天,只说,先试一星期。又问,叫什么?于丽丽。这名字不行。徐春盯着她想了想,我看就叫小绵羊吧,和皮猴,正好一对!海报这就贴出去了。张顺水私下里问过皮猴,在哪里捡的这么个搭档?皮猴只是嘿嘿笑,不说。张顺水只好拍拍他的肩,对人家,巴结点,别半道又跑了。皮猴原来的搭档是艺校一起上课的小师妹,两人唱了不到半年,小师妹就跟一个有钱的老板走了。

这丫头不会唱戏。第一个晚上下来,碧丽珠就跟张顺水说。还用你说?张顺水不屑,你看那两步走,脚软绵绵的,没练过。徐哥一眼就看出来了,要不怎么叫小绵羊呢?哈哈——碧丽珠也笑,心里一块石头落了地。徐春这是拿她当画使唤呢。

不想,小绵羊对碧丽珠构成了威胁。三天下来,本事露出来了。敢唱《青藏高原》,还穿超短裙劲舞。场子沸腾了。一个垫场的,竟然出现了点单,而且是三张。这待遇,以前只有碧丽珠一个女角享受过。

春华剧场的二人转演出,每晚固定四组。中场有杂技表演和歌舞。照例第一组是热场的,皮猴的前任搭档走了之后,徐春马上用了新来的一对,眼看着要把皮猴挤走了,不想来了个小绵羊,局势迅速扭转。现在两对一三五、二四六轮流上,一副PK的架势。碧丽珠和张顺水在第二组,表面上是以张顺水的男丑为主,实际上碧丽珠的戏一点不弱。她能歌善舞,会唱老戏,还有一绝活——吹萨克斯。后面两组,男角都是腕。一个是俊男杨洪波,出过个人演唱专辑,网上可以下载,女粉丝一大群;一个是丑帅全能,文武兼备的小福贵,演过电视剧。两人都在春华唱了四五年了,根子硬。碧丽珠夫妇比不了。

张顺水绕回来,手里拎着半截雪糕,老婆,润润嗓儿……碧丽珠晃了晃手里的烟,示意不吃。小绵羊在镜子里看到了,停下手,对皮猴说,去,给我买一支来!皮猴应声刚要出去,张顺水忙说,这就要开锣了,你别到处乱跑。我去给你买!"买"还没落定,后屁股就挨了碧丽珠一脚,哪儿显着你了?皮猴见状,忙说,我去我去。一溜烟出了门。张顺水瞪了媳妇一眼,追了出去。

小绵羊在镜子里看着碧丽珠,狠狠地翻了一眼,正巧被她看见了。碧丽珠不舒服,将气撒在烟上,使劲吸了一口,又呼地吐出来,到底忍不住丢出一句,也不怕眼珠子翻下来,掉地上找不着。小绵羊并不生气,一边化妆,一边回敬道,我眼眶子深,掉不下来,就算掉下来,也有人抢着给找。说完又瞥了一眼碧丽珠,目光似有得意。碧丽珠举着烟,斜着眼瞧了她片刻。小绵羊正在涂睫毛膏,手擎着睫毛刷正一根一根地挑。碧丽珠突然抬起脚,对准椅子就踹过去。觉得自己是盘菜了是不?小绵羊后背受了力,"扑"地一下趴在化妆台上。下巴在桌上一磕,咬了舌头,竟流出血来。不知是疼的还是吓的,尖着嗓子号哭起来。外面的人闻声纷纷赶来,小小的化妆间一下子挤得满满的。

碧丽珠没料到会变成这种局面。按她的设想,她踹了小绵羊,小绵羊就应该立马蹿起来,挠她脸,或者拽她头发,伴着脚部动作,然后两人迅速扭作一团,直到别人来把她们拉开。一定是偏护她碧丽珠的人多,小绵羊才来几天?没想到这么不禁揍。皮猴面露怨色,瞟了一眼碧丽珠,却对着张顺水,哥,赏口饭吃吧。张顺水挂不住了,一伸手,拉住碧丽珠的胳膊,声音低沉却充满了力道,跟我出去!碧丽珠将胳膊一甩,对着小绵羊,就欺负你了,怎么着?怕欺负就别出来混!张顺水再次伸出了手,钳子一样攥牢老婆的胳膊,将她拖出人群。

徐春是在牌桌上听说这事的,当时是晚上7点20分,离开场还剩10分钟。琴师老吴打的电话。简单讲了碧丽珠打了小绵羊的事,徐哥,小绵羊说舌头坏了,今晚上唱不了了。徐春一听,气不打一处来,唱不了就不唱,把另一对调来。对了,徐春提高了嗓门,告诉张顺水,让他和他老婆垫场,唱开锣,救场的不来就甭下来!说罢,没容老吴答话就狠狠地撂了电话。

事不赶巧,与皮猴小绵羊PK的那一对今晚这边没戏,就接了一家夜总会的活,一个老板给母亲办大寿,给的钱多,说什么也不肯过来。再打,就关机了。徐春听了老吴的汇报,看看表已经7点25分了,对着话筒咆哮道,告诉张顺水,让她老婆上,可劲得瑟!不唱满一个点别下来!

二

临上台前,老吴拍了拍张顺水的肩说,对下边,多讨好着点。

张顺水感激地点了点头。

锣响了。张顺水紧了紧腰带,又踢了两下腿,口里喊了声"嗨——"。碧丽珠知道,他这是要翻着跟头上去了,不觉心里一紧。张顺水不翻跟头上台已经好多年了。他们夫妇不是科班出身,这点本事都是自己练的。练跟头那阵,张顺水二十多岁,两人结婚没多久。为什么要练跟头呢?因为要进城。婆婆不喜欢珠儿,嫌她不安分,不愿意干农活,四处唱红白喜事。当然,婆婆也不喜欢张顺水,常说我上辈子作了什么孽,生了你这个二流子!

剧院还有些杂乱,有些观众刚刚入场,正在找座位。垫场的戏是不好唱的,有多大本事都会被忽略。张顺水的跟头翻得还算利索,碧丽珠舒了一口气。就在杂沓声中,张顺水开始讲笑话。不停说着拜年嗑,只敢拿自己砸挂,不敢砸观众。接下来唱歌,气氛好了些,掌声也热烈了些。唱是张顺水的最强项,这几年他基本都是靠唱,轻易不动武。30分钟的时间,媳妇占了一半,剩下15分钟,一会就过去了。每天的演出是很轻松的。他很享受现在的工作,很久没有琢磨新花样了,人也胖了。碧丽珠有时候想说他两句,这个行业,竞争是非常激烈的,每天都有新演员排着队来试活。但想想也都四十来岁的人了,拼命也拼了快二十年了,就忍住了。他不琢磨,碧丽珠琢磨。反正都是一家人,有绝活就行,管它谁练呢?两口子互相帮衬,比上不足比下也算有余了。春华剧场是城里最大的二人转场子,一般的演员,一晚上每对都能拿到二三百元,还想怎样呢?不想出了这种岔头,碧丽珠觉得有被打回原形的苦涩。

张顺水折腾到 25 分钟的时候,下面开始骚动。按常理,这意味着女角只剩 5 分钟的戏了。不按常理,也有可能今天张顺水就是独角戏,可演出单上明明写着碧丽珠的名字啊,有些人就是冲着她来的。下面有人开始鼓倒掌。碧丽珠在台角不停向张顺水打着手势,意思是叫她上去。但张顺水就当没看见。只听他说,今天我卖卖力气,给各位好朋友练手绝活。今天买票的都来着了,轻易我不练。说完,就让皮猴抬上来一张桌子,往手里吹气,准备从桌子上空翻过去。

这是要拼命啊!碧丽珠顾不得许多,一个箭步冲上台去。拦在张顺水和桌子中间,你一人玩得挺好啊?不让我上来我就上不来了?就你一个人长腿了?说着一扭腰肢,甩开两条腿跳了一段踢踏舞,掌声四起。跳毕,碧丽珠对着观众,我告诉你们他的绝活是什么?就是从这桌子上一翻,咔——桌子腿折了!笑声。掌声不热烈,再热烈点,看看我给你们来点绝活。掌声、口哨声,碧丽珠示意音响师,开唱。

碧丽珠连唱了三首,伴奏带都是她花钱请人重新混音的,节奏强劲,为了配合舞蹈,灯光师换了镭射灯,强悍地闪烁着,只见碧丽珠甩开一头长发,摇头、摆臂、扭臀、弹腿……小绵羊站在舞台边缘冷眼瞧着,嘴角露出一丝不屑。她的下巴已经肿了。

这一通连唱带跳下来,碧丽珠大汗淋漓。张顺水边拿手绢给她擦汗,边说,真够卖力气的。转身对观众,下面我再给大家露一手。话音刚落,碧丽珠抢前一步,将他往后一搡,谁稀罕看你呀?来看谁来了不知道啊?下面马上有人配合地鼓掌起哄。张顺水冲妻子使个眼色,半嗔半怒,得瑟不要命是不?然后面对观众,在座的大姐大妹子们,你们是不是来看我的?下面响起女人们的尖叫声。这时,不知谁喊了一句,碧丽珠——骂他!在闹哄哄的背景中异常清晰。观众们似乎得到了提醒。紧接着,塑料鼓掌手板有节奏地响起,有的在空中摇,有的在桌子上拍,啪——啪啪!啪——啪啪!声音越来越响,起哄声和尖叫声也越来越大。剧场开锅了一般,人们兴奋异常。碧丽珠望望观众,又望望丈夫,眼中闪过一丝悲凉。张顺水有点不知所措,这个局面不是他期待的。他徒劳地伸出手,做着下压的动作,示意观众安静下来。但是没人听他的。所有的目光都望向碧丽珠。

良久,碧丽珠将长发使劲一甩,双手叉腰,脸上浮现出讥讽的表情,对着张顺水开口了。不说你搞破鞋的事心难受是不?观众席里爆发出开心的笑声。笑过,大家安静下来,等着上演久违的一个段子——骂夫。

这个段子的由来是碧丽珠一辈子难忘的耻辱。

常看二人转的人喜欢看新段子,连带着也喜欢看新人。两年前,碧丽珠和张顺水来到了春华剧场,一亮相就博得了满堂彩,很快在剧场站稳了脚跟。两个人各有一群异性粉丝。碧丽珠虽人近中年,但身材高挑,高鼻大眼,比春华原有的女角都漂亮,吸引了一批中年男观众。每天晚上都有老板点碧丽珠的单。张顺水呢?那时候没剃光头,而是梳着一头乌黑的长发,站在台上,黑衣黑裤,戴一副墨镜,唱迪克牛仔的歌,常让女观众尖叫。

在碧丽珠的粉丝里,有一个杨老板,每周日的晚上必到,每次必点200元的单。在张顺水的粉丝里,有个年轻女人,叫小红。小红的气派与杨老板不同。她每次都不是一个人来,而是姐姐妹妹呼啦啦来一群。每次小红一点张顺水的单,接下来至少两个姐妹跟着点。时间长了,一些熟客都记住了这两个人。

某一日,有人在街上发现小红的敞篷小跑车里坐着张顺水。两个人都长发飞扬,在城里这一招摇,甚是引人注目。于是流言四起。在绯闻传了几个月后的一个晚上,一场演出刚散场,张顺水夫妇在人流中走出剧院,一伙不明来路的人迅速冲上来。两个人按住碧丽珠,令她动弹不得,剩下的人对着张顺水开打,张顺水的身上立刻溅出了血渍。一声声闷响传过来,碧丽珠几乎要昏过去。人们都惊呼着躲得远远的。徐春、皮猴和老吴闻声赶过来,频频给众位"好汉"作揖求情,但没人理他们。直到110拉着警笛奔过来,"好汉"们才迅疾散去,临走还不忘拿走张顺水掉在地上的手机。

后来有小道消息说,小红是某位有黑道背景的矿老板在本城包养的二奶。矿老板不常过来,所以这么久才知道这事,要是早知道,早就来收拾张顺水了。那个叫小红的女人自此从剧场消失了。

张顺水在医院住了两个多月。若换了别人,这么长时间上不了台,早就得卷铺盖走人了。但是张顺水摊上个好老婆。碧丽珠可不是一般的女角,一个人能顶半台戏。她忍住老公带来的屈辱去求徐春,让她还留在春华,唱开锣也行,随便找个男角搭10分8分的就行,剩下的时间她自己顶,还愿意自降薪水。徐春同意她留下了,但是话也没说死,一旦来了更好的一副架,碧丽珠还得走。也该着她命好。那阵子正值农忙,农村唱流水的二人转演员都在家里忙着春耕,没人出来找活。二人转学校的学员们也得夏天才毕业。她硬是支撑到了张顺水病愈出院,两个人在春华的饭碗才总算保住了。

重新登台的张顺水剃了光头,在台上不再扮酷,人一下子蔫巴许多。但是张顺水经过这次著名的"破鞋"事件,知名度大增,观众的热情又被重新点燃了。他们纷纷挤进春华剧场来看绯闻男主角。站在台上的碧丽珠恨不得找个地缝钻进去。相比此刻的煎熬,她宁可一个人在台上流汗。当年因为说口涉黄,被文化局执法大队抓走也没觉得这么丢人啊!

不知从哪天开始,碧丽珠在台上对着张顺水骂开了,什么难听骂什么。只要让她上台,她就开始骂,越骂越生气,越骂越痛快,滔滔不绝,灵感百出,几乎忘了是在演出。台底下笑声不断,掌声不断,他们过瘾了,无比兴奋。张顺水任由她骂,不还口,无奈地赔着笑脸。那段日子,张顺水夫妇每天最后的这段"骂夫"内容,渐渐成了剧院演出的噱头。口口相传,连临城的人都特意开车过来看。骂了半年多,碧丽珠有点骂不动了。她觉得,自己老了。

这段旧事,已经过去一年多了。

碧丽珠以为,人们已经忘记了。不想,他们还记得这么清楚。别人的痛苦真的让他们这么高兴吗?碧丽珠站在台上麻木地骂着,耳畔充斥着各种笑声,像刀子一般,戳向她结着疤痕的心。

那天演出结束后,碧丽珠是被张顺水架上出租车的。她的两条腿像灌了铅,抬不起来了。一进家门,就扑到床上,号啕大哭。

三

第二天,一切如常。徐春来后台看了看,亲热地和大家开着玩笑,还让他姐姐给弄来两个西瓜。让人怀疑昨天老吴转述的"老板大怒"是不是真的。

碧丽珠浑身难受,西瓜没吃,一个人躲在化妆间抽烟、想心事。她觉得自己现在是城里人了。虽然住的还是租来的房子,但是再攒上两三年,就可以买自己的房子了。楼房,有暖气、有煤气。小福贵一年前买的,请大伙去过一次,70多平方,封闭小区,30来万。碧丽珠问完房价,就在心里盘算开了。这几年,她和张顺水省吃俭用,攒下了6万块钱。照着在春华的收入水平,再勤快点唱些私活,弄好了,或许五年以后就能把婆婆和女儿接到城里来了。碧丽珠是个要强的女人,她和张顺水在外边唱了快二十年了,要是不混出点模样,那可真应了婆婆的话:"一对二流子!"况且,她希望女儿能到城里读初中,彻底变成一个每天坐公共汽车上学,踩了别人脚会自然地说"对不起"的城里孩子。

一个星期很快过去了。徐春宣布,小绵羊和皮猴在 PK 中胜出,以后天天唱开锣。还鼓励大家多练新活,说竞争永远都是存在的。碧丽珠心中莫名地布上阴云。她觉得徐春话里有话。

这一天,徐春突然请张顺水喝酒。碧丽珠知道老板有事要说,演出完了就一个人背着服装道具回家了。等到后半夜两点多,张顺水才打着嗝回来,一身酒气。没等碧丽珠问他话,就一头栽倒在床上,呼呼睡着了。

第二天,吃完了早饭,碧丽珠站起身想收拾碗筷。张顺水一伸手按住了她的肩,别着急,歇会再收拾。说完,从烟盒里掏出两支烟,一起点上,分给碧丽珠一支。珠儿,张顺水吸了两口,开始说话,昨儿徐哥跟我说了……碧丽珠把烟从嘴边拿开,盯住张顺水,说什么?说……张顺水犹豫了一下,说……你得改活。啥?碧丽珠将还剩半截的烟一下子戳到碗里,瞪圆了眼睛,看着张顺水。你那么大声干吗?张顺水不忍心看她。这不是和小绵羊的活一样吗?他尽量把语调放柔和。那为啥不让她改呀?碧丽珠"刷"地站起身,骂道,徐春也太不是人了!那个小婊子,肯定和他上床了!说着推开椅子,我找他去!张顺水一把拉住她,喝道,不想干了是不?

这一天,碧丽珠不知怎么过的。从上台到下台,都像在梦游一般。"改活"两个字就像魔咒一样在她脑中挥之不去。

心情不好,身体也跟着有反应。连续几天,腹部间歇性疼痛,头也沉。张顺水看着碧丽珠躺在床上折腾,实在心烦,就说,要不,上医院瞧瞧去?碧丽珠说,不去,没病都能瞧出病来,不宰你二三百块钱别想回来。我自己的身体我清楚,就是妇科那点事,休息休息就好了。我看你这都休息好几天了,也没见消停。要不,去后楼孙中医那看看,上次我感冒咳嗽,吃了他两服药就好了,才花了6块钱。碧丽珠皱着眉想了想,说,也行。

孙中医将一只枯瘦的手搭在碧丽珠的手腕上,少顷,脸上现出笑意,又示意碧丽珠换一只手,再把了一会脉。抬头对着张顺水,用沙哑的声音说道,有喜了。张顺水一惊,真的?小中医笑了,喜脉我很少断错。张顺水点了点头,随即将妻子搀起来,珠儿,这个孩子,咱们得留着。碧丽珠面色苍白,什么都没说。把老婆送回家,张顺水马上去了菜市场。他说得买只老母鸡炖上,补补。

碧丽珠一个人呆呆地坐在床上,她还不能接受这个事实。她患慢性盆腔炎差不多10年了,医生说,很难再怀孕。顶多还有8个月可唱,8个月,240天,如果没有意外,除了一家人的生活费和房租,大概能剩4万多。买房子远远不够啊!孩子生下来以后的事,她更不敢想。最少得在家歇一个月,位置也许早就被别人顶了,还得重新找场子,能再找到春华这样的吗?而且要缴超生罚款,又多了张嘴吃饭。也许还要去另一个城市,睡火车站、租房子、拜码头……一切重新开始。

晚上吃完了饭,她给他端来一盆洗脚水,放好,将声音放柔和,哥,要不,等咱买了房子,再要老二?

哥警觉地看了她一眼,目光十分陌生,房子要紧还是儿子要紧?

她垂下眼帘,泪珠在眼圈里打转。

哥口气坚决,你少打别的主意,我告诉你,这是我们老张家的头等大事!说完,一抬腿,出了门。水原封未动,冒着热气。

碧丽珠知道,再没有商量的余地了。她决定面对现实。

摆在眼前的首要问题是改活。原来说改活,只是避开小绵羊,可选择的路还是挺多的。现在不行了。蹦蹦跳跳显然不合适。怀女儿那会儿他们在吉林,碧丽珠是靠唱支撑到临盆的。大部分时间在唱《回杯记》,虽然有点悲苦,但是肢体动作不大。要说她最拿手的,其实是《猪八戒拱地》,那里的小媳妇是孙悟空变的,活泼好动,符合她的性格。但是里面有猪八戒背媳妇的情节,以她当时的腰身显然是蹦不到张顺水的背上去了。吉林、黑龙江的二人转迷喜欢听传统剧目,所以以唱为主的"北派"二人转有市场。辽宁的二人转被称作"南派",以说、学、逗为主,老戏唱得再好也不灵。光唱流行歌曲也是不行的,得有绝活。再过一阵子,肚子越来越大,萨克斯恐怕也没气力吹了。还得琢磨点什么绝活呢?

思来想去,只剩下一条路——扮女丑。

四

女丑,向来都是二人转行当里的大熊猫,一块宝。

传统二人转都是以男丑为主,女的讲究漂亮。男要诙谐女要浪,这就导致女丑稀缺。此外,女丑要放得下架子、耍得开,更要掌控全场,调动气氛,有男人的气魄。所以女丑要想在舞台上立住,比男丑难多了。但是一个成熟的女丑,走到哪里都不愁没饭吃。

很多二人转场子没有女丑。春华原来有一个,干了不长时间就被人挖走了。徐春一直耿耿于怀,因为女丑是一种象征。一个二人转场子要有男丑、女丑、帅男、美女,才算演员类型齐全,才会使剧场更具吸引力和竞争力。用徐春的话说,更有江湖地位。

碧丽珠不是没想过走扮女丑这条路。但是,把自己弄那么丑,对一个漂亮女人来说实在过不了心理这一关。但是想归想,并没打算真正付诸行动。现在不同了,漂亮已经变得一文不值,唯有丑可以救自己。

碧丽珠把自己的决定告诉了张顺水。张顺水一愣,看着妻子,眼中流露出吃惊和歉疚交织的神情。你都想好了?嗯。碧丽珠点了点头。准备学谁啊?先学小洪飞。张顺水眼前闪过一张令人恶心的胖脸,他想说点什么,终于还是没说。沉默了一会,试探地问妻子,那我就告诉徐哥了?碧丽珠马上答道,好。一个月之后成活。

张顺水走后,碧丽珠起身将门窗关好,从箱子底翻出一对水袖来,披在双臂上,一个人立在地当中,对着墙上的一张彩色大剧照,唱了一段《杨八姐游春》,直唱得泪光盈盈。剧照是她30岁时参加吉林省民间戏剧汇演时拍的,当时她和张顺水唱的正是这出戏,得了个二等奖。唱罢,她狠狠擦把泪,将剧照摘下来,用水袖小心包好,塞进床底下。

第二天,碧丽珠睡到下午2点才起床。洗漱完毕之后,她对丈夫说,家里有什么能吃的,都给我端上来。张顺水"哎"了一声,开始往桌上倒腾饭菜。多年来,碧丽珠为了保持身材,每顿饭只吃一小碗。近几年,更是把夜宵也省了。演出完回到家里,经常饿得抓心挠肝。但是今天,碧丽珠愣是吃了三碗饭,还把两盘子菜一扫光。

吃罢饭,碧丽珠又踱到阳台,捡了两个苹果,简单洗了洗,又开始吃。边吃又抓了一把生花生放到身边。张顺水实在忍不住了。我说,你歇会再吃,别把我儿子撑个好歹的。碧丽珠白了他一眼,吐出半个花生壳,只要是我儿子,怎么吃都不会有事的。说完,拍拍手,又躺下了。

张顺水一脸无奈,起身收拾碗筷。他知道,碧丽珠这是想快速增肥。好在现在怀孕了,吃也不白吃。可自己怎么高兴不起来呢?怎么看她都像破罐子破摔的架势。这架势,张顺水是熟悉的。自己和小红鬼混的那些日子,她就是这样一副架势。唉!他听到碧丽珠的一声叹息,忙躲进厨房,将水龙头打开。

　　碧丽珠重新恢复了宵夜,并且吃完了立即上床睡觉。白天,嘴几乎不闲着,无论是干家务,还是对着DVD琢磨小洪飞的演出,手都不停往嘴里塞东西。家里随处可见各种零食,她常常吃到肚子胀,想要吐。忙活一星期,体重长了十斤。她看着体重秤上的数字,放心了。按照她的计划,丑活登台前体重增三十斤,现在看是没什么问题了。

　　原先担心的段子心里也渐渐有了底,其实模仿小洪飞不难,她的功夫主要都在嘴上,基本没有武戏。碧丽珠觉得还可以加上自己原有的优势,比如吹萨克斯,还可以编排点滑稽舞蹈。每天一遍一遍地看小洪飞的演出碟,看多了她觉得有点恶心,不知道是不是孕期反应,有时候看着看着就想吐。碧丽珠抚摸着肚子,想到出生之前,这个小生命每天都要在肚子里听自己说这些不干净的话,她就盼望着,无论如何,要是个儿子。

　　当体重顺利增加二十斤之后,碧丽珠开始琢磨自己的新造型了。她上街去找大花图案的棉布,找来找去,没找到满意的。回家之后,她把被面拆下来,围在身上,绿底,大粉花,衬得自己的这张脸俗艳又喜气洋洋,就是这个效果。她看着镜子里的人,一瞬间,有点恍惚,这是谁呀?谁站在我的家里?这个人,简直是一头猪啊!一阵恶心。她忍住要吐的冲动,从抽屉里摸出剪刀,对准一个粉色的花瓣剪下去。

她用被面为自己做了一个吊带背心、一条肥大的裙裤。小洪飞穿的是裙子,她要穿裤子,这样跳舞方便些,并且会使自己的腰身更难看。做完之后,她又把剪刀对准了头发。

头发,是她的心爱之物。她的头发好,黑、直,而且硬。从少女时代起,她就留长发。在老家的时候梳辫子,进了城就一直披着。张顺水也喜欢她的头发,以前总帮她梳。自从有过小红那个女人,就再没梳过了。那个女人,是一头波浪卷发。碧丽珠进城后一直想烫一次头发,但是始终没舍得。等丈夫出了和小红那档子事之后,就彻底断了烫头的念头。

此刻,她对着头发踌躇起来。梳两个髻也是可以的,像小洪飞那样,一副天真的傻丫头样。她对着镜子卷起头发,可是,悲哀地发现,这张脸已经不天真了。一股凄凉从心底升上来,就快是两个孩子的娘了。剪吧剪吧,还留着这触目伤情的东西干吗?不剪,生了孩子之后也会大把大把地掉。想到这,她举起剪刀,果断地下了手。

离碧丽珠丑角登台还剩一个星期的时候,徐春在他姐姐的陪伴下,以祝贺怀孕为名前来看望碧丽珠。碧丽珠心里明白,老板这是来检查新活了。

徐春进门前,她已经从化妆到服装准备停当,张顺水也简单换了身演出服。等姐俩一进门,徐春的姐姐当时就"哎呀"一声,像看大猩猩一样把碧丽珠前后左右瞧了个遍,然后对着徐春大发感慨,我就说,珠妹子那是干什么像什么!徐春也面露喜色,碧丽珠的这个造型首先就成功了一半。

接下来试活。戏走到一半,徐春已经笑得合不拢嘴,连连叫停。行,我看就这么弄吧,不用再演了,赶紧歇会,别再累着了。然后他兴奋地给张顺水点了一支烟,顺水,这么着,剩下这一个星期,珠妹子就别在剧场里露面了。等日子一到,再隆重亮相!这可是本城二人转剧场十多年来的第一个女丑啊!哥得好好宣传一下!徐春的姐姐也随声附和,对!得造造声势,把人都忽悠来!徐春白了她一眼,啥忽悠啊?人家珠妹子这是真本事,不看,他们后悔!

徐春回到剧场,立马找来一家广告公司的负责人,要求一星期之内,报纸、电台、电视都要上文字广告:"春华剧院第一美女变丑女,7月18日揭开谜底。"广告公司的人玩味着广告词,不错,言简意赅,有诱惑力。图像呢?徐春说,不要图像,想看就来剧场。对方想了想,说,徐老板,要不这样,你给我一张演员以前的美女照,越漂亮越好,放在图像的左边,右边呢,留白,打上一个问号和倒计时的日期,一天一个日子,直到7月18号,您看怎样?徐春一拍他肩膀,行啊!就这么着!我还要印一万张宣传单,再给我弄两个喷绘,一个挂在剧院里面,一个挂在剧院外面。春华也该折腾一把了。徐春笑道,让那些小场子见识见识,什么叫气派!

五

7月18日,是个大热的天。又热又闷。雨酝酿了一白天也没下来。到了晚上,人们都在屋里待不住了,纷纷涌到外面乘凉。

演出前半个小时,春华剧场门前的小广场已经聚满了人。人们议论的只有一个主题:碧丽珠今晚上会以何种造型出场?会有什么出彩的活?十年来本城第一个女丑的这次亮相,能火还是能砸?

徐春站在二楼的办公室窗口,看着人群,脸上露出笑容。一个星期的宣传没白做,场子今晚爆满,明天的票也预售完了。现在就看碧丽珠的造化了。他到卫生间洗了手,回来后恭恭敬敬地给关老爷上了三炷香。然后,决定到后台去看看碧丽珠。

走到一楼楼梯口,迎面碰上小绵羊。她看到徐春,甜甜地叫了声徐哥!徐春说,正好,陪我去看看碧丽珠。小绵羊不情愿地跟在他身后,嘴里嘟囔着,这架势拉的,不知道的,还以为要嫁人呢!徐春回头看了她一眼,我告诉你啊,今晚上别惹她不高兴。小绵羊一撇嘴,没吭声。徐春又说,明晚陪我去打牌,完了我请你吃夜宵。

两人来到化妆间门前。小绵羊敲门,里面传来碧丽珠的声音,进来吧!推开门,小绵羊惊呆了。

扑面而来的是翠绿与艳粉两种触目的颜色,一个肥胖的躯体裹在其中,上面露出两条粗壮雪白的胳膊。再往上,一张色彩分明的脸呈现在眼前,颧骨处是两小团粉红的胭脂,眉毛涂得很夸张,眉梢向下呈八字,猩红的嘴唇闪闪发光,唇上还粘了一颗媒婆痣。更要命的,头发短得露出肥腻腻的脖子也就罢了,头顶居然对称地夹着两个粉色蝴蝶结。

小绵羊对着怪物看了半天才反应过来,原来这是碧丽珠啊!徐春那边已经开口了,哟!珠妹子都收拾好了,我在下面可等着给你鼓掌了,哈哈。碧丽珠嘴角动了动,什么都没说。徐春四下看了看,觉得没什么意思,妹子,你先歇着,回头让我姐给你送两瓶水来。说完出去了。

小绵羊小心地从碧丽珠身边绕过,坐在梳妆台前,开始化妆。她预料到了碧丽珠会更加肥胖,但是变得这么丑她无论如何没想到。她见过女丑,但是没见过为了扮丑做这么大牺牲的。她不时地从镜子里扫视碧丽珠,心中竟莫名地生出一丝畏惧。

临开锣前,保安突然过来敲门,珠姐,杨老板派人送来两个大花篮,放哪?碧丽珠打开门,保安吓了一跳,试探着叫了一声,珠姐?碧丽珠不耐烦地说,是我。保安马上递上来一张名片:杨景荣。碧丽珠一猜就是他。她听到小绵羊起身,准备上台了。故意提高嗓门问,多大的花篮?保安把手一抬,足有两米,一色的红玫瑰,老喜庆了。碧丽珠脸上泛起得意的笑容,搬台上去吧。

这天晚上,十来个媒体记者和全场观众共同见证了碧丽珠的转型首演。她以出乎所有人预料的扮相和全新的段子征服了在场的所有人。

站在舞台中央的碧丽珠像换了一个人。当丑覆盖了全身,她不再取悦任何人。美作为一件衣裳,被她彻底脱掉了。她觉得从未有过的自由,仿佛一切都不存在了,而她就是一切。她如女王般掌控着剧场的气氛,仿佛有一根看不见的魔法棒,指向观众,心里默念"笑",下面就掌声、爆笑声一片。

她找男观众上台来做互动游戏,戏弄他们,用语言攻击他们,他们讪讪地笑,不敢发作,最后几乎都露出讨好的神情请求她嘴下留情,放过他们。

半小时很快就过去了,观众们被彼此的掌声、呼喊声相互感染,叫着碧丽珠的名字,疯狂了。他们不想让碧丽珠下台。最终返场两次,加唱了一首歌,外加两个小段子,才得以脱身。而接下来上场的杨洪波,竟然遭遇了在春华登台以来的头一次倒彩,被一些刺头观众连喊"下去!"站在舞台上感到尴尬的那一刻,杨洪波和后台的众多艺人一起,率先意识到,碧丽珠,火了!有时候,火,就是在一瞬间发生的,像变魔术一般,令人惊叹,令人无奈。

那天晚上,演出结束后,当观众恋恋不舍地离开春华剧场,天空中突然响起一个炸雷,憋了一天的大雨痛快淋漓地瓢泼而下……

六

接下来发生的事情令碧丽珠始料未及。本城发行量最大的晚报第二天就以"辽宁第一女丑碧丽珠"为题,刊发了专访文章。配发的两张照片,一张是以前拍的美女照,一张是女丑首演的剧照,强烈的视觉冲击,专访中的溢美之词,引起了读者的好奇。接下来电台、电视台也在新闻中报道了此事。"辽宁第一女丑"在不断宣传中很快衍变成了"关东第一女丑"。一时间"女丑碧丽珠"成了本城重大的文化事件,人们在议论的同时,也纷纷涌向了春华剧场。

最高兴的自然是徐春,这几天他乐得合不拢嘴。碧丽珠的演出现在已经被调到了压轴的位置,虽然杨洪波和小福贵心有不甘,但也无话可说。大牌压轴,这是规矩。什么是大牌?吸引上座率的就是大牌。他正盘算着马上和碧丽珠签一个演出合同,趁着现在刚火,价钱可以压低点。张顺水自然也是高兴的,虽然火的不是他,但二人转就是这样,一人火了两人都跟着受益。何况,火的还是自己的老婆!

碧丽珠的感觉要复杂得多。首先,她证明了自己的能力。这是值得高兴的事情。但是,一下子应付这么多记者,让她头疼。他们问得最多的一个问题是为什么要改女丑?是啊,那么漂亮的一个女角,色艺俱佳,为什么突然改走丑的路线呢?碧丽珠不知道如何回答。那些原因,她不能说。记者于是引导她,是不是想填补我市没有女丑的空白?碧丽珠只好答是。记者还不甘心,试探地问,有没有年龄方面的考虑?潜台词是年纪大了,不美了嘛。碧丽珠警觉地看了他一眼,果断地说,没有。问完了问题,就是拍照。碧丽珠厌恶拍照。记者们总是试图让她摆出最丑的姿势。有一次,一个记者问她能不能试着摆出一个芙蓉姐姐的"S"造型让他拍,碧丽珠一愣,无可奈何。

她开始讨厌镜子。每天除了演出之前化妆,她不再照镜子。从前那张令她看不够的脸消失了,并且永远消失了。她后悔没多拍点艺术照留着。

她也讨厌周围的人。徐春现在嘴像抹了油,天天珠妹长、珠妹短的,肉麻得让她受不了,与从前判若两人。小绵羊现在对她毕恭毕敬,化妆间几乎让给了她,每天都在家化完妆才过来,好像碧丽珠随时会欺负她似的。其他人呢?看她都像看大猩猩。她还习惯不了这些目光。

现在唯一令她喜欢的地方是舞台。从十八九岁第一次登台开始,直到今天,她才开始享受舞台。她沉浸在自己的世界里,张顺水说什么她似乎也听不到,因为他的台词已不再重要。观众们就是来看她,听她的。她随便说点什么他们都笑。演出的走向是她引导的。对她,他们不再吝惜掌声。尽管她在表演丑,丑得俗不可耐,但是,当掌声雷鸣般地响起的时候,她站在舞台中央,却常常有种错觉——此刻,她是被所有人宠爱的。

有人不知趣地喊了一声,碧丽珠——骂他!她知道他想听"骂夫"了。但现在的碧丽珠已经不是从前的碧丽珠了。趁着台下还没形成气候,她朝叫喊的人嗔怪地一笑,谁家老爷们不犯点错误,就你抓着人家小辫子不放啊?咋这么小心眼儿呢?比我心眼还小。对,就说你呢!别假装瞅别人。哎哟,脸咋红了呢？观众笑起来。一辈子难忘的耻辱，就这样让她轻松化解。变化就这样来了，充满层次感，掀开一层，还有下一层。

她开始频频被徐春带出去参加各种酒局，有工商局、税务局的，有文化局、文联的，有媒体的，有商界的，还有政协的……名目繁多。碧丽珠活到快四十岁，才知道，走出春华剧场，舞台还有很多。她也才发现，离开春华，徐春又挂上一张新面孔——谦卑，甚至有点低三下四。原来老板也不容易。

令她刮目相看的还有小绵羊。她看得出，小绵羊经常陪徐春出来喝酒，跟很多人已经很熟。在酒桌上说起荤口来毫无顾忌，赖起酒来媚态丛生，有时替徐春敬酒，有时替徐春挡酒。她终于明白了，小绵羊对徐春来说，不只意味着唱开锣。

她要求自己接受这一切，二人转演员从来不在乎把自己放低。从根上说，这一行就是卖唱的。自己现在红了，人家看得起了，得高兴。再说了，得给老板长脸。徐春在酒桌上已经表示好几次了，要给她加薪，说要比小福贵的价码还要高。因为怀孕的缘故，酒已经不喝了，给人当盘菜，有什么不行的？她在心里说服着自己。但是她不喜欢。她不能像小绵羊一样，享受这些场合。当腹中胎儿蠕动的刹那，内心会涌起一丝难过，让她一下子什么也咽不下去了。

七

徐春迟迟不和碧丽珠谈薪水的事，碧丽珠并不很急，张顺水却着急。别的场子已经有人偷偷找到张顺水,游说他们夫妻跳槽了。还有两个演出经纪人联系碧丽珠,希望她出去走穴。但是碧丽珠的意思是,先看看徐春的态度。虽说做女丑是被徐春逼的无奈之举,可毕竟是在春华红的。做人得讲个义字。

这天演出结束,碧丽珠回到后台,发现手机里有一条来自杨景荣的短信。杨老板要请她吃饭,祝贺她转型成功。碧丽珠看着短信,心中涌起复杂的情绪。她忆起了两年前和杨景荣的第一次会面。严格来说,那是她第一次见杨景荣,而杨景荣已经坐在观众席里欣赏她很久了。

那次见面是碧丽珠原来唱过的一个小剧场的老板牵的线。一进酒店包房,她就凭一个女人的直觉,敏锐地洞悉了这个中年男人目光里的内容。他喜欢她。而且,这喜欢,不是一天两天的心血来潮。虽然他在尽量掩饰,甚至表现出一点习惯性的倨傲。接下来的谈话,印证了碧丽珠的判断。他谈到她的很多次演出,某一个段子,前后两次台词或唱腔有什么细微的不同,在不同时期服装、发型的变化,以及她的口头禅,一些习惯动作。他说得有一点严肃,似乎在和她探讨二人转艺术,但是,碧丽珠捕捉到的是另外一些信息。她客气地和他谈着,心里却像有一朵花,香香地开了。又谈了一会,花开到了脸上。饭吃到中途,剧场老板出去接电话,然后一直没回来。碧丽珠渐渐紧张起来,紧张中似乎还夹杂着一丝兴奋。而没有了其他人在场,杨景荣反倒放松了。表情温暖起来,语气也柔和了。他似乎意识到了碧丽珠的顾虑,不再敬酒,只是不停地给她夹菜。还体贴地告诉她,哪一道菜美容,哪一道菜补气血,每一道都是精心为她点的。

吃罢饭,他亲自送她回家。两人并排坐在后座,一路上,几乎什么都没说,又仿佛说了很多。从汽车里出来,碧丽珠一边往家走,一边感受着后背上灼人的目光,怅然若失……

第二天中午,碧丽珠早早来到了吃饭地点。经过二楼的一面巨大穿衣镜时,她迅速扫了一眼镜中的自己,确定了今天的衣服到底还是穿错了。好在耳环选得很好,将脸衬托得生动了些。坐在包房里,碧丽珠用手拽着紧箍在身上的连衣裙,有一瞬间,竟然产生离开这里的念头。但是理智控制了她,就凭人家每周一次捧场的诚意,这顿饭,也是应该留下来吃的。

杨景荣在服务员的引领下走进了包房。他亲热地握住了碧丽珠的手,有点夸张地说,哎哟!让大明星久等了。碧丽珠有点不好意思,什么大明星,杨老板笑话我。两人落座,点菜。气氛比上次见面亲切了很多。杨景荣的眼里始终流动着笑意,但是,碧丽珠意识到,有一种东西消失了。

酒菜陆陆续续上来。碧丽珠问,杨老板还那么忙啊?杨景荣说,瞎忙。碧丽珠又说,一晃两年了,真快!她盯着杨景荣,仿佛回到了第一次见面的情景。杨景荣爽朗地笑了,是啊,一不留神,你就成大明星了。说完,端起酒杯。来,哥哥敬你一杯。人红了,可别不认识我啦!碧丽珠收回思绪,笑道,杨老板抬举我,妹子就是一唱二人转的。她端着酒杯,踌躇了一下,喝了一口。

接下来的谈话都围绕着二人转的丑角表演展开。杨景荣显得很兴奋。他说,"骂"和"傻",在二人转的丑角戏里都是有传统的。现在啊,碧丽珠"骂"的风格已经形成了,但是,顺水兄弟的"傻"还不到位。什么叫珠联璧合？不能瘸腿啊！他还说,碧丽珠的正戏不能丢,这是她的优势。现在,会唱全本老戏的演员越来越少了,碧丽珠可以在表演过程中植入部分优美唱段,这样才能雅俗共赏,有大家风范。碧丽珠觉得他说得很有道理,这些想法她在心里都琢磨过。如果换一种场合,她会非常愿意探讨。但此刻,却兴味索然。因为她已经看出来了,杨景荣今天不是来叙旧的。

她找了个茬口将杨景荣的话打断,问道,杨老板今天约我来,有什么事吧？杨景荣一愣,随即脸上重新堆上笑容。还真有点小事,妹子不问,我都忘了。是这样,我有个开夜总会的朋友,托我问问妹子,能不能到他那里唱个一年半载的,价钱嘛,绝对比你现在高很多。碧丽珠没吭声。杨景荣给她夹菜,妹子考虑一下,去不去都没关系,我就替人传个话。碧丽珠笑了,这是赚钱的好事,多谢杨老板。我回去跟我们家那口子商量一下。杨景荣点点头,还有件事,我弟弟的桑拿中心,就是去年开业时你去过的那个,下个月店庆,希望妹子能抽空再去给演几天。

碧丽珠一听,眼前浮现出一个灯光昏暗的桑拿浴休息大厅。小舞台不足八平方米,台下是一排排躺着的男男女女,足疗师坐在床尾,手在按摩的过程中发出"噼啪"的响声。此外,客人与按摩小姐的调笑声、戴耳机看电视的客人突然的拍掌声、服务员的吆喝声不时传来，偶尔还有酒嗝声、放屁声。碧丽珠就在这嘈杂声中表演，不时有赤裸上身的男人从眼前走过，朝她吹一两声口哨。碧丽珠上次碍于杨老板的面子，硬着头皮演了三天。回来就发誓再也不去了。

她对杨景荣笑笑，杨老板，妹子最近身体不大好，一天演两场，恐怕吃不消，桑拿中心的表演，您还是请别人吧！杨景荣听后，先是吃惊，然后一脸失望。

回到家，碧丽珠把杨老板请她转场到夜总会的意思跟张顺水说了。张顺水心里不大情愿跳这个槽。这么多年，杨老板喜欢碧丽珠，他早就心知肚明。但是，一来，据他的判断，两人应该是清白的。二来，碧丽珠现在红了，她想做的事，他是拦不住的。所以，张顺水没直接说不去。只是说明天去找徐春，问清楚春华这边的意思再衡量去留。碧丽珠也明白张顺水的小心眼，但她的意思和张顺水一样。只是除了怕人说忘恩负义，她还有一个顾虑——夜总会不好唱。站在剧场的舞台上，她多少还有点尊严，而站在夜总会的舞台上，她觉得自己就是要饭的。

第二天，当张顺水打手机联系不上徐春，直接来到春华剧场想等他时，却吃惊地发现，春华剧场大门紧锁。门上贴着一张纸：剧场整顿，暂停演出。

八

张顺水马上拨打徐春的电话，仍然关机。他又调出徐春姐姐的电话拨出去，不在服务区。他意识到，真的出事了。这时候，皮猴的电话进来了。电话那头传来急切的声音，哥，老板被逮起来了！啊？啥时候的事啊？昨晚上，我也刚知道。因为啥呀？皮猴说，昨天夜里，徐春打麻将的时候，突然来了警察，说有人举报他们聚赌、吸毒，把一伙人都给带走了，小绵羊也在场，今天一早派出所通知的我。张顺水问，为啥通知你呀？那啥……我是被当成小绵羊家属通知的，还通知了徐春他姐。哦，你见着小绵羊了？我跟大姐去了，不让见。聚赌和吸毒，这可都是大事啊！是不得判刑啊？不知道啊！徐春他姐托人打听去了。张顺水站在剧场前的广场上，大太阳照着，身上已经挂满了汗。他的眼睛扫过剧场大门上那张纸。那纸谁贴上去的？冯五。冯五？为啥呀？大姐说，冯五要涨房租，不让演了。我靠！张顺水一脚踢飞一个空矿泉水瓶，我得赶紧回家告诉我媳妇一声，有什么消息赶紧给我打电话啊！说完就要收线。皮猴那边忙叫了一声哥，先别撂，我这还有事求你呢。什么事？出了这么大的事，我得跟着大姐跑跑腿，你跟珠姐帮我带一下孩子行吗？孩子？谁的孩子？嗯……小绵羊的。啥？张顺水又是一惊，她有孩子？我怎么不知道？哥，有空再跟你细说，我一会把孩子送你家去，行不？张顺水的头都大了。行行行，就先这样吧。他按断电话，匆匆往家赶。

到家没一会，皮猴就把孩子领来了。是个男孩，四五岁的样子。碧丽珠连问怎么回事？谁的孩子？皮猴指指张顺水，我都告诉我哥了,你问他,我得先走了。说着开门出去了。张顺水把发生的事跟妻子讲了一遍,听得碧丽珠一会一句"我的妈呀!真的吗?"听完,捂着肚子坐下来,还是不能相信这一切。接下来,张顺水的手机就不停地响起来,小福贵、老吴、杨洪波都打来电话,互相询问,印证彼此得到的消息是否一致,又不免推测一番,感慨一番。

到了晚上,夫妻俩没有等到更新的消息。皮猴在电话里只说,明天还得陪大姐跑这个事,孩子就先放你家吧。张顺水坐在窗口吸烟,面色沉郁。上床前,他忽然对碧丽珠说,要不,你告诉杨老板,咱还是去他朋友的那个夜总会吧。碧丽珠望着他,半天吐出一句,亏你想得出,这时候!

第二天,终于有了最新消息,皮猴来电话说,尿检结果出来了,阳性。说完,重重叹了一口气。张顺水的心"咯噔"一下子。没过多久,老吴又来了一个电话,两人唠了很长时间。放下电话,碧丽珠忙问怎么回事?张顺水说,老吴告诉我,小福贵想换场子,要去河北,歌舞队也去,让老吴跟他一块走。老吴说,这时候走,太不仁义了,征求我意见。我能说什么?他还说,人老了,跑不动了,实在不行,就重操旧业,买个机器,配钥匙。碧丽珠听完,叹了口气,春华一倒,得有一大半人日子不好过了。张顺水说,还是操心一下你自己吧。碧丽珠看着张顺水,我觉得老吴说得对,这时候走,太不仁义了。张顺水白了她一眼,就你仁义!傻啦吧唧的!

又过了两天,张顺水实在坐不住了,对碧丽珠说,我看春华八成是要倒了,得出去找点后路了。说完,不等碧丽珠说话就出了门。碧丽珠看着小绵羊的儿子,心里也是乱麻一团。小绵羊被抓起来,碧丽珠心里是有一丝痛快的,但是看到她有个这么小的儿子没人管,那颗母亲的心又怜恤起来。

中午,她正在给孩子煮面,有人敲门,以为是张顺水回来了,开门一看,却是徐春他姐。几天没见,她像老了好几岁,一头短发凌乱不堪,眼窝深陷。碧丽珠心里一阵难受,一把拉住她,大姐,快进屋来。徐春他姐想笑一下,没笑出来。进屋看到了小绵羊的儿子,问道,这孩子送你这来了?碧丽珠有点奇怪,大姐认识这孩子?徐春他姐摆摆手,也不知道太多。

两人在沙发上坐下,碧丽珠替大姐捋了捋头发,小心地问,跑得怎么样了?大姐鼻子一抽,落下泪来,珠妹子,姐可怎么办啊?碧丽珠受了感染,眼圈也红了,大姐,我煮了面,你吃完了再说。大姐端着碗,眼泪扑簌簌地落下来,也不知春在里面怎么样了。碧丽珠试探地问,犯的事很严重吗?严重什么呀?大姐将碗往沙发桌上一墩,徐春这次是被人算计了。

春华剧场以前是文化局下属的单位,后来因为演出市场不景气,剧场租给了个人。承租人是冯五。冯五经营过几年演出,觉得太辛苦,就又把剧场转租给了徐春。当时两人哥们义气,没有签转租合同,只是口头达成了协议,徐春租剧场五年,每年给冯五租金40万。但是最近,有个浙江老板看上了这地方,要开个洗浴中心,给冯五出价每年60万。冯五当然愿意了。就跟徐春提涨房租,但是徐春不同意,说,原来说好的租我五年,这才三年,即便要涨,也得等到了期才对呀。大姐说,冯五就是想让春华倒了,好把地方租给别人。大姐还说,冯五经常和徐春一起打牌,总是那几个人凑在一起玩,输赢点钱很正常,怎么他一不在,就成了聚众赌博呢?看他平日里称兄道弟的,没想到这么阴毒!竟然去公安局举报!说完,狠狠地啐了一口。

碧丽珠没料到事情这么复杂,有点不相信。问道,大姐怎么肯定是冯五干的?大姐说,除了他没别人。春一出事,他立马就来找我,跟我说,要么涨房租,要么关门走人。一点情面不讲。还有,我托人打听了,举报的人有盖州口音。冯五老婆的家就是盖州的,她的那些弟弟、侄子什么的,都在帮冯五做事。这是他老婆以前亲口跟我说的。碧丽珠点点头,觉得她分析得有道理。但是,现在猜测是谁举报的徐春,不是最重要的。倒是大姐说的都是熟人在一起打麻将,提醒了她,果真是这样,赌博的事应该不大。她又问,那吸毒又是怎么回事呢?大姐一听,又激动起来。这冯五,太不是东西了。要说嗑药,徐春真没那嗜好。我自己弟弟,我清楚。这些年,虽说离婚了,没个媳妇管他,可我在他身边,大事还是看得紧的。她瞟了一眼在阳台玩的小绵羊儿子,把声音放低,那孩子他妈,有心和徐春好,硬被我给拦下了。这孩子怎么回事?她小绵羊以前究竟怎么回事?咱不知底细啊!再说嗑药,徐春在外面玩,有些场合大家都弄,他跟着鼓捣一回半回的,那肯定是有,但要说上瘾了,不弄不行,或者带头召集大伙一起弄,那肯定是没有。这一点,我可以打保票!妹子啊,我现在怀疑,那天的牌局,没准就是冯五设的一个陷阱啊!

碧丽珠听得后背直冒冷汗,不知说什么。看了看桌上的面,一口没动。劝道,大姐,你多少吃点,这几天肯定是没吃好也没睡好。大姐叹了口气,眼圈又红了。吃不下呀!妹子,姐现在,太难了!说着,抬手擦了一下眼睛。碧丽珠心里难受,起身去洗手间取了条毛巾过来。她意识到,大姐有话想说。

碧丽珠猜得没错,大姐今天来的目的只有一个——借钱。徐春的案子还没有最后定,只能等消息。但剧场这边却没法等了,冯五只给了她一个礼拜的时间,如果不补齐增加的20万房租,就得马上腾地方。徐春被抓走,连着一块被抓的还有三个牌友,以及小绵羊和另一个女的。大姐一开始以为能托人帮忙见到徐春,想把冯五催租的事跟他说说,讨个主意。但是没想到,连个面都没瞅上。过了两天,知道案子定下来之前见面是没希望了,才不得不独自面对房租的问题。这时,她才发现,账面上可支配的钱不足四万块。她越想越觉得冯五这招太毒了。因为,徐春的几个可以借钱的朋友,都和他一起被抓起来了。大姐又试着找了徐春的几个普通朋友,自然是一张口提借钱,就被对方找各种理由拒绝了。眼看着四天过去了,她心急如焚。

大姐望着碧丽珠开口了。妹子,剧团这次是被逼到绝路了,姐但凡有点办法,也不会跟你张口。姐知道,你的钱挣得不容易。可是,如果你不帮帮姐,剧团就真的垮了。珠妹子,你也在春华演了三年了,虽然,徐春也有对不住你的地方,可是,你毕竟在春华红了。春华对你,总算还是有恩的吧?姐今天求你了,帮帮春华吧!碧丽珠的眼泪"唰"地一下流了出来。面前这个曾经饱满、圆润、精明、凌厉的女人,从来没有像此刻这么弱小,也从来没有像此刻离她这么近。她双手扶住大姐的肩膀,大姐,妹子帮你!我手里现在有6万块钱,我全给你取出来,咱们这就去银行。

晚上,张顺水回到家,听说碧丽珠把6万块钱全都给了大姐,立马火了,将手举到半空,又愤愤地放下。骂道,没见过你这么傻的老娘们!对我妈都没这么好!然后,一脚踹翻了凳子。人家都在想办法找地方走,你可倒好,倒贴!小绵羊的儿子吓坏了,大哭起来。张顺水厌恶地看了他一眼,迅速给皮猴拨了电话,待对方一接听,就对着电话大吼,赶紧把孩子领回去,我又不是他爹!

碧丽珠什么也没说,拉起孩子,出了家门。

在小绵羊与皮猴合租的两间平房里,碧丽珠知道了小绵羊和男孩的身世。皮猴开口就告诉她,姐,小绵羊命苦啊!

于丽丽是吉林松原伊家店村人,从小就没了爹,她妈带着她又走了一步,后来生了个弟弟。才十七岁,后爸就让她嫁人。她没有办法,就说,我去城里打工吧。一开始在饭店当服务员,后来遇到一个经常来吃饭的老板,四十多岁,南方人,对她特别好,每次吃完饭都给她50元小费。听他和客人聊天,好像是个干工程的。后来有一次老板喝多了,拉住于丽丽的手说喜欢她,说他老婆死了,希望丽丽能嫁给他。两人这就好上了。老板新租了一套房子,丽丽辞了饭店的工作,满心欢喜等着当老板娘。不久,她怀孕了。老板说,生下来。生下来后,是个男孩。老板高兴坏了,准备大张旗鼓办个满月。但是,没等到这一天,老板就因为工程事故,在工地上被掉下来的水泥板砸死了。于丽丽闻此噩耗,奶水当时就没了。她要去看看尸首,被前来报信的人阻止了。一开始还说你没出月子不能见风,没有效果。最后,终于狠狠心,说,你可不能去!他老婆从南方来了,看见你,还不得打死你啊!于丽丽这才如梦初醒……

皮猴继续说着,我是在洗浴中心遇到的她,就是今年春天。

碧丽珠问,她在洗浴中心干啥?

皮猴低下头,还能干啥。

碧丽珠不敢相信,不是说在夜总会唱歌吗?还跳舞啥的。

都是一个营生。

碧丽珠沉默下去。良久,她问皮猴,你们在一起住了?

皮猴红着脸摇摇头,你弟没那本事。

碧丽珠笑了笑,想说点什么,终于没说。

这天夜里,碧丽珠躺在小绵羊的床上,几乎一夜未睡。

九

第二天醒来,碧丽珠做了两个决定。第一,打电话给各个媒体的记者,告诉他们,本城最大的二人转剧场即将改成洗浴中心,如果媒体不呼吁阻止,一个备受市民喜爱的文化活动场所就将消失了。她希望媒体的干预,能够给冯五点压力,为春华赢得一些筹款的时间。第二个决定,她要去找杨景荣借钱。她很清楚,大姐没有能力在剩下的几天筹到20万块钱。

她没叫醒皮猴,他搂着小绵羊的儿子睡得正香。推开屋门,一个人走进清晨的大街,碧丽珠觉得身体里蓄满了力量。

8点钟,她赶到晚报社,找到文体版曾经采访过她的记者,将春华剧场即将改建成洗浴中心的消息告诉了他。晚报社很重视,说如果不是政府行为,一定会尽力呼吁保住这块文化阵地。离开报社,她又给其他报社的记者打电话,约好见面时间,然后拖着沉重的身子去了电台、电视台……中午,她约了杨景荣在一家小饭店见面。

简单寒暄过后,两人坐下点菜,碧丽珠要了一瓶高度白酒。杨景荣有点吃惊,问道,妹子今天找我来,有什么事啊?碧丽珠给两人的杯子倒满酒,回道,先喝酒。说完,端起自己的杯子,哥,妹子先敬你一杯。一仰头,干了。杨景荣端起酒杯,踌躇了一下,也干了。碧丽珠将酒又倒上,妹子再敬你一杯,又干了。杨景荣看得目瞪口呆,一把按住酒瓶,妹子,不能这么喝。有什么事,你就说吧。

碧丽珠感到血往头上涌,有点恶心,她用手捂住胸口,望着杨景荣,哥,你觉得,妹子还实在不?杨景荣说,实在。哥,我一直没告诉你,我现在本来不能喝酒,我怀孕四个月了。杨景荣吃惊不小,旋即喊来服务员,赶紧把酒撤了!然后起身给碧丽珠倒了一杯水。快喝点水,真是胡闹!

碧丽珠喝了口水,哥,上次你跟我说,你弟的桑拿中心店庆,让我去唱几天,妹今天答应你了,唱几天都行。一分钱不要!杨景荣一愣,不解地看着碧丽珠,你喝这么多酒,不会是就为这事吧?碧丽珠摇摇头。她觉得周围的东西在旋转,手指使劲按住了太阳穴。杨景荣说,你休息会,慢慢说。碧丽珠说,不能慢慢说啊,火上房了!你不是帮我一个人,你是救一个剧院!杨景荣屏息听着,似乎明白了什么。

我长这么大,从来没这么求过人,我……有点说不出口啊!碧丽珠用拳头敲着头,显得很苦恼。

是不是……要用钱啊?杨景荣试探地问道。

碧丽珠的脸"唰"地红了,使劲点了一下头。

杨景荣沉吟了一下,要多少?

碧丽珠盯着他,20万,行吗?

杨景荣忽然笑了,我当多大个数。

碧丽珠有点不敢相信,你同意了?

你先告诉我,这钱要干什么用?

碧丽珠将春华最近出的事原原本本讲了一遍。

杨景荣一声不响地听着,末了,说道,我觉得,这些跟妹子的关系也不大呀,剧院又不是你的。为什么不趁这个机会去夜总会呢？上次我跟你提的那家,一年下来,怎么也能挣10多万,这对你来说是个机会啊!

碧丽珠有点急了,哥,这时候离开,到别处去赚钱,那不是见死不救吗?

杨景荣笑笑,救也轮不到你吧？你有这个能力吗?

可……我是在春华红的,做人得知恩图报,总得尽尽心吧?

要是我告诉你,春华死了,我会很高兴,你信吗?

碧丽珠一脸惊异。

杨景荣收了笑脸,上次提的那家夜总会,其实是我投资的。春华若倒了,我那里难道不是你最好的选择吗？你说我高不高兴?

碧丽珠疑惑地看着他,不知说什么好。

冯五和徐春的事,我有所耳闻。说心里话,我是站在冯五一边,乐观其成啊!

碧丽珠愣在那里,忽然有点害怕。过了好半天,她重新挤出一个笑容,哥,我觉得,你不是那样的人。说着,眼泪"扑"地掉下来。

杨景荣的心一颤,盯着碧丽珠,良久,问道,妹子当真要救春华?

碧丽珠忍住眼泪,使劲点了一下头,当真!

杨景荣沉默了半晌,将手往桌子上一拍,这钱,我借了! 就冲你这个人!

碧丽珠激动地站起来，真的？

我杨景荣从来说话算话！

待两人重新坐下，杨景荣牵起她的手，以后不愿意在春华干了，就到哥这里来吧。没想到啊，妹竟有一副侠义心肠。多少男人都不如你啊！

杨景荣眼里又闪出碧丽珠熟悉的光，像一双手，充满了爱抚。碧丽珠以为他会说点什么，但是他只说了一句，你的手还是那么漂亮！碧丽珠听到的刹那，有种想哭的冲动。

春华的事隔天就见报了，标题是："关东第一女丑"即将失业。紧跟着，电台和电视台也报道了这一消息。一时间，碧丽珠又成了新闻人物。舆论都倾向了碧丽珠一边，我们这么大个城市，连一个喜剧演员都养不住吗？我们缺洗浴中心吗？过了一天，省电视台也来采访。当时，碧丽珠和大姐去杨景荣那里取支票刚回来。大姐很兴奋，站在碧丽珠身边，拿一把扇子，不停给她扇风。

文化局顶不住压力，最终站出来说话了。说改洗浴中心的事他们根本不知道，作为承租人，冯五根本没有资格改造剧院。文化局会制止他的行为。老百姓在报上看到这条消息自然是不信的，文化局不同意，冯五怎么有胆子私自改造剧院？明摆着是托词。但是不管怎样，结果总还是好的。

杨景荣又帮着春华介绍了一位律师，大姐在律师的指导下，与冯五重新签订了一份房屋转租合同，交齐了房款。剧院改建风波终于过去了。

紧接着,又传来了好消息。徐春和小绵羊的案子终于结了。赌博和吸毒都只属于《治安管理处罚法》的处罚范畴,没有触犯《刑法》。最终判处两人拘留 15 天,各罚款两万元。大姐接到消息的当时,抱着碧丽珠就哭了。再有一个礼拜,徐春就能出来了。

十

春华准备恢复演出,日子就定在徐春回来的那天晚上。

碧丽珠跟大姐说,要不,把小福贵劝回来?他听说春华正常营业了,兴许愿意回来,做生不如做熟嘛!大姐说,要去你去,我是不会去请的。这种人,一出事就跑,走了好!再说,现在有你压轴,有没有他都一样。碧丽珠想了想,也许没有停演的事,小福贵迟早也是要走的,一山难容二虎啊!走就走吧,人都有自己的选择,可心里还是有点失落。

春华在门口贴了一张招演员的广告,很快就来了好几对试活的,小福贵空出来的缺马上就被补上了。皮猴又介绍来一个杂技队,大姐看了之后很满意,中场的表演人马也有了。现在是万事俱备,只等东风了。

令大家没有想到的是,就在徐春从拘留所出来的前一天晚上,碧丽珠却小产了。

这阵子,碧丽珠为了春华剧院的事东奔西走,每天都很晚回家。张顺水心里一直不高兴。当天晚上,他喝了点酒,忍不住又问起了那6万块钱的事。他问碧丽珠,听说你跟杨老板借了20万,那咱们那6万块钱是不是可以拿回来了?碧丽珠说,那20万都交了房租,大姐手里的钱都给徐春和小绵羊缴罚款了,剧院重新营业,总需要点钱周转吧?大姐有难处,我怎么好意思催?张顺水一听就不乐意了,剧院是你开的呀?我看你就是一头猪!碧丽珠被激怒了,两人争执起来。吵到后来,碧丽珠突然头一仰,向后昏倒过去,脑袋碰到桌脚,流出血来。张顺水吓得马上拨打了120。

到医院一检查,医生说是妊娠高血压综合症,因为发病太急,病人又是高龄孕妇,有生命危险。张顺水傻了,那怎么办啊?医生说,只有终止妊娠。张顺水听了,差点坐地上,能不能把孩子留着啊?医生看了他一眼,如果胎儿八九个月了,你可以选择保孩子还是保大人,现在,恐怕没有别的选择。你签字吧!张顺水的手颤抖着,他知道这个字签下去,儿子就没了。想到这,他把签字笔狠狠戳进掌心。

碧丽珠在昏迷中被一阵刺痛唤醒,她明白,一个跳动的生命离她而去了。她本不欢迎他来,但他还是来了,并且陪着她经历了人生最具转折意味的一段时光,在危机过后,准备重享掌声的时候,又走了。碧丽珠觉得,真对不起他。

她的身体安静下来。张顺水在眼前晃来晃去,她看不见,说了什么,也听不见。她不认识这个人。她的顺水哥哥,是执起她的手,看了又看,说"珠儿,你的手真嫩,天生就不是种地的"那个人;是一天晚上要她三遍,每一次要完了都说"珠儿,你是不是仙女下凡啊"的那个人;是她帮别人搭戏,被吃了豆腐,冲上台去就把人家打倒的那个人;是坐火车买不到座,三四个小时都给她当肉椅子的那个人。可是,现在,她的顺水哥哥哪去了呢?也许去找他的珠儿去了吧?躺在这的人也不是珠儿。这肥肥的一堆肉、大大的一张脸,被剃光、缝了五针的头。这是谁呀?碧丽珠的泪水奔涌而出。

她依稀记得,大姐和徐春来过,徐春好像还在床前跪了一下。皮猴和小绵羊来过,小绵羊握着她的手哭了半天。杨洪波老婆和老吴也来过,抱着一大束什么花,五颜六色的。

出院那天,大姐弄了台车来,把碧丽珠送回了家。路上,她神秘地告诉碧丽珠,徐春为她准备了一份大礼,要在她复出登台的那天献给她。

十一

碧丽珠坐在化妆台前,向四周看了看,一切都没有变:紫檀色的梳妆台,镜面有些乌暗,后面的长条沙发有很多香烟烫的洞,椅子一晃就"吱嘎吱嘎"响。她坐在这里,忽然发现,自己是想念这里的。这里面除了梳妆台、沙发和椅子,还有别的。就堆积在空气中,每天都堆积一点。她想,珠儿一定也隐藏在这里。

她还是不能适应镜中的这张脸。这张脸似乎更加难看了,浮肿、苍白。没有了毛发的覆盖,头顶的伤疤清晰可见。可以用口红在伤疤外面画个圆,再把伤疤也涂红,这样,看起来就像个笑脸。还要多涂点腮红,要涂得喜庆一些,观众是来找乐的。他们已经慷慨地把"关东第一女丑"的帽子给自己戴上了,不能辜负了人家。还得想点高兴的事提前进入状态,免得上台了不兴奋。一个女丑,怎么能有痛苦呢?

化完了妆,她开始换衣裳。这套服装是大姐刚刚送来的,叮嘱她今晚务必穿上。打开来看,是一件大红袍,上面点缀着橘黄的条纹图案,像一束束燃烧的火苗。穿在身上,整个人都肿胀起来。

收拾停当,她看了一眼手机,时间差不多了。屏保上,女儿的照片在向她微笑,她亲了一下那可爱少女的脸,她知道,每一次登台总还是有一个清晰的目的的。

碧丽珠站起身往门口走,忽然听到一阵锣鼓响。她愣住了。压轴之前敲锣震鼓,难道是……怎么可能呢?她苦笑着摇摇头。走到门口,正要推门,门忽地被拉开了。小绵羊兴奋地闯进来,大声说:"珠姐,快上台啊!大家都等着呢!"脸上闪着光。碧丽珠看了看她,疑惑地出了门。她惊讶地发现,一脚踩在了红毯上。抬眼望去,红毯像火龙一样,绚丽地,一直通向舞台,红毯两边,密密地耸立着两排大花篮,里面全都是盛放的玫瑰!她几乎要晕过去,仿佛进入了梦境。她看到,徐春、大姐、皮猴、老吴、杨洪波夫妇、杂技队的孩子们都在舞台入口处向她招手、鼓掌。小绵羊在旁边催促着，珠姐，快点，有市里领导来了，还有记者、别的场子的老板，好些人呢！碧丽珠身体一晃，一把扶住小绵羊。她被搀着，摇摇晃晃走到舞台入口处。在站稳脚跟的瞬间，锣鼓声戛然而止。

她站在那里，不知该如何走上去。这个给她带来无限快乐的舞台，此刻唯一让她喜欢自己的地方，像一个魔盒，突然打开了。她看到了红，炫目的红，到处都是。红的地面、红的帷幔、红的幕布、红的灯光，还有，穿红衣的张顺水站在舞台的另一侧，和观众一起在等待着她。

眼尖的观众已经看见了她，喊了声碧丽珠——掌声、塑料手板击打声暴风骤雨般地响起，大家有节奏地开始喊，碧丽珠、碧丽珠、碧丽珠……她似乎被推了一下，迈步向舞台中央走去，像一团火走进火中。现在，她终于确定，自己走进了传说中的"满堂红"。

传说，满堂红是对二人转艺人的最高奖赏。受奖的艺人不仅要技艺高超，还得德行高尚，而且必须经过东北三省二人转各派的掌门人共同商议才能确定。自祖师爷以来，只有三个男角享受过这个殊荣。新中国成立以后，这一传统被当作"四旧"废除了。今天，徐春把满堂红按照传说中的样子重现出来，邀来各地的圈中前辈作证，把这份殊荣，作为一个礼物，送给了碧丽珠。同时，也展现给了到场的所有观众。大家都说，即便按照传统中苛刻的江湖规矩，满堂红这份殊荣，碧丽珠也是受之无愧的。

碧丽珠走到话筒前,掌声渐渐平息下来。她还是不能相信这一切。站在红色的幕布中间,头顶着一个口红画出的笑脸,她有点不知所措。没有人告诉她接下来该干什么,但是她觉得,在表演之前,似乎应该说点什么。在一个令人振奋的巨大仪式面前,人们一定想知道,此刻,她心里是怎么想的。

她面向观众,试着张了两次嘴,都没有发出声音。这时,有音乐响起来,是一段过门,接着传出一个女声的唱段:"桃杏花开柳条又发青,杨八姐小九妹二人前去游春……"这是谁呀?声音这么甜美。仿佛在哪里听过。碧丽珠转头寻找,舞台空空,只有她一个人。接着,她听到"嘭"的一声,有东西从帷幔上垂下来。"嘭!"又一声,接二连三,不停有东西垂下来。观众席里爆发出炸雷般的掌声、欢呼声,剧院沸腾了!她顺着观众的目光看过去——舞台后方和两侧的帷幔上挂满了一个女人的照片。从天棚直垂到舞台地面。照片里的女人青春年少,长发飘飘,或坐,或卧,在红色灯光的映照下,充满了无限风情。她看呆了。这是谁呀?怎么那么美呀!那个熟悉的声音继续唱着:"一路上,春光满眼看不尽,春风阵阵动人心。你看这翠绿的野草铺满地,桃杏花瓣落满身落满身……"难道,真是我日日思念的珠儿吗?碧丽珠擦了擦眼睛,将头探出,使劲看过去。观众席里发出一阵笑声。她的身体一颤,笑声一下子把她送回到"关东第一女丑"的身体里。她感到珠儿在看她。珠儿的目光里,充满了嘲笑,这是怎样一个肥猪般的女人啊!穿着可笑的紧箍着身体的红绸衣,脸抹得像个弱智的傻子,光秃秃的头上还顶着一个滑稽的笑脸……碧丽珠站在舞台中央,忽然感到,喉咙像被堵住了一般令她窒息。她看着珠儿,使出全身的力气,爆发出一声长长的哀嚎——

更猛烈的掌声、欢笑声,四起……

初 恋

一

再一次来到潮发艺已经是两个月以后了。

晚上有个重要应酬，关系到今年乃至今后几年生意的好坏。美萍为她安排了跟秘书长吃饭。第一次见面，她就知道这个色鬼想打她主意。她不想得罪他，可也不想跟他上床。至少在这件事情办利索之前，不能让他得逞。但打扮漂亮一些是必要的。癞蛤蟆要充分领略了天鹅的美，干起活来才卖力气。

男孩在衬衫外面挂了一件有点肥大的黑马甲，头发较上次来时稍长了一些。姐，好长时间没过来了。仿佛她一向都来这里做头发。她笑了，你是真记得我，还是跟谁都这么说呀？当然是记得，像你这么好的头发不多。她很高兴。美萍刚送了一张这家店的银卡，里面有666元的消费额，她点了店里最贵的焗油护发。男孩殷勤地帮她存好包，穿上工作围裙，洗头，接着为她做了一个长时间的头部按摩，按得她神清气爽。手法真不错！

开按摩店都行了。我妈说,学理发,才是门正经手艺。今年多大了?男孩顿了一下,18。一个月挣多少钱啊?做学徒,没有钱的。哦,她从镜中看了他一眼,男孩两只手在她的头上忙碌着,衬衫腋窝处被汗打湿了。但是,他接着说,如果能卖给客人贵宾卡,会有提成。声音很小,她没吭声。这时,发型师喊道,小鹏,把箱子里的2号吹风机给我拿来。男孩说,姐,你等会。她在心里回味着他刚说过的话,不过回味的不是内容,而是声音。这声音,让她忆起一个人。

做完头发,对着镜子照了又照,她很满意。小鹏帮她把包拿出来,站旁边看着,姐,你头发真好!她在镜子里一笑。我们这个焗油膏是进口的,保真,比别人家都便宜。你以后常来吧。她含笑接过包,向收银台走去。一个满脑袋黄色小卷的胖女人站在那里,大概是老板娘。小鹏继续说着,姐做的这个护发680,如果办一张888的金卡,打八折的话,才500多,能省很多钱。她这时已经停下身,掏出钱包,从里面抽出那张银色卡片,递给老板娘。小鹏盯着闪闪发亮的卡片,嘴唇一下子绷住了。

老板娘说,卡里的钱不够,所以不能打折。她不高兴了,680打九折就是612,卡里有666,怎么就不够了?老板娘挤出一个笑脸,不是这么算的,你卡里的钱要超过消费额,才能享受折扣,我们就这么定的。你们说怎么定就怎么定啊?早知这样就不来了。她确实有点后悔,她在洛迪美发厅有一张5000多元的卡,还没怎么用呢。小鹏这时插话道,姐,要不你再蓄点钱,变成金卡,这样就可以打折了。老板娘马上附和道,对,这个办法好。她冷着脸,若不是因为这男孩的声音,她肯定不会再来的。第一次是被美萍拉来的,非说店是阿伟的朋友开的,要她来捧捧场,接着送了她一张卡。她将银卡抽回来,用傲慢的目光望着老板娘,我另办一张金卡,就冲这孩子。小鹏的眼里瞬间跳出了惊喜,连忙说,姐,我帮你登记。

出了理发店,她走到附近一个停车场,取出自己的奥迪车,赴宴。

服务员打开包房的门,她先看到了秘书长毛发稀疏的后脑壳,接着转过来一张胖脸。美萍和她打招呼,秘书长旋即站起身。她握住了一只肥腻腻的手。

二

林秀芬早年做烟草生意,有了积累以后投资股市。现在开了一家小型担保公司。有钱人该有的,她基本都有了。唯一遗憾的是,42岁了,仍孑然一身。

她把最好的时光都给了老乔。离开老乔后,年纪就有些大了。找经济条件一般的人吧,不甘心。找有钱人呢,又嫌她年纪大。后来退一步,找二婚的有钱人吧,还是嫌她年纪大。这样一点点耽误下来,不知不觉就过了四十岁。美萍说,不能这么荒着呀,我给你介绍男朋友吧,不以结婚为目的,还是好找的。于是就组织了几次饭局。其间认识了一个副局长,五十出头。两人偷偷好了不到两个月,她就觉得十分无聊。美萍问为啥呀？不是帮你介绍了好几单生意吗？她说,又不是为了做生意才找他,太没意思了,还怕老婆。没意思？床上不行啊？她没说行也没说不行,反正不处了。美萍马上说,不处就不处,我再给你介绍别的。她说,算了吧,这些老男人,我可伺候不起,以为自己是什么大人物,拿我当丫头使唤呢,给我多少钱呀？美萍笑了,你这是骂我呢？她忙说哪里呀？你是天生的美人胚子,大小男人通吃,我是只有羡慕的份啊！羡慕个屁！还不是有人愿睡,没人愿娶。两人都息了声,默默抽了会烟,有点黯然。

市政府最近通过了一个兴建玉器城的项目,以本地出产的岫玉精加工、销售为主,兼营古玩,辐射整个东北地区。因为工程比较大,涉及基建、装修、绿化等多个领域,这段时间,不少人都在找关系要活干。林秀芬也想分一杯羹。她想拿几个好店面,还想弄点工程。秘书长是这个项目的关键人物。

吃完饭,美萍开车送她回家。我说,老家伙口水都快流出来了,我看你这事成了。不办利索,休想近我的身。美萍笑道,办下来就以身相许了？办下来,还许什么呀？酒劲上来,她觉得头有点晕。那你打算给他多少回扣？他可黑着呢。到时候再说,怎么谢他,要看我心情。她将车窗打开,舒服了一些。

美萍想起她的生日快到了。哎,生日打算怎么庆祝啊？没想呢,不想过了。年纪越大越不想过。这话说的,年纪越大才越应该过,得疼自己。这样,中午我请你吃饭吧,晚上时间留给你自己,会会男朋友。哪有男朋友可会?旧情人也行啊!

生日这天早上,林秀芬一睁眼就记起美萍请吃饭的事。她先洗了个热水澡,简单吃了早餐,就开始准备。得打扮得漂漂亮亮的。

11点钟,美萍还没来电话。她有一点着急。这一上午,公司断断续续有电话过来,都是些琐碎的小事。短信也不停地响,每每抱着希望打开,却发现都是些不相干的人发来的。亚梦女子生活会馆祝您生日快乐!娇颜永驻!这是她常去的美容院。锦绣年华时装精品店诚祝林秀芬女士生日快乐!永远年轻!本店新进今秋新款女装,欢迎前来挑选!……此外还有一个售楼的,两个卖发票的。她看得有点烦了,却又怕错过美萍的信息,只好一次次看,一次次失望。

除了美萍,她觉得,还有一个人应该记得她生日。这个人就是老乔。在一起的时候,都是老乔张罗给她过生日。每次都会有一顿排场的大餐,呼啦啦叫上好多人,鲜花和礼物自然也少不了。分开后这些年,老乔有时候也会寄些生日礼物——云南的普洱茶什么的,有时发个短信。但是到了前年,就没动静了。她跟美萍讲过老乔,美萍啧啧道,这样有情有义的人,现在不多。听到美萍这样评价老乔,她觉得不对劲,但是又说不明白。

11点半过去了,她想给美萍打电话,但是自尊又自怜的心阻止了她。12点,她狠狠踢了一脚准备好的白色高跟鞋,从门厅踢到厕所门上,"嘭"的一声。然后关了手机,一头扎在床上。

下午2点多,她从床上起来,头睡得有些沉。慢慢记起今天是生日。她打开手机,希望里面能跳出熟悉的人来问候一下,哪怕一个也好。等了半天,什么都没有。她把手机扔在床上,决定到厨房弄点吃的。走到卧室门口,手机突然响了,是个短信。她没理它。吃过了剩饭剩菜,想起来有个短信还没看,回到卧室拿起手机,按开。信息很简短,写着:姐,生日快乐!笑口常开!小鹏。后面还有个笑脸。她的手抖了一下,眼睛一下子有点热。

盯着短信看了半天,她回拨过去。电话那边传来一个似曾相识的声音,姐,生日快乐!呵呵。谢谢你,小鹏。谢什么,我还要谢你呢!哦,拿到提成了?是啊,你办完之后,又有两个客人办了卡,三个月了,第一次拿到钱。那值得祝贺啊!姐,你今天不做头发吗?我学会了一个新的盘发,你梳一定好看,可以去参加生日聚会啊!聚会?哦,我今天哪有空儿啊?中午刚庆祝完,晚上还有饭局,改天再去吧。

三

秘书长最近总找她吃饭,常常到了中午或晚上,一个电话进来,秀芬啊,我在酒店吃饭,有几个朋友给你介绍一下,马上过来啊。弄得她不胜其烦,但又不好推辞。这正求人家办着事呢。她知道他的企图,酒桌上就将计就计,别人开他俩的玩笑也不生气,还很配合地喝个"交杯酒"之类的。反正让别人知道她和秘书长关系好,也不是坏事。吃完了饭,她比谁溜得都快。有天中午,她多喝了几杯,头疼得厉害,心情也不大好。站在酒店门口,忽然想起小鹏来了。也许让他按按头,再听听他的声音,会舒服些。

她没有失望。小鹏的声音如一片温暖的阳光,让她感到舒适。不知为什么,她最近越来越怀念这声音。说完话,按过头,心情已经好了大半。小鹏如他自己所说,学会了一个新的盘发,头帘斜抹遮住大半个额头,边缘用细小的辫子固定住,后发盘成一个松软的大髻,从发髻中央留出一绺头发,又被他不厌其烦地编成若干个小辫子,折起来塞进去,好像一个花心。她梳完这个发型,立时变得古典温婉,又不失时尚。以往凌厉、干练但又焦虑的林总瞬间消失了。她简直不敢相信,自己还能拥有这种气质。小鹏兴奋地望着自己的作品,姐,你真漂亮!老板娘也在远处夸,妹子,这发型太成功了!而且本市独一份!

新发型带来了好心情,她来潮发艺的次数多了起来,和小鹏也越来越熟。小鹏告诉她,再有两个月,学徒期满,就可以挣钱了。一脸憧憬。她问,能挣多少钱啊?底薪八百,还有提成。挣了钱,准备买点什么呀?给我妈买点东西,给女朋友买点东西,剩下就攒着。哦,都交女朋友了?小鹏有点不好意思,职校的同学,对我挺好的,我妈不让我现在处对象。你妈做什么工作呀?在社区。那你爸呢?不给他买点啥?小鹏的手在她头上停了一下,我……没爸。她看了小鹏一眼,他面无表情。过了一会,小鹏问她,姐,你在哪上班啊?我呀,她想了想,在一个朋友的企业里帮忙。她不知道自己为什么撒谎。坐办公室吧？一看你工作就挺好的。嗯，帮着管点杂事。这期间，进来几个公司的电话，她一一简要处理，态度严肃。姐，你真有领导派头。她无奈地叹口气，就是事多。小鹏接着说，你单位要是有人喜欢你的发型，就介绍到这来呀，我一定好好给她做。她忍不住笑了，好，我一定帮你多宣传宣传贵宾卡。小鹏显得很不好意思。

她发现，这孩子慢热，熟了以后，话特别多。一天，他看到她背了一个GUCCI包，问道，姐，你这包是真的吗？她沉吟一下，仿的。他马上说，我女朋友也用这个，在北京秀水街捎的，你这个比她的仿得好。她心里一笑，自然比她的好，一万多港币呢。做完头发，小鹏建议她在头上别一只发卡，还说，最好别个红色的，一定漂亮。她说，我也没有红发卡啊。去夜市买，什么样的都有。夜市？她好多年不去夜市了，哪个夜市？深沟寺夜市、烈士山夜市，都有。哦，可是夜市那么大，我怕找不着卖发卡的。要不我陪你去吧，正好我妈要买两团缝衣线。好啊！你下班了给我打电话。

晚上，她穿上久不穿的牛仔裤、运动鞋，又特意翻出一件红色的T恤套在身上。小鹏见到她，略微有些惊讶，但是没说什么。两人一起向人群深处走去。不知是衣服的作用，还是身边走着一个男孩的缘故，她觉得身体变得舒展，脚步也轻盈了。看见什么都新奇，都想摆弄摆弄，发出清脆的笑声，像个小女孩。小鹏似乎也很高兴，会偷偷拿起摊子上的毛绒玩具突然亮在她眼前,吓得她大声尖叫。

一路笑闹着,来到了一个头饰摊。小鹏骄傲地用手一指,仿佛摊子是他的。她一看,差点笑了出来,都是廉价的东西,怎么戴得出去呢?随便挑了一个红色的塑料夹子,刚要付钱,小鹏阻止了她。他拿过一个草莓样式的,在她头上比量了一下,摇摇头,又挑了一个仿水晶的梅花,还是不满意。最后,终于看中了一个暗红布面镶黑色水钻的小蝴蝶,说道,这个一定行。帮她夹上。林秀芬照着镜子看了看,脸上露出笑容。小鹏又建议她选了个有蕾丝的发梳,说现在流行戴这个。他自己也挑了一个橘色的。她问,给女朋友买的?小鹏羞涩地笑笑。我帮你买吧。不用,我有钱。她还是不容分说,付了账。离开头饰摊,小鹏说,姐,你怎么不讲价啊?十二卖,其实十块钱就能买。那你怎么不早说?你一口同意了,就不好讲了,至少多花六块钱。她笑着看他,挺会过的嘛!小鹏也笑了,你怎么大大咧咧的,一看就好交。哎哟!小小年纪,还会看人了!谁小啊?马上就拿身份证了!啥?还没有身份证?不是说18吗?18,毛岁18,哈哈!还骗人啊,你?她一拳头砸在他身上,两人又笑起来。小鹏的手机这时响了,他看了一眼屏幕,甜甜地叫了声菲菲,转过脸去,放低了声音。她注意到他的侧面挂满了甜蜜,眼里散出柔和的光。

打完电话,小鹏说,姐,我请你吃烤串吧?好啊!她有点激动,坐在街边大排档吃烤串,喝啤酒,这种惬意已经好多年没享受过了。两人找了张干净点的桌子,点了二十块钱的烤串,又要了两瓶啤酒,痛快地吃起来。

　　回到家里,林秀芬兴奋的心情久久不能平复。有多久没这么高兴了?这种发自肺腑的舒畅感,只有一个人给过她。二十五年前,在老家通往县城的马路边上,那个她当服务员的乡村旅馆里,十八九岁,刚刚参加工作的陈卫东,为了推销他们厂的毛巾,离开城里的家,在她当服务员的旅馆住了半个多月。每天早上,他带着毛巾样品去附近的矿山推销,中午再顶着大日头回来。他推销得不好,常常皱着眉在房间里发呆。后来,他开始找秀儿说话,他不知道,秀儿一直等着他开口说话呢,她想安慰他。她把大辫子拖在胸前,说,你别上火。他却不往这事上说。他用柔和明亮的嗓音说,秀儿,你的头发真好!又黑又直,比李秀明的还好。伴着好听的城里口音。秀儿问,李秀明是谁?电影演员啊!演《孔雀公主》的。哦,那我哪比得了。她喜欢他的声音。谁说比不了,你不比她差!秀儿的心怦怦乱跳,兴奋得脸颊通红。

　　那场景一直留在她心里。她不知偷偷复习了多少遍,然后毅然离开家,在一个寒冷的早晨,孤身一人来到这个陌生的城市。在一个火车站前的小旅馆落了脚,继续做服务员。无数次流连在闹市,她希望可以遇见他,像电影里演的那样。在卖毛巾的柜台前经过,她想,他一定来过这里吧?趴在柜台上和服务员说话,问哪种毛巾卖得好。她把手放在玻璃上,轻轻摸过。同时抿住嘴,将微笑和秘密一同压在心底。她还在一个旧书摊看到了李秀明,是一本杂志的封面。她看着她,抚摸着自己的头发,想起他明亮的声音,是的,那声音,像阳光一样明亮。可惜,《孔雀公主》已经不演了。

然而这一切被老乔破坏了。老乔像一瓶蓝黑钢笔水,敞着口,倒在一张白纸上。

那一年,老乔五十岁。她还清楚地记得,他短小黑瘦的身躯,松懈干燥的皮肤,晦暗喑哑的嗓音,被烟草熏黄的牙齿,都蛮横地压过来。她全身绷紧,吓得动弹不得。他双手钳子般夹住她的胳膊,一根坚硬的物体在她腿上戳来戳去,终于粗暴地将她撬开,伴着血在她身体里搅动……她觉得自己被撕裂了,染脏了,揉皱了。仿佛一夜之间,成了一张用过的手纸。她感到恶心。

秀儿的梦像个彩色气球被戳得粉碎,老乔成了她的现实。她一直沉浸在自己编织的梦里,那里只有陈卫东,却不知道老乔已经窥视她很久了。在每天打扫房间不足十分钟的时间里,老乔的眼睛能把她的衣服脱掉好几遍。有时送她点纱巾、粉盒、折叠伞之类的小礼物,她都扭捏地接受了,也没多想,只是干活的时候更卖力,还经常帮他洗点衣服。不想这些都给了他信心和胆量,以至于终于借着酒劲把她撕破了。

看到床上的血迹,他显然有些吃惊。秀儿用衣服遮挡着自己,压抑着嗓音,哭个不停。弄明白是怎么回事之后,老乔把秀搂过来,郑重地说道,我管你,管你一辈子。秀儿像没听见,沉浸在自己的灾难中。老乔给她擦眼泪,她躲开。老乔给她披上毯子,她一抖肩膀,毯子滑下来。老乔没办法,只好陪她坐着,嘴里不停重复着几句话:"哥是真喜欢你。哥一定会对你好的。哥一辈子都对你好。"

第二天,这个来自云南的烟草商人就带着梳大辫子的小服务员秀儿离开住了两年的站前小旅馆,租了一套民房,开始了"夫妻"生活。

住到一起之后,她才知道,老乔不是一般的有钱。他带她去服装店,国营的、个体的,往衣服堆里一站,对她一挥手,随便试。只要她表示出一点中意的意思,马上就掏钱。他还让她把正在用着的廉价护肤品、洗漱用品,甚至女人用的卫生用品全扔了,统统换上在电视上打广告的品牌。她像脱胎换骨一般,在这些新东西的簇拥之下,与原来那个秀儿迅速告别了。她兴奋异常,以前想也不敢想的东西一下子都属于她了。她感到,钱,真是个好东西。

老乔为她打开了城市的大门。在他的引领下,她迅速熟悉了城市的各种娱乐场所。电影院、录像厅、咖啡厅、舞厅,还有大大小小的饭店。原来,可以花钱享受的地方这么多。她学会了化妆、穿高跟鞋,学会了如何点菜、吃西餐,还学会了打台球……在花钱的同时,她也渐渐了解到老乔是如何赚钱的。她平生第一次知道了,人原来还可以这样生活,不必像陈卫东那样为了几百条毛巾发愁。她将那个可笑的梦彻底抛弃了,义无反顾地投入到现实的生活中。老乔一定是从她身上嗅出了对金钱的贪婪气味,最终把她带到了自己的烟草生意当中。而她,也渐渐发现,自己爱上了这种生活。

老乔毁了她,也塑造了她。他仿佛是一道墙,她从他身上翻过来,就变成了另一个人。有时候,她感觉那道墙似乎又不是老乔,老乔只是一扇门,她说不清。美萍说老乔有情有义,她无言以对。她只知道,分开后这些年,她从来不想他。

她以为已经把陈卫东忘了。不想,小鹏明亮的嗓音,又帮她记起来了。这久违的舒畅让她沉醉。一丝隐隐的悲伤在舒畅后向她袭来。是的,她为自己感到悲伤。活到42岁,在世俗的眼中,她是事业成功的、富有的、令人羡慕的;但是作为一个女人,她没有家,没有孩子,没有一个男人疼爱,甚至连一段可以怀念的初恋都没有。那半个月的暗恋就是她爱的全部记忆,全部啊!她甚至连他的手都没有拉过。

接下来的几天,林秀芬变得有些焦躁。会莫名地情绪低落一阵子,又会迅速地兴奋起来,心底仿佛有颗种子,要破土而出,让她无法平静。

她约美萍出来吃饭。聊了没多一会,就开始讲小鹏,讲到那天生日,不免又要埋怨美萍两句。讲到去夜市,一脸的兴奋。美萍有点敢不相信,就那个小孩?没什么特别的呀!你至于这样吗?怪不得阿伟跟我说,老长时间没见你去洛迪了。她问,你说,我真是因为他闹心?还用问?当然是了。可我觉得也不全是,但肯定和他有关。也许秘书长最近把林总烦得够呛……两人正说着,服务员跟着领班进来,手里托着一个果盘。领班满脸堆笑地说这是老板给林总加的。林秀芬面无表情地用手指敲了一下桌面,谢谢!

服务员悄然离去,她用牙签给美萍挑了块西瓜,你说我该怎么办呢?美萍眼皮都没抬,吃了一口,喜欢就养着呗,我们林总又不是没钱。这西瓜挺新鲜。可是……我怎么觉得不是那么回事啊?你想来真的?美萍瞥了她一眼,仿佛不认识,脑子没毛病吧?又吃了口西瓜,红色的汁液从她嘴角溢出,渗进嘴纹里。她心中忽然涌起一阵酸楚,算了,跟你说也白说。美萍却不依不饶,这把年纪了,可别动感情,男人都是什么东西,这些年你还没看清吗?她想说,就是看得太清楚了,才觉得这种感觉无比珍贵。但是她没说。

聚餐草草收场。临分手前,美萍拽着她的手,你要是喜欢小伙子,我让阿伟帮你介绍个熟的,按规矩来,各取所需。这样不麻烦。她转身走了,手冲着后面的美萍一挥,似再见,又似无奈。她忽然很想知道,美萍有过初恋吗?她难道连陈卫东那样的记忆都没有,直接就跟有妇之夫上床了吗?她和那么多男人上过床,就没有动过一次真感情吗?她觉得,美萍真可怜,比自己还可怜!

林秀芬决定了,不管别人怎么想,她要一次初恋!

四

第二天上午她就来到潮发艺。远远看到小鹏站在门口,边吸烟边和一个女孩说话。女孩个子不太高,胖胖的,头上别着一个橘色的发梳。小鹏看到她,与女孩结束了谈话,扔了烟头。女孩的手在小鹏脸上拍了一下,走了。

进到店里,她问小鹏,学会吸烟了?小鹏嘿嘿笑了两声。抽什么烟啊?就一般的烟呗,不常抽。她将手伸到包里翻了翻,先摸到一个小木盒,这是她自己最近抽的细支古巴雪茄,犹豫了一下,放开,又摸到另一盒,这是软中华,昨晚请一客户,特意从车里抓了几盒,剩下的那盒。她掏出来,给,抽这个。小鹏一看,连忙摇头,不要了,姐,你自己留着抽吧。这是别人给的,我不抽这个,你拿着吧,林秀芬把烟塞到他手里,还跟我客气啊?小鹏只好接着,嘴里连声说着谢谢姐。

客人陆续进来,发型师和老板娘都起身招呼,小店热闹起来。老板娘把音响的音量调大。

两人一边做头一边继续说话。她问,你有休息日吗?一个月有两天休。哦,有件事我想求你。姐你有事尽管说,都这么熟了,不要客气。过两天是我妈的忌日,我想回一次老家。我一年就回去这一次,带的东西有点多,你姐是单身,原本一个朋友说开车送我,后来呀,他有事去不了了,你能不能陪我回去一次呢?小鹏有点吃惊,显然她的要求出乎他意料,这样啊……他不知说什么。她在镜子里看着他,你帮我拿拿东西,姐就没那么累了,行吗?小鹏停了手,低下头,我跟我妈商量一下吧。林秀芬笑了笑,你就说陪一个朋友出门办点事,头天去,第二天就回来。你什么钱都不用花。小鹏没吭声。我老家地方虽然偏点,但是山清水秀,景色很不错的,你就当出去旅游了。小鹏笑了一下。她话头一转,又说起办卡的事。我们单位有两个同事挺喜欢我的发型,要办金卡,一会做完了头,我就办啊。小鹏手一停,现出笑容,谢谢姐!

晚上,林秀芬接到小鹏的电话,答应陪她回老家。她的脸上瞬间露出自信的笑容,开始翻箱倒柜准备东西。

林总在这个周末将重新变回秀儿。

平底布鞋她是有的,蓝紫色绣粉花的,太具装饰性,不是秀儿的风格,橘色的这双很简洁,又不老气,可以考虑。老气现在对林总是个敏感的词,因为42岁是个敏感的年纪,站在转折点上,在打扮上要颇费心思。穿得稍微老气一点,马上就像中年妇女,与菜市场讨价还价的市井大姐无异。穿得太年轻又显得滑稽、可悲。她在衣柜和穿衣镜前奔走,不停地试穿。她惊异地发现,自己近些年对仪表的自信是建立在昂贵的时装之上的,一旦披上家常布衣,马上现出老态。二十五年像条河,将秀儿远远地隔在河对岸。唯一接近秀儿的,是一头秀丽的黑发和此刻这颗复活的心。忙活到深夜,终于确定了一套中式服装,做工讲究,稍有装饰性,穿起来又很舒适随意,属于低调昂贵的那种服饰,不熟悉品牌的,绝不会知道,它远不是一般人能穿得起的。当然,更不是秀儿能穿得起的。林总将长发编成一个大辫子,再穿上布鞋,在镜前转了一个圈,恍惚中,秀儿的身姿似乎回来了,那个美丽的乡村女孩,在小店里为陈卫东叠被子的怀春少女,她的初恋将真正开始。

要准备的东西还有很多,一个适合秀儿的普通背包,人造革的,家里的LV拉杆箱自然也不能用,要用布的旅行包,有简易拉杆和两个小轱辘。这些要到批发市场买。她于是来到批发市场,在大声讨价还价的人群中挤来挤去,一身大汗,总算买到了想象中的包。站在楼梯口,她放弃了在这里给小鹏买遮阳帽和太阳镜的打算,来到商场,买了一顶真的耐克和一个品牌太阳镜。她想,小鹏会不会以为这些是假的呢?我要告诉他这是真的吗?好在这两样东西也不算太贵重。秀儿是送不起太贵重的东西给他的。一切都要从秀儿开始,这个初恋才地道。

五

周六是个艳阳天,早上起来,林秀芬的心情格外好。她把给家人带的东西塞进一台半旧的捷达车的后备箱里,然后去接小鹏。车是她跟公司员工借的。

小鹏穿了一套牛仔装,刚洗了头,很精神地站在马路边。上了车,他有点兴奋,姐,你还会开车啊?她笑了一下。他环视了一圈,你的车?林秀芬说不是,我那个朋友不能送我,过意不去,就把车借我了。原来是这样啊,我还以为坐大巴呢,什么都没带,就准备给你当力工呢。她笑着问,你会开车不?倒是摸过两回,能开走。哦,一会出了城,找人少的地方,让你开一会。不用了,姐。小鹏有点不好意思,别把人家车碰着。

出了城,林秀芬向老家方向的便道驶去。现在,已经有一条高速公路从老家芦屯经过。但是,她想走这条旧路。当年,陈卫东就是从这条路来到芦屯的。顺着这条路,可以到达那个小旅馆。她知道,旅馆还在那个位置,只是已经翻修成了一栋三层小楼。

按开音响,飘出一首李谷一的《乡恋》。小鹏问,这人叫李谷一吧?她有点惊喜,你怎么知道?我妈老听她。她收了笑脸,马上换了一张凤凰传奇的碟。小鹏在音乐中晃动着身体,不时跟着哼唱几句。她受了感染,也跟着唱起来,两人的声音越来越大,唱到后来,几乎跑调了,忍不住大声笑起来。

汽车行驶在乡间,两边是成熟的庄稼,间或经过几个小村落。她的心情越来越舒畅,感到自己正走在接近秀儿的途中,每往前走一会,就年轻一岁。小鹏的心情也格外好,像一只飞出笼的小鸟,舒展着浑身的筋骨。

中途,林秀芬说歇歇,停了车。她从后备箱拿出一个大塑料袋,里面饮料、水果、小零食一应俱全,小鹏高呼,哇噻!姐你太伟大了!她笑着说,还有更伟大的。拿出给小鹏准备的遮阳帽和太阳镜,来,试试!小鹏将擎着饮料瓶子的手停在半空,给我的？她点了一下头。姐,我不能要。林秀芬将帽子戴在他头上,怎么不能要？你帮我的忙,我得谢谢你！小鹏把帽子拿下来推给她,我妈该说我了。她再一次给他戴上,听话,要不我生气了。小鹏马上换上笑脸,谢谢姐！

电话响了,是小鹏的。他看到号码一笑,接通后甜蜜地叫了声菲菲,一边说一边走到车后边去了。林秀芬眼前出现了那个胖胖的女孩,头上别着橘色的发梳,在小鹏的脸上拍了一下。她忽然想,自己当初为什么没有勇气在陈卫东的脸上拍一下？

又开了接近一个小时,终于抵达了那个小旅馆——现在叫顺风宾馆。

小鹏跟着林秀芬来到前台。服务员麻木地看了他们一眼,要标间还是两个单人房？小鹏的脸一下子绷紧了,转向窗外。林秀芬用余光注意到他的变化,想了想,说,两个标准间。小鹏的神情轻松下来,抢过林秀芬手里的包,跟着服务员上楼了。

简单休息了一下,林秀芬叫小鹏出来,说是要教他开车。

宾馆后面有一大块空地,立着一个没有篮筐的篮球架子。时近中午,阳光强烈。她让小鹏戴上太阳镜,坐在驾驶的位置,自己坐副驾驶。打火、起步,林秀芬一边讲解,一边将手按在小鹏的手上,帮他挂挡。小鹏的手仿佛被蜇了一下,但是很快顺从下来。车缓缓地启动了。她摸着这个粗大、坚硬的男人的手掌,心忽悠地飘浮起来。她原以为,对小鹏,只是一份纯洁的喜爱,像17岁的秀儿感受到的那么简单。没想到,这个小男子汉竟然勾起了她身体的冲动。她体会着自己的感觉,手像一块铁板被下面的磁石牢牢吸住。她继续说着,踩离合、挂二挡、换三挡,手紧紧贴着小鹏的手,缓缓移动。另一只手也伸出来,放在小鹏握方向盘的手上,小鹏一惊。她说,别紧张,眼睛向前看,握稳方向盘。小鹏的手听话地伏在她的手下面,跟着她的意志移动。她沉浸在这幸福的感觉中,脸贴着小鹏的脸。她能感觉到,他年轻的毛孔在阳光下张开,坚硬的胡茬在轻轻颤动。她扶着方向盘的右手一用力,车打了一个弯,驶上了马路。小鹏忍不住兴奋地叫了起来。

开了一会,两人都出了一身汗。在小河边,林秀芬让小鹏把车停下。两人下来休息。小鹏的脸上洋溢着青春的红润,大声喊道,真爽!她蹲在河边洗手,微笑地看着他。两人的手机同时响了。她接听,简单回复道,今天不行,明天晚上吧。订个好点的包房,发短信告诉我。一边说,一边注意到小鹏又叫了声菲菲,简单说了两句之后,就听他说,我这正忙着呢,回去再说。挂了。

吃过中饭,林秀芬说自己要回家一趟,和弟弟一起给母亲上坟,晚上回来。让小鹏在房间休息,也可以在附近转转。要是饿了,就到餐厅吃饭,账挂在房费里。小鹏说不转了,我睡一会,姐你忙去吧。

晚上八点多,她疲惫地回到宾馆。每次回家对她来说,就是撒钱,有钱就有尊严。这次也不例外,亲戚们都来了,连两个月的婴儿都抱出来,说按辈分得管她叫姑奶奶。村长也陪着去上了坟,还买了一百块钱的纸元宝。芦屯出产苹果,她知道村里要上个果酱加工项目。村长想让她投资,但她没兴趣。

小鹏正躺在床上看电视,穿一条三角内裤和短袖T恤。她敲门进来后,小鹏忙往身上套衬裤。不用那么拘谨,就当我是你姐。小鹏站在那里,两腿之间凸现着成熟男人的鼓胀,穿也不是,不穿也不是。林秀芬笑了,你想穿就穿上吧。小鹏迅速套上了衬裤。

屋里有些乱。一张床上堆满了衣服、小零食,另一张床被子团成一团。床头柜上到处都是烟灰,烟缸里有几个烟头。垃圾桶被拽到了床前,小零食的包装袋里一半外一半。她站了一会,将外套脱了,开始整理房间。像秀儿当年在陈卫东的房间里做的一样。小鹏也跟着忙活。她说,你坐着,哪有男人干这些的?小鹏停了手,坐在椅子里,有点不知所措。秀儿缓缓地将被子拉平,手触摸着上面的余温,似乎陈卫东刚刚离开。她说,你喜欢这个工作吗?小鹏一愣,没想到她突然问这个。说道,还行吧,还能干什么呢?最近卡办得顺利吗?他叹了口气,哪有那么多人办卡。一丝忧愁爬上他稚气的脸,秀儿有点心疼,真希望可以帮他。她坐在床上,来,陪我坐一会,说说话。小鹏犹犹豫豫地走过来,踌躇了一下,坐在她对面。她看着他,他躲避着她的目光。她意识到,自己不是秀儿,他也不是陈卫东。但是,她不气馁。她露出林总式的微笑,小鹏,给姐梳梳头吧。

小鹏马上站起身,跑到卫生间拿来梳子,姐,你坐椅子上。不,就坐这,随便梳梳。小鹏跪在床上,将林秀芬的头发散开,禁不住又夸了一句,姐,你头发真好!她说,比李秀明还好吧?李秀明是谁?一个电影明星,演《孔雀公主》的。她闭上眼睛,感受着小鹏的手在自己的头上穿梭,她觉得,自己又回到了秀儿的身体里。她将身体向后靠,贴在他的身体上。他的身体僵硬地挺在那,呼吸有点急促。他还不是陈卫东。她心中有一丝失望,但是,秀儿的初恋已经有了进展。起码,他没有拒绝。

不知过了多久,她说,好了,你歇歇吧。小鹏的身体像绷紧的弦一下子松下来,一伸腿,下了地。她觉得身体无比舒适,将头扭向墙上的镜子,看到自己的脸泛着红润的光,像秀儿一样美。

她缓缓站起来,太晚了,你休息吧。然后抬手在小鹏的脸上拍了一下,离开了他的房间。

她知道,秀儿的初恋开始了。没人能够阻挡。她要慢慢咀嚼。自信的笑容爬上她的脸,他要爱上秀儿,是的,必须爱上!

六

林秀芬觉得身体发生了微妙的变化。以往令人疲惫的公司事务、人际应酬一下子变得轻松起来,像打了兴奋剂一般,经常忙活到深夜也不知道累。随之而来的是心情的变化,仿佛天天都是艳阳天,看谁都顺眼。秘书长也不那么讨厌了,再与他通电话,语气变得温和,推辞也变得婉转,还有点欲拒还迎的意味,惹得这个老色鬼想入非非。求他办的事情有了实质性进展,项目已经进入商谈合同细节的阶段。美萍看到她容光焕发的样子,笑得有点暧昧。她沉浸在自己的身体里,像被春雨滋润的土地,渴望着被耕耘。

但是小鹏的反应让她不舒服。打电话过去,不是三言两语结束谈话,就是不及时接听,常常过了很久才反打过来,有时候,干脆就不回。晚上闲得无聊的时候发短信想聊两句,他也常常不回复。林秀芬意识到,小鹏在躲着自己。她不能承受这种挫败,秀儿可以向陈卫东认输,但是林总无论如何不能向一个发廊的小学徒认输。

她给美萍打电话,帮我一个忙。什么事?让小鹏到洛迪去上班。美萍一听,连说不行,洛迪现在不缺小工。什么缺不缺的,你是股东,就一句话的事。美萍问,用得着这样吗?她不耐烦了,你就说行不行吧?他的工资我出。

这件事敲定之后,她并不急着告诉小鹏。经验告诉她,对男人不能穷追猛打,容易适得其反。她克制着给小鹏打电话的欲望,决定冷一段时间。

一周之后,刻意打扮过的林秀芬出现在潮发艺。她敏锐地注意到,小鹏在看到她的瞬间有点慌乱。一丝不易察觉的得意爬上了她的嘴角。

她温柔地和小鹏唠着家常,像个和善的大姐姐,又像一个相交已久的知心朋友。小鹏的语气和神态渐渐自如起来。做完头发,她说,你的事啊,姐一直都想着呢。小鹏有点摸不着头脑,什么事啊?不是对这儿不满意吗?我帮你介绍了一个新工作。小鹏一惊,什么工作?她放低声音,平静地说,洛迪的老板是我朋友,介绍你到她那上班。真的?音响的声音有点大,小鹏不敢相信自己的耳朵,姐,你是说我能去洛迪了?那可是全市最牛的发廊!她微笑着点了点头。接着告诉他,先干小工的活,月薪2000,明天就可以去上班。小鹏几乎要跳起来,怕老板娘看到,强忍住。他揉捏着她的肩,姐,你不是说想看老电影吗?今晚就陪你去,我知道一个影城,有个小影厅,天天通宵放老电影。林秀芬忙说好啊,我们先吃饭,再去看电影。

小鹏熬到下班时间,和老板娘结清薪水,马上来到酒店。她正在包房里等他呢。

两人点完菜,在喝什么酒的问题上发生了分歧。小鹏说喝啤酒,她想喝红酒。最后她问小鹏,要不,喝白酒?你敢不敢?小鹏脖子一挺,你都敢,我怕什么?

喝了一会,小鹏的脸渐渐红了,他说真的很感谢姐,妈妈去年检查出腰椎间盘突出,等下月挣了钱,就可以送她去温泉疗养院做矿物泥疗了,都说那个疗法有效,就是贵。还说,他妈说了,姐就是他的贵人。林秀芬静静地听着,并不插话。她知道,喜欢和小鹏在一起,有一部分原因就是喜欢他的声音,说什么并不重要。他明亮的嗓音像清晨的阳光,总能把她带到青春的回忆中去。电话铃声打断了小鹏的讲述,他看了一眼屏幕,没接,直接按断了。不一会,电话又响。小鹏拿起电话,正忙着呢,有空我给你打过去。又按断了。她不动声色地问,是菲菲吧?小鹏有点不好意思,嗯,没什么正经事,总打电话,烦。她又问,是初恋吧?小鹏点点头。在一起……住了?小鹏的脸更红了,低下头,姐,你瞎说什么呢,我妈看得紧。她笑了,要是看得不紧呢?小鹏抿着嘴笑,没回答。她的手机也在此时响起来。她看也没看就按断了,顺手将电源关掉。

到了电影放映厅,两人才知道,里面都是情侣座。银幕上正演着《甜蜜蜜》。小鹏在门口迟疑起来。她抓住他的胳膊,要不,别看了吧?他没吭声,一脚跨进去。两人找了个靠墙的位置,坐进双人卡座里。

她再一次感受到来自小鹏身体的诱惑。她屏住了呼吸,眼睛看着银幕,注意力却全集中在小鹏身上。他的身体一动不动,似乎在拒绝着什么,又似乎在等待着什么。她握住了他的手,他没有拒绝。她将头靠在他肩上,嘴里说着,有点头晕。他腾出一只手为她按摩太阳穴,眼睛依旧盯着银幕。她抬起目光,看着他的脸。在暗弱的光线下,他的脸棱角分明,皮肤细腻光滑。她伸出手去摸他的脸,他依然没有拒绝,也没有从银幕上移开目光。但是,她分明感到了他的心跳,越来越快。他正努力控制着开始变得粗重的呼吸。林秀芬扳过他的脸,吻了上去……

两人直接去了最近的宾馆。她躺在床上,以一个成熟女人的经验和耐心，引导着这个17岁的少年，走进了她的身体。在睡去前，抚摸着身边这副稚嫩的身躯，她在心里说，秀儿，你再没有遗憾了。

七

第二天早上，林秀芬睁开眼睛时已经九点多了，忙打开手机电源。呼啦啦来了四五条未接来电的提示短信，都是公司打来的。她有点自责，马上起床，迅速穿衣、洗漱。小鹏躺在床上一声不响地看着她。待到要离开房间时，她才想起床上还有个人。她来到床边，弯腰亲了他一下，我先走了，得空给你电话。走到门口，又转回身说，今天就可以去洛迪上班了。她发现，小鹏的眼中竟然流露出孩童般依恋的神情，心不禁一颤。

来到公司，处理了一些琐事之后，副总把玉器城项目的合同送过来，她又逐条仔细看了一遍。这是她急着来公司的主要目的。几经商谈，合同基本落实了。她最后看一遍，就要送到玉器城项目办公室去。如无意外，等秘书长那边敲定时间，就可以签了。她很满意，叫副总马上派人送过去。忙完这些，她站起来伸了个懒腰，走到窗口，惬意地点了一支烟。她在心里简单估算了一下，这个项目下来，除去回扣，盈利相当可观。

手机响了，是小鹏。她犹豫了一下，接听。姐，声音有点哑，我在洛迪呢，他们说今天报个到，明天一早来上班就行。哦，那你就回家吧。我……好吧，姐再见！

她想起那副既柔软又坚硬的身体,坚硬是因为生涩,柔软是因为顺从。除此之外,她没有任何记忆,仿佛饮了一杯白开水。这感觉有点出乎预料。

晚上八点多,小鹏又打来电话。姐。小鹏,有什么事吗?没什么要紧事,就是……想给你打个电话。哦,你在哪呢?乱哄哄的。社区的广场,我妈在家。今天去洛迪了?嗯。见到老板没有?没有,见到一个叫阿伟的,我以后就跟着他。他手艺不错,你好好跟他学。一定的,不会给姐丢脸。怎么没和女朋友去约会呀?那边突然没了声音。喂,小鹏?我在呢。怎么了?嗓子好像有点哑。没事。没事就好。又是一阵沉默。要是没什么事,就明天再说吧。嗯。那就这样,我挂了。姐。怎么了?我……你怎么了?我和女朋友……分手了。什么?为什么呀?不为什么,反正我妈也不同意。这回轮到她不知说什么好。姐再见!电话挂了。她的眼前浮现出菲菲的身影,微笑着抬起手,对着比自己高一头的男朋友的脸,拍了一下。她觉得,事情有点难办了。

果然,小鹏开始经常给她打电话。打通了又总是不知道说什么,或者简单问问她在哪里,今天都干什么了?有时候她在开会,不接电话,再打过去就有点埋怨的意思。有时电话忘了回,他就发短信问,为什么不接电话?她一开始还有些得意,渐渐地就有点烦,又不好生气,毕竟和自己侄子一般大,总得迁就他点。她跟美萍诉苦,美萍说,这不都是你自找的吗?我的阿伟可乖多了。他知道自己想要什么,也知道我想要什么。

为了安抚小鹏的情绪,他们后来又去过几次宾馆。可是她发现,做爱的次数越多,他对她的依恋越深。而且常常是她感到已经饱了,他却还没有得到充分的满足。他缠绕着她,恋恋不舍,然后将身体的那份渴求延伸到情感上,弄得她精疲力尽。

她开始找理由推辞和小鹏的约会,她担心他青春的躯体被欲望点燃,结果会让她承受不了。当年她把第一次给了有妇之夫老乔之后,跟了他 12 年。她不想承担小鹏那么多年。她 42 岁了,需要享受人生,不想带个孩子生活,也不想被感情搞得那么累。

上班一个月后,小鹏拿了薪水。打电话告诉她,租了一套民房,从家里搬出来住了。她明白这意味着什么。

她按照小鹏的电话指引找到了房子———一处上个世纪七八十年代的红砖老楼。楼道幽暗,里面堆积着旧木板和腌缸。房间是一室一厅结构,虽说是南向,但窗外有高楼遮挡,室内光线昏暗。墙面很脏,地上铺着地板革,有的地方已经磨破了,露出水泥。卧室里孤零零地摆着一张双人床,被面是红色双喜图案,衬着夸张的大花,洗得泛白。窗帘不知多久没动过,褶皱处落着灰尘。厅里摆着一个长条布艺沙发,褐色,看不出脏到什么程度。

一进屋,小鹏就抱住她,也不说话,把她拖到床边,手忙脚乱地扒下她的衣服,嘴巴像婴儿吃奶一样亲在她的乳房上……她在那个吱吱作响的床上,受刑一般忍受了他充满汗味的挤压,心里只希望他快点结束。她从没有想过锦衣玉食的林总要在这样一个房间,这样一张床上和这样的气味里与男人做爱。简直糟蹋自己!她穿上衣服,我得马上走。再待一会。不行,有事,必须走。小鹏不说话。她走到门口,明天我给你租一套新的,不住这。小鹏突然喊道,我不想花你的钱!她站了一会,没吭声,开门走了。

僵持了两天。第三天,林秀芬收到一条短信:姐,我想你。她的心一软,又到他那去了一次。她发现,墙壁被重新粉刷过了,屋里耀眼地白。小鹏的手被涂料浸得起了泡。她的心底涌起一丝无奈的感动。

秘书长那边迟迟没有消息,林秀芬有点着急了。前一阵子,有事没事给她打电话,最近却没动静了。她打了两次电话问合同的事,秘书长都态度严肃地说在开会,接着就把电话挂了。她心里忽然没底了。

她问美萍,不会出什么岔子吧?美萍淡然地说,谁知道呢。她说,你给我侧面打听一下。美萍没吱声。她拍拍美萍的肩膀,事成之后,老规矩。

过了两天,美萍来电话说,我打听了,目前看,这个项目没更有背景的人来抢。那为什么还不签合同啊?我怕夜长梦多啊!

美萍说,没看出来吗?老东西这是不见兔子不撒鹰。你是说……你自己掂量办吧,可是不小的利润。放下电话,她想都没想就拨通了秘书长的电话,用甜甜的声音约他晚上出来吃饭,秘书长痛快地答应了。

这天晚上,小鹏打了三次电话,她都没接,后来直接把手机关了。

她特意多喝了几杯酒,让自己脚步飘忽,大脑迟钝,直到秘书长在她眼里变得像钞票一样美丽起来。汽车开到一个宾馆门前,她在车里等了好长时间,几乎要睡着了,他才来电话叫她上去,然后说了一个房间号。那个肥腻腻的男人笑着守在门口,把她拉进屋,推倒在床上。她觉得天旋地转,身体好像不是自己的。她看着他摆弄它,使用它,很用力,仿佛在发泄着什么。她听见了自己的笑声,抑制不住地笑。她还依稀听见他叫她不要笑,然后掐她的脸……

第二天早上,当她醒来时,秘书长已经走了。床铺很乱,衣服和被子绞在一起,有一只袜子没找到。她洗了个长长的澡,将心里滋生出的一种说不清的感觉压下去。她告诉自己,这些,都是生意的一部分,仅此而已。再说,秘书长虽然长得老相,但仕途前景光明。

八

签完玉器城这单生意,林秀芬长出了一口气。她觉得,应该犒劳一下自己。她想带小鹏、美萍和阿伟出去吃顿饭,然后再K歌。当她兴冲冲地跟小鹏说了想法之后,却被小鹏一口回绝了。

她问,为什么呀?他说,不喜欢阿伟,也不喜欢美萍。美萍是我朋友,你去洛迪上班,多亏了她,怎么就不喜欢人家呢?阿伟有老婆,还和美萍好,店里的人都知道。关你什么事啊?我看不惯。你看不惯的事多了!你和我好,你觉得别人看得惯吗?我们和他们不一样,我们光明正大谈恋爱!别傻了你!谈恋爱?你妈妈会同意吗?我不管,反正我下个月就拿身份证了。

林秀芬克制着争吵的冲动,坐下来,拉住小鹏的手,别惹你妈妈生气,她身体不好。小鹏一下子抱住她,姐,我会一直对你好的。

她的心中忽然升起一种莫名的恐惧。是时候分开了。

林秀芬在本城最豪华的酒店定了一个包房。临出门前检查了一下那两张卡,确定放在了包里。她特意开了奔驰车,在洛迪门口等小鹏出来。

小鹏看到她的车,吃了一惊,迟迟疑疑地坐上来。姐,谁的车?我的。小鹏不敢相信,新买的?买了很久了。她始终没看小鹏,也没什么表情,似乎很疲惫。小鹏怯怯地问,姐,今天很累吗?是啊,每天都很累。要是太累,就换个工作吧。自己的生意,想不做都不行啊!再说,不做,哪有钱买房买车啊?小鹏不再说话了,眼中充满了不安和疑惑。

跟着林秀芬进了酒店,小鹏放慢了脚步。穿紫色裙衫的服务员接过林秀芬的包,一位领班模样的女子迎过来,林总,都按您的要求安排好了。她点点头,那就走菜吧。说完,轻车熟路地来到电梯门口。紫衣服暗暗打量着小鹏,他感到浑身不自在。

进了房间,林秀芬脱掉外套,紫衣服帮着套上衣服挂,挂在衣帽架上。再来帮小鹏时,他已将夹克搭在了椅子背上。她温和地问,先生,帮您把衣服挂起来好吗?小鹏脸红了,忙说好。

林秀芬从包里翻出自己的古巴雪茄,紫衣服忙掏出打火机给她点上。她深吸了一口,对紫衣服说,给这位先生也点一支。小鹏马上坐直了身子。

房间里开始有人进进出出地走菜。小鹏觉得这件简单的事被弄得十分繁琐。除了正门,房间左右各有一扇门,菜从左边的门里端出来,来到桌子旁边,再转交给另一个人,才能上桌。如果布菜的人正忙着,端菜的人就只好等着,紫衣服站在旁边也不伸手帮忙。本来只有两个人吃饭,房间里却显得有些忙乱。桌子很大,小鹏和林秀芬被菜和众多的人隔着,仿佛一下子离得很远。小鹏转头打量房间,落地窗上挂着紫色的纱帘,隐隐看见外面郁郁葱葱的树木,还有远处的山影。那是依山而建的一座森林公园,绵延曲折,直插入城市的心脏。小鹏小时候总和妈妈去玩。在这座城市生活了17年,还是第一次在高处俯瞰它。

终于安静下来。桌上布满了颜色各异的菜品,餐具看起来都很精致。可他却没有丝毫胃口。她一下子变得陌生起来。

吃吧,我把他们都打发走了。

小鹏拿起筷子,不知夹什么。她从一个小盘子里夹了一块肉给他,这是澳洲龙虾,我让他们把壳都拿掉了。

小鹏机械地咀嚼着。她的筷子偶尔触动杯盘,发出清脆的声音。房间里安静得令人窒息。

吃了一会,她端起杯,来,姐敬你一杯。我们能认识,也算有缘。

小鹏喝了一口,辣,是白酒。

他等着她继续说话,预感到要发生什么。他很想问问她,车是怎么回事?林总又是怎么回事?为什么突然到这样的地方吃饭?但是没问。他在等着她说,她应该有事想说。

等了半天,房间里依然只有餐具发出的声音。

小鹏艰难地端起杯,姐,我也敬你。谢谢你为我所做的一切,我会……一直对你好的。说完,干了。一股强烈的辛辣直冲鼻孔,他几乎掉下泪来。

她看着他,象征性地喝了一口。

小鹏,她吸了一口烟,缓缓地开口了。我不是给人打工,我自己开公司。生意不算太大,一年几百万儿吧。她又吸了口烟,低下头,以前瞒着你,也不是存心的。是觉得我们的交往……和我做什么关系不大。

小鹏盯着桌子,一动不动,继续听着。

我们相处一场,也是缘分。你还年轻,姐……不能耽误了你的前程。

小鹏拿筷子的手抖了一下,嘴瞬间绷紧了。

她从包里掏出那两张卡。这张,是疗养院的,里面有一万块钱,可以送你妈妈去住一阵子。她推到小鹏面前。这张银行卡,我存了两万块钱进去,你拿着吧,或许能做点什么,比如,炒个股票什么的。说完这些,她觉得心里透亮了。

沉默。小鹏依然保持着原来的姿势,没动。眼睛盯着她的LV包,嘴绷得更紧了。

她举起杯,谢谢你,小鹏,这段日子,我挺开心。以后有什么事需要姐帮忙,还可以来找我。说完,呡了一口酒。

小鹏缓缓放下筷子,拿过酒瓶,将自己的杯子倒满,手一直在颤,酒溢到桌上。他攥住高脚杯的脖子,良久,抬起头。林总,他说道,声音有点异样。林秀芬很不适应,掐了香烟,望着他。他站起身,将酒杯伸出老远,这段日子对我的关照,真是多谢了!说完,一仰头,将整杯白酒全倒进喉咙,使劲一咽。胸部一阵难受,身子晃了晃。我该走了。他向旁边跨了一步,脚踩到台布,酒瓶和杯子站立不稳,滑到地上,发出清脆的破碎声。紫衣服闻声推开门,林秀芬一挥手,出去!门又关上了。

坐下!她喝道。怎么这么不懂事?

他惊异地看着她,站着没动。

小鹏,她缓和了一下语气,走到他身边,你这是干什么?以后我还是你姐嘛!说着,扶住他的胳膊。小鹏的眼里闪出一种从未有过的光,我恨你!一把推开她,摔门而去。她后退了几步,撞在墙上。没想到,小鹏的力气原来这么大。

她来到了小鹏的住处。打开门,屋里静静地,一股霉臭味扑面而来。四处看了看,一袋垃圾堆在沙发旁边,敞着口,几只苍蝇嗡嗡地在上面盘旋。茶几上有一碗吃剩的方便面。她走进卧室,被子胡乱堆在床上,几件T恤和一条牛仔裤扔在床脚,她拎起来看了看,脏的。下面还藏着一条换下来的内裤和两双脏袜子。

阳光从窗外高楼的缝隙里照进来,屋子缓慢地明亮起来了。她脱掉外套,爬上窗台,把窗帘卸下来,打开窗子。外面的新鲜空气灌了进来,午后的阳光有些刺眼。她把窗帘、脏衣服、脏袜子都拿到卫生间,放到洗手盆里。回到卧室看了看,又撤下了床单。

站在狭小的卫生间里,她开始洗衣服。灯光有些暗,看不清衣服洗净了没有,她就一遍一遍地打肥皂,一遍一遍地搓。洗完了衣服,扔掉垃圾,她又把地板革仔细地擦了一遍,终于露出本色了。

太阳从两座高楼之间走过,室内重新暗淡起来。她从包里拿出纸巾,擦了擦额头和脖颈的汗,穿上外套。她把那两张卡重新拿出来,整齐地摆在茶几上,上面用房门钥匙压住。站在门口,她最后扫了一眼洁净的房间,长舒了一口气。

走到楼门口,她掏出手机,调出电话簿,轻轻一按,小鹏的名字瞬间消失了。她不再需要这个号码了。林总从来都是这样的人,只留着有用的东西。

九

玉器城项目的工程断断续续干了两年,林秀芬和秘书长也维持了两年不冷不热的关系。这期间,她跟秘书长的儿子合资成立了一个公司。他们之间有了比性更牢靠的纽带。

她也换了新住处——在东山附近买了一栋三层别墅,欧式装修,花了不少钱。一个保姆帮她打理家务。日子又回到了原来的状态。这两年,她再没去过潮发艺,也不去洛迪了。她找了一个新发廊,做头的时候,闭上眼,从不说话。

有天晚上,接到美萍一个电话。明天陪我去一趟省城。她问,什么事啊?看病。她有点吃惊,啥病?大病。什么大病?别问了,明天下午我去接你。她疑惑地放下电话。

第二天,美萍十二点一过就来了,在大门口催她快下来。她问,着什么急啊?开车一个多小时就到了。美萍说约了个大夫,两点钟见面。

上了车,她发现美萍神色不对。怎么回事?到底啥病啊?美萍目不斜视地开着车,得检查了才知道。什么症状?严重不?要不我开车吧。不用。没那么严重,就是下面长了点东西。是……肿瘤吗?林秀芬小心地问,美萍斜了她一眼,别咒我啊!那是什么呀?哎呀!就是……湿疣!啊?林秀芬还是很吃惊,怎么那么不小心啊！说完，下意识地将身子向车门方向挪了挪。

到了省城，按照 GPS 的指示，在一个小巷的尽头找到了医院。她问，这地方能行吗？美萍说，有朋友推荐，说这里不错。

美萍进去之后，不长时间，就神色轻松地出来了。她马上问，怎么样？美萍高兴地说，没什么大事，开点药，内服加外用，一个月后来复查。不过，真倒霉，怕遇到熟人，还是碰到一个……靠！

上了车，美萍的情绪马上好起来，与来时判若两人。她对林秀芬说，咱俩今天别回去了，一会吃晚饭，找个好馆子。我可有阵子吃不下饭了。之后呢，我去看看我干哥，你也会会朋友。她问，你哪个干哥啊？建委那个啊！正好有点事求他。

晚上，林秀芬没出去，早早洗了澡，躺在床上看电视。

十点多，她往美萍的房间打了个电话，没人接。有点无聊，她来到卫生间，在洗手台的收费架上翻出自己带来的一小袋矿物泥面膜，倒出来，掺了点水，搅匀，小心地涂在脸上。对着镜子，她解开睡衣，揉了揉腹部的赘肉，又捏了捏乳房的边缘，那里有点乳腺增生。电话突然响了，她以为是美萍，顺手拿起座便器旁的听筒。里面却传来一个男人的声音，小姐您好，需要按摩吗？

这样的电话，以前也接到过。她本能地想说谢谢，回绝掉。但是手攥着听筒却不愿放下。在这样寂寞的夜晚，她是不拒绝跟一个陌生男人说话的。显然，她的沉吟鼓励了对方。男人说，全套一千元,做足三十分钟,保姐满意。

她的手抖了一下,这声音有点特别。在她发呆的瞬间,电话里的男人继续不急不缓地推销着自己,我今年 20 岁,相貌端正,身高一米七八,学美发专业的学生,业余时间打工。

仿佛遭到电击一般,她的身子骤然抽搐起来,听筒当的一声掉在地上。他的声音在小小的卫生间里异常清晰,喂,你在听吗?保证卫生,你放心。做一次吧! 我现在上来好吗?

白裙子

一

安娜从直播间下来,一个人坐在办公室里,心里涌起莫名的烦躁。她把手机掏出来,再次翻看了祝亦清发过来的那条信息:晚上请你吃饭?

回不回复呢?回复什么呢?拒绝?她已经那样干了好几次了,比如:我今晚有事。但马上是:那就明天?我想你了。她只好硬着头皮:最近比较忙,以后有空再说吧。他有耐心,记忆力也好,过了一段时间,又发:今天晚上有空吗?不回复?那算怎么回事?默许吗?她不知道该怎么办。

闫庆珍走进来,扫了一眼办公室:"朱笛来了没有?"安娜回过神来:"还没呢,领导。"闫庆珍看了看手表,转身往外走,忽然又想起什么:"对了安娜,前几天和祝总,就是宏业的祝亦清通电话,他说你给他们新录的那个广告,音乐声音大了点。"安娜一愣:"大吗?一直都那样啊。""反正你有空给他打个电话,他说怎么改就怎么改。"闫庆珍走到门口,回过头来又说,"顺便也跟他提提台庆赞助的事,你节目那个宣传条幅是不是还没着落呢?别不好意思,他有的是钱。"说完苦口婆心地看了安娜一眼。安娜茫然地点了点头。

闫庆珍回到自己办公室,继续等朱笛。说好 10 点,这都过去十多分钟了。他按下心头的不快,点了一支烟。

思来想去,闫庆珍觉得还是得动用朱笛这张牌。平心而论,他不太喜欢朱笛这个人。这是个让人捉摸不透的女人,有令人不可亲近的美貌和冷漠。跟人说话,总是一副心不在焉、不冷不热的表情。但是要想让祝亦清这个老油条掏钱冠名晚会,恐怕非得她出马不可。朱笛曾经和祝亦清好过,这不是什么秘密。闫庆珍还在日报做记者那会,对此就有所耳闻。那时候,朱笛这个名字在新闻圈内是很响亮的,不是因为她节目主持得有多好,而是传说中她交往过的男人,非富即贵,其中就包括祝亦清。据说两人已经到了谈婚论嫁的地步,但终因祝亦清离不成婚而作罢。现在他们关系如何,闫庆珍不得而知。但从一个男人的角度看,朱笛张一回嘴,祝亦清一定不会驳了老情人这个面子。这样做似乎有点不体面,闫庆珍苦笑了一下,但为了自己的前途,也只好如此了。台庆十周年晚会不是个小事,更主要的,自己到交通频率任总监整整三年了,已经到了可以提拔的时期。台庆晚会办好,是自己工作能力的展现,也可以借机与各方面的领导增加沟通。

在交通频率的广告客户里,祝亦清的宏业集团最被闫庆珍看好。宏业是本市很有名气的民企,下设餐饮、汽车经销和房地产开发等多种经营项目,有经济实力,而且是老客户,这些年合作得还算愉快。闫庆珍很希望宏业能成为晚会的主要赞助商,赞助费拿大头。这里有个原因,宏业是个家族企业,虽说注册的是有限公司,但基本上是董事长祝亦清一个人说了算。其他的股东不是他弟弟就是他大舅哥之类的亲戚,而且股份很少,甚至也就是名义上的参股。祝亦清想用钱,用多少,打个电话,财务就把支票送过来,不用和任何人商量。而且,祝亦清还会有选择地不要发票。这些年的广告费,都是这么结的。不要发票,里面的门道可就多了。一方面,祝亦清可以拿到一个很低的价位,这对他很重要,因为钱是他自己的;另一方面,闫庆珍也可以留一部分在自己的小金库。台里聚餐、娱乐,节假日的内部福利都从这里出,自然也有一部分进了闫庆珍自己的腰包。若是宏业能为晚会冠名,拿了这个大头,做成一朵大红花,别的客户再点缀些绿叶,就完美了。闫庆珍让广告部的老陈试着和祝亦清通了个气,没想到祝亦清兴趣不大,但话也没说死。

10点20分,朱笛终于来了。闫庆珍试着问:"堵车啊?""是啊。"朱笛轻描淡写地回了一句,没打算继续解释。妈的!闫庆珍心里骂道,脸上却微笑着,指着办公桌对面的椅子:"坐,别站着。"然后背对着窗户,在逆光中理了理稀疏的头发。

"是晚会的事,市里挺重视的。宣传部立群部长也打电话过问了,说是想把这次活动纳入今年的旅游节,做开幕式演出,地点呢,就在新落成的奥体中心,能装一万人的那个体育馆。"他故意在"一万"两个字上加重了语气,"到时候,国家旅游局、文化部的领导都要来,电视台全程直播。立群部长指示,主持人一定要选最过硬的。初步打算,电视台出一个男的,女的呢,从我们电台出。"朱笛不动声色地听着,看不出任何波澜。闫庆珍停顿了一下,起身给朱笛往纸杯里接了杯矿泉水,语气变得亲近了些:"咱们台里这些人,你也看到了,没一个省油的灯,都盯着这个位置呢。"他看了朱笛一眼,"我的意思呢,让你上。"朱笛的脚动了一下。闫庆珍的嘴角泄出笑意:"不过呢,别的女主持人可能也会想各种办法来争取这个事,上次建军节和部队联办的那个电视晚会,小珊就通过关系找到了部队的政委,成了女主持人,你想必也知道。"这事朱笛后来听说了,主持人争这些事情她见多了,最终都是争个身价,主持的大型活动多,身价就高,出去主持婚庆、开业之类的,别人要1000,她就可以要2000、3000。归根结底都是为了钱。朱笛从来不为钱争这些,因为她不靠这个赚钱,这些对她来说是小钱。但有时候,她要争个脸面。闫庆珍接着说:"如果你能拉来一份冠名赞助,那么别人就都说不出什么来了,我为你说话也理直气壮不是?我相信,你也绝对有这个能力。"他意味深长地看着朱笛。原来在这等着我呢,朱笛想了想,说道:"领导有什么吩咐就说吧,为十周年台庆做点事,应该的。""好!我就说嘛,朱笛最有大家风范了,哈哈。"

闫庆珍接着就把让祝亦清出100万冠名赞助晚会的想法说了,强调虽然有几家都在谈着,但是他还是愿意把冠名的机会留给宏业。结尾又补充了一句:"朱笛,全台只有你有能力谈成这100万,我不会看错的!"朱笛一下子明白了闫庆珍的意图,她避开了他的目光。"听老陈说,不是正谈着吗?""是啊,祝总也有赞助的意向。"闫庆珍笑了笑,使谈话气氛轻松些。"可是啊,好像也不太明确。我又不好催他。他这个人,你是知道的,不喜欢别人催。"朱笛觉得,自己不好再回避这个话题了。她虽然心里不舒服,可对方毕竟是自己的上司,再不表态,局面会很尴尬。他下不来台,自己也会很被动。于是她迎着闫庆珍的目光,笑了:"多大个事啊?总监,您不好催他,我给您催催。要是把他催生气了,也是生我的气。"朱笛是个冷美人,轻易不笑,所以笑起来格外动人。闫庆珍觉得,人真是没有完美的,朱笛这么美,又这么聪明,却太冷。他把手往桌上一拍:"好!谈成了,这个主持人就铁定是你了,别人找谁来说都不好使!"朱笛心说,以为谁稀罕这个晚会的破主持,你还真看扁我了。她站起身,说道:"我试试吧。"笑容已经收了起来。

二

伴着一阵淡淡的香水味,朱笛从安娜身边飘过。她个子高,除了正式的场合,很少穿高跟鞋,所以她的到来不像小珊,总是伴着笃笃的声响。安娜下意识地喊了句:"朱笛姐。"朱笛面无表情地答应了一声,坐到自己的办公桌前。她的桌子很干净,除了做节目,她很少到办公室来。如果今天不是闫庆珍找她,安娜见到她一面是很难的。

朱笛的长发有些凌乱地披在身上,从安娜的角度看过去,脸被遮住了一半,露出的一半洁净白皙。她从包里掏出一支护手霜,仔细地涂着漂亮的手指。安娜收回目光,看了看自己肤色微黑的手掌,眼前就浮现出祝亦清和朱笛并肩走来的画面。忽然就有一丝沮丧从心底爬了上来。

朱笛37岁,至今单身,关于她的私生活,历来有多种说法。有一种说法是这样的:当年大学还没毕业,她就被一个据说有黑社会背景的富豪给包养了,两人同居了四年,直到富豪在一次车祸中丧生。朱笛和那个富豪究竟登记了没有众说纷纭,但是有目共睹的是,朱笛从未缺过钱。安娜在日报社工作的大学同学慧慧总是跟安娜打听朱笛,八卦中充满了羡慕:"我听说朱笛跟市里的一个大领导关系不一般。"安娜就会说:"我不知道啊!""你外地人,毕业过来没几年,当然不知道。我们这边的人都这么说。"安娜面露疑惑。慧慧不管她,自顾自地说下去,"这个女人不简单,你说漂亮吧,她比电视台的那个夏菲还差了点。你说男人喜欢她什么呢?""……你说是不是跟了那个大哥之后她就一举成名了,男人们就都想见识见识?""……你说她是不是在床上让男人特销魂啊?"诸如此类。安娜张着嘴盯着慧慧:"你天天总琢磨人家干吗呀?""安娜,我看你也不差,怎么着也比她年轻啊。除了你那个肉包子打狗一去美国不复还的初恋男友,还没见识过别的男人吧?书念得多有什么用啊,这年头还得找个有钱的……"

祝亦清当年怎么追的朱笛呢?她忽然对他们的事感兴趣起来,以前慧慧跟她讲,她还不愿意听,说慧慧是八卦婆。现在他们是什么关系呢?那一页真的全都翻过去了吗?

手机突然响了,安娜吓了一跳。是祝亦清的来电,接不接?朱笛扭头朝这边看了一下,她惊慌失措地按了接通,脸涨得通红。

"大小姐终于肯跟我说话了。"笑声。

"嗯。"安娜边说边将手机音量调小,用眼角扫了一下朱笛,朱笛继续涂着手指,仿佛房间里只有她自己。

"晚上有空吗?我一个朋友刚送过来两桶波尔多的红酒,你过来陪我尝尝?"

"晚上……有事情。"她觉得自己的声音异常干涩,祝亦清这副自己人的口气让她很不自在。

"你可真是大忙人啊!比我都忙。"

沉默。

"要不,星期四我请你们台里的人一起先聚聚,让我看看你,想你了。"

安娜的心怦怦地跳起来,紧张地一动不敢动。仿佛任何一个动作都会让朱笛看穿她的秘密。

"你不说话就算答应咯。我可等你了。"电话挂了。

"再见!"安娜对着忙音,尽量让声音显得平静,富于礼节。

她觉得,安然坐在那里涂护手霜的朱笛,身上像长了一千双眼睛,目光如箭,一齐射向她。她的手心里全都是汗。

朱笛终于涂完了手指,她把手凑在鼻子跟前闻了闻,眼神却对着安娜的方向,看了半天。然后站起身,乌云一般地飘走了。安娜松了一口气。

如果换了朱笛,她一定能从容而游刃有余地接电话吧?如何能修炼成那样?

她回想着认识他的过程,车展,开幕式。自己那天穿得其实很普通,因为她知道不论自己在打扮上花多少心思,都不会比那些高挑时髦的车模引人注目。首先在身高上就输了,除了是电台主持人,受邀主持车展的开幕式,自觉没有一点特殊之处,扔人堆里马上就能消失。至于容貌,安娜也不自信,她甚至不知道现在人们的审美标准,有时候拉头母猪也叫美女,有时候即便是章子怡也被狂贬难看。但是有一点她是知道的,那些车模,胸部被刻意烘托,腰束得紧紧的,外衣刚刚够遮住胸罩,还有笔直的长腿,只被超短裙覆盖一小部分,这些都对男人构成足够的诱惑。她事先都料到了,因此跟闫庆珍说,您应该派个男主持人去。可是闫庆珍说,不行,人家点名要《车行天下》的主持人安娜去,好些司机都等着见一见你呢。

安娜索性坦然了,见就见吧,既然想见真人,就真实一点好。

她没有刻意热情地面对不断涌上来又不断被保安挡回去的听众,也没有洋洋得意,只是始终得体地微笑着。场面满足了她小小的虚荣心,也让主办方很高兴,对她更加客气。

她是在开幕式进行过程中注意到他的。西装,对了,主要是那身深色西装,安娜从没见过一个40多岁的男人将西装穿得那么舒服,除了电影上。他临时取代了原来安排好的参展车商代表,上台讲话。她注意看了他几眼,普通话说得很好,带点不明显的本地口音。他在讲话中说非常荣幸请到安娜小姐主持开幕式,所以安娜猜测这次车展他大概是主要赞助商,因而会有主人的口气。接下来,吃饭,他被主办方隆重介绍给了安娜,头衔有市政协委员、省十大优秀企业家、集团董事长等等一大串,祝亦清郑重地给了她一个名片,请她有机会到他的店逛逛。安娜瞟了一眼名片,倒是干净,只写了一汽大众代理商,主要经销奥迪系列。也许怀里揣着好几种名片吧?在不同场合见不同的人给不同的,这种人安娜见过很多。心里想着,端着酒杯和他碰了一下,象征性地喝了一小口。后来有一天,闫总监让安娜给祝亦清打个电话,说对方想跟她的节目合作。于是有了第二次见面。

这次见面是安娜不愿意回忆的。她喝多了,并且做了非常后悔的事情。她一般不喝酒,尤其是单独外出采访、谈广告。她和小珊不同,小珊能喝,比一般的男的都能喝,而且善于劝酒,所以小珊不惧怕喝酒,有时候架势一拉,男的还没喝就害怕了。要说她和朱笛的酒量差不多,但是朱笛的优势是她的名气和酒桌经验都比安娜足,而且朱笛实在没办法时就把美丽的面孔一板,爱谁谁。这一点,安娜学不来,她自觉还没混到那个资格。

她对祝亦清有好感,祝亦清看出来了。那天醉酒之后……安娜在心里懊恼,酒精的作用究竟是让人释放内心的真实还是让人自己扭曲犯错误?他确实是个有魅力的男人,他自己好像也深知这一点,可这就构成了他亲吻我的理由吗?

自己当时为什么不拒绝?还是一个深吻,他的舌头有力并且缠绵。他有进一步的探索,但是安娜拒绝了,幸好他没有勉强自己,如果勉强了呢?她不知道会怎样,真的不知道。这一切仅仅是因为喝了酒吗?可自己的脑子明明是清醒的,为什么?难道因为他有钱?或者说好听点他成功并且显得有修养?这两者有什么区别吗?自己心里是隐隐期待被这样的男人爱的吗?可这怎么能算爱呢?安娜发现,她并不了解自己,自己像一口井,同祝亦清一样深不可测,她掌控起来有点困难。这一发现令她害怕,以前没有这些问题。要是爸爸知道她做了这些,一定会痛心疾首,然后逼着她回老家,调到他任教的大学里去不可,然后在他眼皮底下结婚、生子。当初来电台工作他就是反对的。现在怎么办呢?她又想起闫庆珍跟她说的广告的事,音乐声音大?祝亦清明明说过很满意呀,刚才问一下就好了。可是一问,朱笛不就知道她支支吾吾通话的对象是祝亦清了吗?想到这,安娜又有点恼自己了,怎么在她面前像个贼一样?我做什么了我?台庆晚会赞助的事也让她头疼,每个节目都有10万元的任务,在演出现场挂条幅，上面写赞助商的品牌和节目的名称。她觉得心里的那团麻越搅越乱了。

小珊恰到好处地来了，有时候安娜是很喜欢小珊的，她阳光、热烈，充满了活生生世俗的温度。不像朱笛，总是冰冷的，闭锁的，仿佛灵魂在另一个世界。小珊就像一条欢蹦乱跳的小鱼，一进办公室，办公室的水就活了。她喜欢笑，咯咯地笑，特别感染人，让你相信俗世生活是美好的，不懂得享受就是傻瓜。

小珊的节目在下午，这个时候来多半是家里没准备午饭，要去食堂解决。另外，她偶尔在午饭之前光顾台里的健身房，把办公室门一锁，换上全身的名牌运动行头去打羽毛球，据说打得相当不错。另外一些时间，她也在外面的运动俱乐部打网球，是某一个高级俱乐部的 VIP 会员。想到这安娜又觉得黯然，不是自叹不如，而是那一部分生活是小珊自己的，是她的另一面，与此刻释放在阳光明媚的房间里的活泛无关。那一部分又让安娜想到物质上去，想到面前这个貌似与温厚善良的邻居大姐无异的女人，是如何在临近 30 岁的时候横刀立马抢了别人事业有成的老公，过上了现在这种美满生活的。耳畔又响起了慧慧的声音："这年头还得找个有钱的。"

"安娜，主持人的事听说了吧？"小珊的忽然发问，打断了安娜的思绪。

"什么主持人？"

"台庆晚会呀。你不想争取争取？"小珊的目光充满深意。

"说什么呢？小珊姐，能轮着我吗？"

"这倒是，你来的时间太短了。不过原则上讲呢，每个人都有机会。"

安娜想问她是不是也想争取一下，但是忍住了。

"嗨！咱们跟着瞎操什么心，总之用谁都是领导的事。"小珊站起身，"还是打稿子准备节目吧。"说完哈哈一笑，出门去了电脑间。

安娜的心情忽然又不好了。最近一年，她隐隐觉得小珊把自己当作了竞争对手。随着自己的知名度渐长，出去参加各种公开活动的机会也多了。以前别人不找朱笛就会找小珊，现在，都转向了她。这些公开场合的主持都是有红包的，小珊是在乎钱的人，全台的人都知道，但她更在乎这些抛头露面的机会。这些机会，不仅可以展示她那些令人眼花缭乱的高级时装，还会让她结交到各个行业的精英。这些精英，对安娜来说只是名片上的一个个名字，对小珊来说，却是比金钱更有价值的财富。纵横交错的人际关系像一张网，令安娜感到窒息，而这张网却让小珊感到安全。她们是两种鱼，安娜是小溪里的，而小珊，锦衣玉食地游在养殖场里。面对小珊，安娜常常能感觉到自己的简单幼稚。她总是禁不住去想一个问题，要不要也学着像她那样？

三

朱笛离开办公室，就到自己的车里给祝亦清打了个电话。

祝亦清一听100万,就哈哈笑起来,说闫庆珍真是疯了。朱笛说你什么意思,给个话。祝亦清想了想说,你说怎么办就怎么办,行了吧?朱笛说,哟,我可担不起你这么大人情,你最好自己掂量一下,我这就过个话。祝亦清问,这100万,你能拿到多少?朱笛说,按规定只能拿到5%,不是钱的事。那就是面子的事了?你放心,这个面子哥帮你撑。朱笛心里有一丝感动,语气柔和了些,别,你再考虑考虑,如果做呢,我一定帮你争取最大的利益,估计会请个一线的影视明星,到时候我让他到你的店里去站台。得了吧,我不缺站台的明星,说不定闫庆珍还惦记着让我帮他请呢,能省点钱,就他那小心眼。他都能让你来跟我谈赞助的事,能是什么正经人?你说什么呢?朱笛突然就不高兴了,我跟你谈怎么了?你觉得我不是正经人就直说。你干吗那么敏感,我啥时候说你不正经了?你心里就是那么想的,你其实一直都是那么想的!真是岂有此理!行了,我这还有事呢,先这样吧。祝亦清先挂了电话。朱笛一甩手,把手机扔到副驾驶坐椅上。无端地又惹了气,每次都是这样。

回到家,她在床上躺了一会,决定起来照镜子、试衣服,这是她让自己快乐的秘密方式。

无论白天、夜晚,她的窗帘总是遮着的。即便开窗子透气,也不把窗帘全拉开。门口有一面巨大的穿衣镜,卫生间里也有一面。她脱光了衣服,站在镜子前端详自己。镜中的她皮肤光润、白皙,胸部是饱满的,没有一点下垂的迹象。这对漂亮的乳房,已经很久没人抚摸过。最近一次体检,查出了乳腺增生。她知道自己已经到了一个微妙的年龄,美即将逝去,健康作为一个忽略不了的问题浮出水面。这让她有些忧虑。她也喜欢抚摸自己的腰,顺着后面向下是一个她自己都喜爱的弧度。向前也很好,腹部没有多余的肉,却很柔软。这里面差一点就孕育出一个生命,她的心痛了一下,那是祝亦清刺过的伤口。朱笛从未停止过计算,一年,又一年,她做母亲的底线是 40 岁。在这个年龄到来之前,希望就在。即便对男人已经放弃了,对孩子,却从来没有。

她的身体,在选择服装上,从来不需要扬长避短。她能把各种各样时装倾向很严重的衣服穿成随便、家常的样子,没有丝毫忸怩、做作,看不出企图心,仿佛她生来就是这样穿衣服的。很多女人身上有怕衣服的因子,只能穿有限的几种款式才觉得是她自己,稍微夸张一点就觉得像是被推上了舞台,戏服压得自己不知所措,既找不到戏里的角色,也找不到真实的自己。还有一些女人,太像演员,穿上漂亮衣服就像戴上了面具,你再也找不到她了,她们被衣服带走了,被衣服控制了。而朱笛能让衣服臣服,无论穿什么,夏天的晚上,有时候急急地来上节目,甚至就穿一条牛仔短裤和半袖 T 恤,一样让人惊艳。了解朱笛的女人在背后议论她的时候,得出了一个结论,她从来不会慌不择衣,你以为牛仔短裤和 T 恤就让你窥见了她家常的样子吗?上当了!仔细瞧瞧,短裤是范思哲的!没钱绝对穿不出朱笛的样子来。

钱，是朱笛被传说的另一个话题。普遍支持的一种说法，认为朱笛的第一个男人给她留下了不菲的遗产。后来呢，她一直单身，有足够长的时间获取各种各样男人的钱财。至于她是如何获得的，人们只能猜测到床上，其他细节基本就是个谜。朱笛几乎没有新闻圈里的女性朋友，在办公室也从不谈论私事，而且她的节目太晚，与大家聊天的机会不多。她就这样脱离了人间烟火，显得不真实。

面对镜子的朱笛觉得自己还很鲜活。女人的美是需要修炼的，修炼要耗费时间，像熬粥一样。修炼也要有适度的伤痛，像作料一样。这是一张散发着淡淡苍凉的美丽面孔。她对镜中的自己很满意，她一直在等待一个懂得欣赏自己此时之美的男人。五哥不懂得这些。五哥即便活到现在，也不会懂得这种美的分量。不过五哥如果活到现在，自己也许不是这样一副容颜。祝亦清也不懂得，他现在似乎更需要一些欢乐的面孔陪在身边，他企图让那些面孔成为一面面镜子，让他产生青春的幻觉。

曾经有一段时间，朱笛听说祝亦清在"溜冰"。她打电话给他："是真的吗？""是。""你活腻歪了是吧？""你还真说着了，我就是想作死。""你是死是活本来不关我事，你有老婆，有儿子。不过我可提醒你，那东西不比摇头丸，弄大劲了戒不掉。""宝贝，还是你心疼我。你过来陪陪我吧，我一准就不弄了。"朱笛毫不犹豫地挂掉了电话。后来她了解到，祝亦清那个阶段财务状况非常不好，做水产养殖赔了很大数目，银行还催着还贷款。但那毕竟是他的生活,他既然选择了这种起起落落的商海生活,就得自己想办法过,与她已经毫无关系了。她不知自己什么时候开始心变得这么狠,但她清楚地知道,就是这个男人,让她的心狠起来的。

过了几天,祝亦清给她打电话,问,星期四在香格里拉请闫庆珍吃饭,你去不去?她说,你这算请了我吗?他说不敢,我可请不动你,只是向你汇报一下,去不去你自己决定。她听了心里不大舒服,没说去也没说不去。却问,赞助的事,你考虑好了吗?闫庆珍在等我回话。他说,你不用管他,我再拖拖他。一个破晚会,跟我要100万,当我是傻子呢。她冷笑一声,我不能这么回他呀。他说,怎么回他你掂量着说,我这交给你一实底,超过10万我一分不拿,他爱找谁找谁,这10万还是看着你的面子呢。哎哟!我的面子好大呀!朱笛心里忽然升起一股无名火,祝亦清,你在忽悠我是不是?不想做你趁早跟闫庆珍说去,这么大个事,他还一直剃头挑子一头热乎呢!祝亦清说他他妈的又不是我爹,我管他热不热乎?我玩他又怎样?这些年花了我多少钱?!两人在电话里像以往一样,以吵架收场,不欢而散。但是又像以往一样,迅速忘记。

四

不知是不是朱笛起了作用,祝亦清突然叫秘书打来电话说要请闫庆珍和台里的人聚一聚,顺便了解一下台庆晚会的事,并且特别叮嘱一定要叫上安娜。闫庆珍有点糊涂了,祝亦清现在的兴趣点难道在安娜?他点了支烟,边抽边琢磨开了。上个礼拜还不咸不淡的,今天突然就打电话来说请客。虽说是请大伙,却只单点了安娜的名字,根本没提朱笛。当然朱笛也可能知道祝亦清要请客,这是他们两人之间的事,别人永远不会知道真相。祝亦清对安娜印象好,闫庆珍是从他在安娜节目中投放的广告量看出来的。只要是安娜的节目,无论是30秒的艺术广告、冠名小栏目,还是提供奖品,一说,祝亦清就答应。对别人的节目,祝亦清就不那么痛快了。小珊上次陪他喝了那么多酒,要他给节目赞助点奖品,他都没答应。闫庆珍还只当是安娜的节目和祝亦清的汽车生意对口。看来似乎也没那么简单。祝亦清究竟有多少女人,闫庆珍搞不清楚,反正接触这几年,他身边总是美女不断,而且环肥燕瘦,口味不一。不过有名有姓传了很多年的,还真就只有朱笛。想到这里,他觉得,把宝压在朱笛身上应该还是稳妥的。于是打电话通知了几个人,包括安娜和朱笛,星期四晚上吃饭,都不许缺席。

到了星期四这天下午,闫庆珍早早结束了工作,坐在办公室里思量晚上饭局的事。上午10点多,祝亦清的秘书就打电话过来,说晚饭定在香格里拉。祝亦清从未这么大方过,以往请闫庆珍吃饭,都是在宏业宾馆的餐厅。那是他自己的产业,相当于他集团的食堂。虽然不是什么高档饭店,但却显得亲近。这一点让闫庆珍心里颇为佩服。

祝亦清这个人，闫庆珍是做了电台交通频率的总监之后才开始接触的。关于他的过去，闫庆珍也了解一些。他本名叫祝国发，是郊县的一个农民，靠他吃苦耐劳的老婆加工成衣起家，后来开了一家服装加工厂，再后来转做工程，逐渐发展到今天。祝亦清这个名字什么时候改的，他不得而知。反正和朱笛恋爱的时候，就已经叫这个名字了。据一次饭局上祝亦清自己说，这个名字是一位佛门大师所赐，可保他三代富贵平安。因这名字过于文雅，闫庆珍也并不全信。他看到的是，祝亦清如今西装革履，气度非凡，根本与农民不沾边，倒像个海归商人。祝亦清对他一直很客气，闫庆珍舒服，也不舒服。比如，在电台广告这个问题上，最初祝亦清完全可以找闫庆珍的主管台长过来说话，或打折或免费，或拿实物抵价，但是人家放着这层关系没用，直接找到了闫庆珍。他说，我最不喜欢拿大帽子压人，俗话说，县官不如现管，我与闫总监以后合作的日子还长，希望以诚相待，做个朋友。还说，发票可以不必每次都开，互相都方便些。闫庆珍心里很高兴，觉得祝亦清明白事，人爽快，是个可交之人。但是当他真想以心换心，拿祝亦清当朋友的时候，祝亦清不动声色地又把距离拉远了。除了公事，涉及私事的时候一概回避。比如去年，闫庆珍的小舅子看好了宏业集团开发的一处房子，求闫庆珍出面给压压价钱，祝亦清就公事公办地只给打到九八折。因为广告费上闫庆珍私人占了不少便宜，所以也不好意思再跟祝亦清纠缠，后来这件事就不了了之了，小舅子最终没买那套房子。闫庆珍觉得,两个人打交道,总会有个人占据主动,几个回合下来,一方就不知不觉地接受了另一方的支配。他觉得,祝亦清就是个善于支配和控制别人的人,他天生有这个本事。自己与他刚一交手,就已经输了。和闫庆珍占的那点便宜相比,祝亦清在广告费上才是占了个大便宜。

再比如这次台庆赞助,闫庆珍试探地问了一下,祝亦清满口都是朋友交情,一定帮忙,但却迟迟不落实。害得他放下总监的尊严,走旁门左道去求对方的旧情人。今天这顿香格里拉是冲着谁请的呢?按说现在的局面是闫庆珍求着他,他大可不必如此破费。为了朱笛?那为何又专点了安娜的名字呢?闫庆珍忽然想起,给安娜打电话时,她似乎不太乐意赴这个饭局。难道祝亦清真的在打安娜的主意?他意识到把朱笛和安娜都叫去陪祝亦清吃饭,可能是件危险的事,心里一下子又没了底。

正在此时,小珊敲门进来打听晚会赞助的各种价位以及对应配套宣传的事,闫庆珍看着她,有了主意:"小珊,晚上没事吧?祝总请吃饭,一块去吧。"小珊一愣,旋即笑道:"好啊,全听领导安排。这酒啊,领导让怎么喝,我就怎么喝。"闫庆珍心里很受用,目光里充满了欣赏。小珊是那种特别撑得起场面的女人,说话做事圆融得体,并且总能敏锐地把这些转化为自己的利益。她似乎也深知自己的长处,从不放过任何交际的场合,她的生活在与人左右逢源中,过得有滋有味。在直播间里主持节目,她不太胜任,也屈才了。闫庆珍想,有她在酒桌上这么一搅和,这顿饭吃得可能就安全多了。

临走之前,闫庆珍又给朱笛打了个电话,问她赞助的事问过祝总没有,他怎么说。朱笛回说,祝总肯定会赞助的,但赞助多少还在考虑,他觉得100万有点多。闫庆珍心里有了数,看了看表,打电话给广告部老陈,叫他半小时后让司机把车开到楼下,他们俩一起坐车过去,路上再跟他通个气。

五

闫庆珍和老陈在旗袍小姐的引领下,走进酒店包房时,祝亦清和朱笛正凑在一起看手机,祝亦清将手搭在朱笛的椅背上,两个人的头几乎挨在一起。祝亦清的秘书小平头和宏业集团办公室的孙主任坐在远处的沙发上,看到闫庆珍和老陈进来,马上站了起来,热情地寒暄。祝亦清把搭在椅背上的手抽回来,招呼着两人,并未起身。朱笛站起来,指了指自己的位子:"领导,请上坐。"闫庆珍马上做出亲热的样子,佯作不肯:"祝总,我做这个电灯泡合适吗?""合适,就你做最合适了,你头发最少。"说完哈哈笑起来。闫庆珍也笑,走到祝亦清近前。祝亦清一把拉住闫庆珍的手,把他拽到椅子里,然后把手搭在他肩膀上:"这阵子怎么样?有点见瘦啊,还坚持爬山呢?""不爬山怎么办?你那个健身会所我也去不起。"朱笛坐到闫庆珍旁边的位子上,冲着祝亦清:"听见没?明个赶紧给我们领导办个年卡。"祝亦清打着哈哈,却把目光转向孙主任:"老孙,菜安排好了没有?出去看看。"

过了一会,小珊也到了,一进门就笑声不断,熟络地和大家打着招呼。祝亦清在和闫庆珍说话的间隙冲她摆了一下手。闫庆珍看到小珊,忙说:"小珊今天表现好,为了祝总的酒,临时把别的事都推了。""必须的!谁的面子能大过祝总啊?"说完又咯咯笑起来。祝亦清心不在焉地回了她一个笑脸。小平头热情地把她让到祝亦清对面的位子。刚一落座,小珊就惊呼道:"哎哟朱笛,这款香奈儿包你买了?今年新款,我一进屋就看到了。""朋友送的。"朱笛淡淡地说道,并未打算和她继续探讨这个话题。小珊讨了个没趣,四下看了看,把谈话目标重新锁定在小平头身上。没费多大功夫,两人就聊得热火朝天。她不时笑上两声,像包房里尽职尽责的背景音乐。

孙主任出去没多久就回来了:"祝总,菜都安排好了,现在上吗?还是再等一会?"祝亦清看了看表,略显烦躁,问闫庆珍:"是不是只差安娜还没到?"闫庆珍环顾了一下四周,故意抬高了嗓门:"这个安娜,怎么这么磨蹭?老陈你打电话催一下。"祝亦清盯着老陈打完了电话,知道安娜已经在路上,语气轻松下来,对孙主任说:"走菜吧,然后你再去看看酒。"祝亦清招呼大家落座。老陈按灭手里的烟,从沙发那边走过来,看着祝亦清左手边的两个空位,踌躇着坐哪。祝亦清显得很随意地说道:"让安娜挨着我,她来晚了,我得罚她两杯,哈哈。"老陈马上附和:"应该应该。"朱笛抬起头,目光与祝亦清碰了一下,祝亦清迅速把目光挪开。

安娜是有意晚到的。她想,去早了,酒未开席,免不了和祝亦清面对面讲话,自己能落落大方当什么事都没发生过吗?要是被别人注意到不自然怎么办?尤其是朱笛也在,她可不想得罪这个深不可测的女人。最好大家都落座了,自己再进去,直接坐到座位上,就避免了近距离接触,只隔着桌子跟祝亦清打个招呼就行了,反正自己近视,也看不清他的表情。

当服务员拉开包房门时,安娜一眼就看到了祝亦清,他正对着门坐在主位,微笑地看着她,像一个气度非凡的猎人在欣赏陷阱中的猎物。安娜的心突地跳了起来。闫庆珍招呼她:"快进来,就等你了。"然后指了指祝亦清旁边的空位,"坐这,挨着祝总。"安娜犹豫了一下,祝亦清斜对面,小珊和老陈中间还有个空位。"我就坐这吧。"祝亦清没说话,小平头忙起身说:"这个位子是孙主任的,他去点酒了,一会就上来。祝总旁边的位子是特意给你留的。"一边说一边拉住安娜往祝亦清旁边请。

安娜没办法,只好硬着头皮坐过去。祝亦清不再看她,声音里却注满了亮色,冲着小平头:"老孙这酒怎么看了这么半天?实在不行就水井坊。"小平头正要起身,孙主任推门进来,后面跟着一个旗袍小姐,手里举着托盘,托盘里盛着两瓶酒,尚未开封。"祝总,这两瓶您选选。"孙主任说完又吩咐服务员,"把你推荐的那瓶给介绍一下。"祝亦清看了一眼托盘,一摆手:"不用了,就水井坊吧。"然后又对闫庆珍笑着说,"闫总监也玩股票吧?

这阵子价位低,可以买点水井坊,下个月应该就能涨。"闫庆珍笑了笑,刚要说话,朱笛在旁边揶揄道:"头儿,可别听他忽悠你,去年他跟我说春节前一准能涨,结果跌得一塌糊涂。八成他给人当托呢。"眼神却飘向安娜。安娜低着头整理餐具,显得有点拘谨。祝亦清并不生气,对她说:"你做股票总是太着急,自然赚不到钱。"闫庆珍附和道:"就是就是,茅台、五粮液春节前也没涨。现在虽不好说是不是抄到了底,买进还是不错的时机。"说话间酒已斟好,祝亦清简短致了开场词,大家喝下第一口酒,纷纷动筷。

吃了一会,安娜觉得担心可能有些多余,用餐期间,除了闫庆珍,祝亦清几乎没怎么和别人说话。倒是小平头和孙主任与大家唠得不亦乐乎。尤其是小平头,那架势,十足朱笛的粉丝。安娜有点无聊,只能没话找话地跟老陈聊几句。

闫庆珍喝酒的间歇,点了支烟。他的目光透过烟雾在安娜和祝亦清身上徘徊。祝亦清看安娜的目光和别人不同,不是热情的那种,但是不同。安娜一进屋,他就注意到了。作为男人,闫庆珍对这一点是很敏感的。虽然两人并没说话,但他们之间有一条隐形的纽带,这纽带让安娜不自然,却让祝亦清容光焕发。难道两人私下里还有别的交往?一支烟吸完了,他看着安娜,提议道:"安娜,你得敬祝总一杯酒啊,人家在你的节目里可没少投广告。况且,今天你还来晚了。"安娜听完马上站了起来,端着酒杯,准备说话,闫庆珍却又说,"满上满上,半杯成什么样子?"安娜咕哝了一句:"闫总,这可是白酒啊!""白酒才显得有诚意嘛!"安娜不情愿地把杯子递给走过来的服务员。酒倒满了,安娜擎着杯子,全桌人都看着她,祝亦清也把脸转过来,面露微笑地盯住她。安娜的目光一闪,从祝亦清的眼睛上滑开,看着他衬衫的领子:"祝总,谢谢您支持我的节目。"话音刚落,祝亦清已经一仰头,一杯白酒落了肚。酒桌上一阵唏嘘,小珊趁机夸赞道:"祝总真是爽快!"朱笛不冷不热地跟了一句:"祝总与女士喝酒一贯爽快。"闫庆珍忙补充:"这可是祝总今天干的第一杯啊,安娜你面子真是够大的,这杯说什么也得干了! 祝总可是打算赞助我们晚会的!"孙主任也敲边鼓:"对,安娜,祝总赞助多少,可就看你们的酒喝得怎么样了。"朱笛冷冷地瞟了孙主任一眼,又把目光转向安娜。

安娜看着酒杯,心想,这杯酒不喝看来是不行了,又看了一眼祝亦清,他已经转过头去,在喝茶水。如果是跟别人喝酒,安娜可能会讲讲条件,比如喝半杯行不? 三分之二行不? 请别人分担点行不? 这都是她刚学会的。但是在祝亦清面前,她觉得不能认输,何况他一副冰冷的样子,和前两次吃饭判若两人,他明明知道自己不能喝,为什么不说句话呢? 难道因为自己一次又一次地拒绝了他的邀请,今天就是打算好了来让自己难堪的吗? 安娜踌躇着,把酒杯放到唇边,一皱眉,喝了一口,马上辣得找水喝。孙主任在对面说道:"可不许耍赖啊。"安娜明白,他的意思是怕自己把酒吐到水杯里。于是仰头把茶水喝了个干净,有点生气地看了一眼孙主任。

场面有点尴尬。小珊突然笑道:"祝总,安娜酒量不行,要不我替她分担点?"安娜感激地看了她一眼。祝亦清微笑地看着小珊,却没接茬。闫庆珍忙说:"安娜,咬咬牙,干了。"安娜看着酒杯,眼泪在眼圈里打转。就在这当口,朱笛说话了:"要不,我替安娜喝吧,这杯子也实在大了点,我看足足有一两半。祝总你说行不?"说完,面无表情地盯着祝亦清。祝亦清将茶杯放下,忽然没有任何铺垫地笑了:"算了算了,意思到了就行了,逼这么多美女喝酒,不是我祝亦清的做派。"然后转头对着安娜,和颜悦色地说,"安娜,坐吧,赶紧吃点菜。"说完亲自夹了一片鲍鱼放到安娜的碟子里。安娜却并不领情,深吸了一口气,非常利落地将杯里剩下的酒都干了,然后才坐下。闫庆珍那边马上说:"这就对了,我们交通频率的人啥时候喝酒掉过链子,你说是不是老陈?""那是,酒量不敢说最好使,酒品一向没的说。"安娜低头吃菜,不再说话。祝亦清不动声色地又给安娜夹了两次菜,还趁着酒桌气氛开始活络各自推杯换盏之际,给安娜盛了一碗汤,并在身体倾斜过来的片刻低声说:"你今天好像没休息好啊。"安娜感觉到他的气息向自己袭来,有点紧张,又有点委屈,眼圈热了一下,但马上控制住了。祝亦清放下汤碗,手迅速地在安娜搁在桌上的手上拂了一下。安娜手一抽,觉得脸有点热,酒劲似乎在往头上涌,心说一定要撑住。抬眼向四周看了看,却正遇上朱笛意味深长的目光。

歇了一会,安娜忍着头晕,再次端起酒杯:"朱笛姐、小珊姐,我敬你俩一杯,谢谢两位姐姐替我担酒。"朱笛停下筷子,看着她,并不端杯,不冷不热地缓缓说道:"这酒我不能喝。"所有人都停止了说话,看着她俩。安娜有点意外。"这一呢,是因为这酒我根本没担成;二呢,我也不是为了你,我是看不惯祝总在酒桌上欺负女孩子。""这什么话?"祝亦清干笑了两声。安娜举着杯,不知如何是好,脸已经红了。小珊冷冷地看着她俩,没出声。她何等聪明,心里再清楚不过,这里面根本没她什么事,先看会热闹再说,不急着端杯。局面僵持着,闫庆珍隔着桌子不停地向小珊使眼色,祝亦清也转过头看着她,目光里充满期待。小珊于是笑了:"得,这酒还得我喝。这样吧,我代表朱笛了。安娜刚才喝了不少,随意表示一口就行了。我呢,干了。"众人一片赞叹。小珊站起来,示意服务员把酒杯斟满。她翘起兰花指,擎着玻璃杯,稍作停顿,看了看闫庆珍和祝亦清,他们正微笑地注视着她。小珊对这个场面很满意,一仰头,满满一杯酒就落了肚,干净、漂亮。酒桌上响起叫好声、笑声,甚至掌声。祝亦清在远处竖了一下大拇指,对闫庆珍说:"闫总,这样的人才,得提拔啊。"闫庆珍频频点头,叫她来真是太英明了。小珊的举动像一个突然绽放的大烟花,瞬间转移了所有人的视线。没人再管安娜喝多少,喝没喝,也没人再去看朱笛。待小珊落座后,立即有人扯出新的话题。

局面渐渐酣畅起来,闫庆珍借着酒劲,搂住祝亦清,掏心掏肺地诉说着两人合作多年的情意,说哥哥你这次一定得帮帮我,日后兄弟我若是有出头那一天,一定忘不了你。祝亦清也拍着胸脯说,你放心,你的事就是我的事。然后隔着闫庆珍把手搭在朱笛的肩上,我是什么人,我妹妹最清楚了。哥们的事,我妹妹的事,你说我能不管吗?朱笛一只手夹着烟,另一只手轻轻地把祝亦清的手拨落,脸上似笑非笑。那边小珊和孙主任也聊得热火朝天,两人似乎聊到了一个共同的朋友,高兴地举杯相庆,然后小珊顺利地要到了那人的电话,是市国际旅行社的总经理。安娜觉得头晕得厉害,不停地喝茶。

酒局散了的时候,朱笛已不知去向。闫庆珍摇摇头说,看着没?最精的就是朱笛了,每次都先溜。大家分头乘车,老陈搭闫庆珍的车,孙主任和小平头送小珊。安娜想上小平头开的面包,孙主任却笑嘻嘻地说,安娜,你还是坐祝总的车,他的车好,我的车一颠,你怕要头晕。安娜站着,不置可否。闫庆珍装作没看见,拽着祝亦清,哥,下周一给我个准信啊。祝亦清说放心吧,冲他挥了挥手。闫庆珍扶着老陈上了车。祝亦清拉着安娜的胳膊,低声说,快上车吧,你这样子站在大门口,让人认出来不好。安娜无奈,只好上了祝亦清的车。

当所有人的车开远后,朱笛从玻璃转门中闪出了身,她一直站在茶色玻璃后,注视着这一切。

六

车向着东山区的方向开去,走过了两条马路,安娜意识到不是自己家的方向,疑惑地看着祝亦清:"祝总,这是去哪?"祝亦清说,"你喝多了,到我那里喝点茶,醒醒酒。""不用了,还是送我回家吧。"祝亦清笑嘻嘻地搂住她:"我怎么舍得放你回家呢?你就一点都不想我?"安娜推开他,冲司机喊道:"送我回家。"司机像个木头人,头也不回继续开车。"送我回家,听见没有!"安娜伸手去捶司机的胳膊,车向左偏了一下。祝亦清抱住安娜:"听话,你再打咱们都得撞死。"安娜不听,继续挣扎着捶司机的胳膊,却觉得手似乎没了力气。祝亦清将安娜拽到自己怀里,头往下拱,嘴就碰到了安娜的脸,安娜想躲闪,他的手却钳子般地将她的上身固定住。安娜还想喊,他的嘴已不容分说地堵了上来。她觉得头晕,实在没有力气了。

不知过了多久,安娜感到车停了,她睁开眼睛,在一个别墅的院里。司机熄了火,转头把钥匙塞进祝亦清的手里,他在这一瞬间看了一眼安娜,目光里似有一丝怜悯。祝亦清把他推开,不耐烦地说了一声:"滚!"司机下了车,很快出了院门。

"下车吧,大小姐。"祝亦清推开车门。安娜这时候清醒了些,她忽然有点害怕了:"祝总,求求你,让我回家吧。"祝亦清笑道:"怕什么?我又不会吃了你。放心,我祝亦清从来不强迫人。你先进屋,休息一会,醒醒酒。"安娜向外又看了看,下了车。

祝亦清过来拉住安娜,往屋里推。安娜不动,突然一屁股坐在地上。祝亦清有点恼了:"你什么意思啊?都跟我到家门口了。"安娜不吭声,也不起来。祝亦清蹲下,用手摸着安娜的头,尽量把声音放柔和:"乖,跟我进屋吧。我保证听你的。"安娜抬头看了他一眼,又低下了头。不说话,也不起来。祝亦清蹲了一会,也坐在地上,点燃一支烟。

气氛安静下来,可以听到微微的风声,还有几只鸟在头上飞过,发出清脆的鸣叫。安娜想,这是一处多么迷人的居所啊!可自己竟然以这种方式到来。身旁这个把西装穿得无比舒服的男人,使自己的心摇动过吗?幻想过吗?或许有吧。否则自己怎么会到这里来?她看着地面,鞋有点脏了,在刚才的拉扯中,沾上了此处的尘土。

"你看不出来吗?我喜欢你,第一次见面就喜欢。"祝亦清的声音飘过来,"那天,你穿了一条白裙子,在那个车展上。我一眼就发现了你。"他望着远处的天空,陷入回忆。安娜看着他,回想着那一天,她已经不记得自己当时穿了什么。他依然看着远处,缓缓地吸了一口烟。烟雾散去,安娜骇然发现,祝亦清打理得整整齐齐的黑发的根部,竟然全是白的。她的心忽地抖了一下。

祝亦清拿起她的一只手,抚摸着,安娜没有拒绝。"你说你吧,其实也算不上漂亮,可我就是惦记上了……想和我祝亦清上床的女孩排成队,妈的,处女都有……"安娜的手僵住了。"只要把我伺候好了,不会让你吃亏的。你就搬到这来住,我听说你自己租房子呢?朱笛不就是开个斯巴鲁吗?我让你开奥迪,跑车。"她把手抽了回来。脚趾在鞋里动了动,对灰尘没有丝毫影响,它们还是原封不动地沾在鞋面上。她忽然感到,自己多么可笑!一阵深深的幻灭感从心底袭来。她想呕吐,以呕吐来嘲笑自己。

祝亦清继续说着:"你们这个台庆晚会啊,闫庆珍非常想让我赞助,你没看出来吗?他还找朱笛来跟我说。我不给他这个面子,朱笛的面子也不给。只要你说句话,我马上就赞助。不就区区100万吗?对我祝亦清来说,不过九牛一毛!我去跟闫庆珍说,让你主持晚会。你看怎么样?"安娜一惊,抬眼看着他。她没想到他们此刻的行为竟然还牵扯到了台庆晚会。那个位置,不是自己心中隐隐盼望的吗?站在万人体育馆的中间,成为瞩目的焦点,让全市的上流阶层记住自己,这样的机会能有多少呢?祝亦清从她的目光中捕捉到了希望,"行吗?我说到做到!"可安娜眼中的火花一闪,又熄灭了。她垂下眼帘。祝亦清把烟扔了,一把搂住她:"我知道你心里是愿意的,不好意思说。我就喜欢你这个害羞劲。不进屋也行,咱们就在这儿。"说完,开始撕安娜的衬衫。安娜抵挡着,狠命地扣住他的手:"不行。""这儿不行?那咱们就进屋,我忍不住了,你就别折磨我了。不信你摸摸。"祝亦清的呼吸重了起来,拽住安娜的手往自己的下边拉。安娜使尽了全身的力气推开他:"祝亦清,我要回家!"祝亦清重新扑回来:"我给你钱,一个月一万,行吗?"两个人倒在草丛里。"两万。"安娜的腿拼命踢打他。"三万,三万总行了吧?"他终于把手伸进了她的牛仔裤。"祝亦清!"安娜大声喊着,"你今天敢动我,我就报警!"仿佛一盆冷水泼过来,祝亦清停止了动作,瞪着身下的安娜。安娜的眼睛像两把刀子刺过来。他忽地站起身:"我靠!你他妈金枝玉叶呀?"冲着她踹了一脚,"滚!给我滚!"安娜站起来,拍了拍屁股上的灰,将牛仔裤的拉链拉好。一脚踏出去,身子晃了晃,她很快调整过来,心里在说:"我他妈的不是什么金枝玉叶,我他妈的……"泪水顺着脸颊流了下来。

祝亦清的手机这时候响了,他气急败坏地喂了一声,电话里传来朱笛慢悠悠的声音:"得手了吗?""关你屁事!""哟,给气成这样,安娜还真有本事。""你高哪门子兴啊?她就是一傻×,白给我都不操。""这话可太难听了。真是江山易改,本性难移啊!穿上皮尔卡丹,你还是一个流氓。"祝亦清怒不可遏地大吼了一声"婊子!",把手机狠狠地摔在地上。

七

香格里拉的饭局过后,赞助的事忽然没了下文,这是闫庆珍始料未及的。周一一到办公室,他先给朱笛打了个电话,问她赞助的事情怎么样了。朱笛支支吾吾地说,这事啊,您还是直接问祝总吧,话我已经给您传过去了,上次吃饭你们也谈过了,我不好再问他了。妈的!闫庆珍在心里骂了一句,早知道是这样,我当初干吗低三下四地求她?不就是个职业二奶吗?装什么清高!他打电话给祝亦清,却转到了他秘书那里,小平头说祝总去上海了,什么时候回来不清楚。安娜从上周五就没来上班,电话里请的假,嗓子肿了,声音沙哑,还不停地咳嗽,听得出不是装的。周四吃完了饭,祝亦清把她带走都干了什么,闫庆珍不得而知,不过从安娜请假的电话号码看,是她家的座机,应该没跟祝亦清去上海。可谁知道祝亦清是不是真的去了上海?妈的!闫庆珍又骂了一句,这次骂出了声音,他很烦躁。但以目前有意向赞助的客户的实力看,只有宏业拿得出100万,换一家,赞助费就会大大缩水。闫庆珍惦记这笔钱,不是为了自己能多留点,他一分都没想留。而是盘算着借着台庆的由头,给上一级领导们都送一份礼品,以交通频率的名义送,感谢各级领导多年来的关心,名正言顺,多好的机会呀!如果赞助费缩水,礼品就会缩水。礼品缩水,就会直接影响到领导们对自己的印象,进而影响自己的前途。总不能自己掏腰包吧?

快下班的时候,小珊来了一个电话。她问,闫总,国际旅行社有意冠名,但是只能出到70万,行不行?闫庆珍精神一振,心说还是这个女人指望得上。嘴上却故作冷淡,这样吧,你再跟他们谈谈,最低80万。小珊马上说,要是80万谈成了,我能不能提到8?财迷!闫庆珍心里这个恨,你拿8,那跟70万还有什么区别?他沉吟了一会,把语气放柔和,小珊啊,要不这样吧,80万谈成,按规定你还是提5,这个规矩不能破,要是破了,以后就乱套了,但是,我可以让你当主持人,怎么样?好啊,那就这么说定了!小珊答应得异常痛快。让闫庆珍觉得这似乎是她早就设计好的谈判路线,目的就是为了主持。她就应该去做生意,还当什么主持人?一进直播间嘴就不利索,谈交易的精明劲瞬间全无。闫庆珍忍住不快,又补充道,你就抓紧时间谈吧,支票到账才算数,朱笛那边也和祝总在谈,谁先谈成了,这个主持人就是谁的。

晚上八点多,朱笛来到办公室。她的节目时间是九点到十一点。每天来上班,办公楼里都是安静的。她坐在办公桌前,看了一眼斜对面安娜的位置,她的办公桌依然没有变化,交通频率主持人写真台历,翻到的是安娜的月份,3月,早就过了。带盖子的青瓷杯放在桌子中央,下面压着一沓稿子。靠墙是一摞杂志,杂志侧面立着一个穿白裙的芭比娃娃,据说是高中时朋友送的生日礼物。朱笛曾经问安娜是不是初恋男友啊,她笑了一下,没回答。裙子总是雪白干净,小珊说,安娜三天两头就洗一次。

安娜已经好几天没上班了,说是生病了。那天,安娜一进酒店的包房,她就明白了祝亦清安排这次饭局的真正用意。她太了解祝亦清了,但安娜让她意外。她以前不相信现在的女孩能拒绝得了祝亦清,祝亦清自己更不相信。她站起来,走到窗前,把半掩的窗扇推开,点了一根烟。车辆来来往往在立交桥上穿行,汇成纵横交错的绚丽的灯河。这世界总是这么热闹浮华,让人依赖,又令人感到孤独。活到这个岁数,她忽然不知道自己有没有过爱情,也不知道自己该爱谁。她忽然很羡慕安娜。

朱笛在师大读二年级的时候就被五哥耗上了。五哥是社会上的兄弟对他的称呼,缘由不得而知。只知道有个二哥在俄罗斯做服装生意,五哥在这边给提供货源。那时候五哥只有28岁,人还是蛮英俊的,中等身材,一年四季留个平头。他陪一个哥们去师大看妹妹的时候认识了朱笛,认识朱笛之后就经常请朱笛出来玩,一开始还带上那个哥们和他妹妹,后来就两个人自己玩了。朱笛彼时有一个男朋友,是体育系的。他被抢了女朋友,咽不下这口气,就找了几个男生埋伏在校门口,待五哥送完朱笛准备回去的时候下了手,五哥被打得鼻青脸肿,断了两根肋骨。朱笛知道后非常内疚,在此之前她拿五哥只当朋友,五哥喜欢她,她是知道的,但五哥却连手指头都没碰过她一下。五哥的哥们非常气愤,要找几个社会上的弟兄给五哥出气,被五哥制止了。五哥说,这样打来打去,对朱笛影响不好。朱笛就这样成了五哥的女朋友。从大三开始,他们就一起住到学校外面去了。

最初住的是五哥的一居室,除了卧室,屋里到处堆的都是服装。过了大概一年,有一天晚上五哥回来说:"老婆,明天我们就搬家,不住这了。"朱笛还当他在开玩笑,可是第二天下午,五哥来接她的时候,车却开到了东山区。五哥让她闭上眼睛,把她领进了一套装修一新的两居室。五哥说,老婆,咱们先住这,等结婚的时候,我再给你换个更大的!朱笛在那一刻被感动了,虽然她心里并没有想嫁给这个男人。五哥不是她理想中的丈夫人选,她未来的老公应该更有学识和修养一些。但是朱笛没把这些告诉五哥,她享受五哥的爱。五哥的爱简单明了,不耍心眼,也不隐藏,像个孩子,让她觉得安全。五哥有多少钱她不知道,但她知道五哥舍得为她花钱。出去逛街,朱笛看上的东西,五哥从未在钱上踌躇过。她从那时起养成了爱穿的习惯,从数量到质量,快速找到了适合自己的风格。五哥喜欢带她出去与朋友吃饭,因为他的女人不光漂亮,而且气质超群,在庸脂俗粉中鹤立鸡群。朱笛却似乎并不喜欢五哥的朋友,他们不是卖服装的,就是开浴场的,要么是做工程的包工头,专门对缝赚取好处费的掮客。他们在一起的永恒话题就是钱。吃饭比谁的档次高,打麻将比谁打得大,开车比谁的车贵。五哥那时候年轻,财力并不雄厚,但是五哥野心大,回到家里,常常呼着酒气对朱笛说:"老婆,我一定让你住别墅,开宝马!"

朱笛大学毕业之后考上了电台的主持人,很快有了自己的交际圈子,与五哥渐渐有了摩擦。五哥经常对她接触了什么人刨根问底,时间一长,朱笛就烦了,说你干脆把我当手机一样揣在裤兜里得了。五哥就换了一个方式,跟踪朱笛。有一次朱笛和广告客户出去吃饭,之后又去唱歌,到后半夜才回家。五哥追问她都干什么了,朱笛说就是吃饭唱歌。五哥说,雪域香城不是还有洗浴、客房吗?玩这么久没去开房啊?朱笛大怒,你跟踪我!对,开房,睡觉!不想过了就分手!五哥的拳头对着朱笛的嘴就砸了过去。朱笛号啕大哭,收拾东西要走。五哥又后悔了,扇自己的耳光,给朱笛下跪,两个人折腾到天亮。这一仗打过之后,朱笛在心里无限期地推迟了婚期。而五哥却明确地告诉朱笛,知道二哥为什么去了俄罗斯吗？他在这边犯事了,当年体育系的那几个小兔崽子,如果不是为了你,我能把他们打残。我没念过大学,没文化,但是我五哥的女人,谁也休想碰。想离开我,除非我死了。说话的时候目露凶光,让朱笛不寒而栗。

后来五哥认识了市城建局的一个副局长,开始转行做工程。那阵子他很忙,朱笛过了一段舒坦日子。随着朱笛在本市有了一定知名度,五哥意识到了老婆的作用,开始带她认识与自己生意有关的大大小小的政府官员。朱笛也迅速进入了角色,帮助五哥搞公关。比如与工商、税务部门的大小头目吃饭,找理由送礼拉关系,以便偷税漏税。朱笛逐渐意识到了自己的能量和价值,她喜欢这个圈子,这是一张网,网上的每个点都是一个人,掌握着某种权力,自己在此间穿梭,就可以获取利益。自己的美貌成全了这些,自己的身份也至关重要。随着五哥的生意日见起色,两个人的关系从情人上升成了同盟。共同获取金钱的喜悦让他们感觉充实,也暂时忘记了矛盾。

但是这种日子没有持续多久,五哥在一次车祸中丧生,死在高速公路上。在料理五哥后事的过程中,那位五哥生意上的重要盟友——城建局副局长向朱笛伸出了友谊之手。朱笛没有拒绝,她不是不懂得这友情的真正含义,也知道对方是有家室的人。可是她不能拒绝。五哥死得太突然,没有留下多少遗产。除了一直住着的两居室和一台市值已经不到20万的旧车,几乎什么都没有。以前那套房子卖了,倒出资金干了工程。而几处工程款都是五哥预先垫付的，市里许诺的钱还迟迟没下来。这时候，副局长是不能得罪的，不然他会吞了这几百万。然而，在朱笛做了副局长的秘密情人之后，这笔钱最终到朱笛手的只有不足30万。她在心里恨这个贪官，替五哥难过。但是手里没有合同之类的证据，即便有，又能怎么样呢？饭是从人家碗里要来的，人家想给多少自己是左右不了的。但是此时的朱笛已经不是那个涉世未深刚刚毕业的大学生了，这几年的社会经验让她迅速成熟。特别是五哥的突然离世，让她一下子坚强了。五哥在世的时候虽然打她，但和她是一家人，一条心的。现在只能靠自己了。

她没有让副局长这个关系浪费掉，开始给原来帮五哥做工程的那些朋友牵线，从副局长那里拿项目，赚取好处费。她要得狠，因为她觉得没必要客气。谁又可怜自己，对自己客气了？五哥一死，自己在他们眼中立刻变成了陌生人，偶有虚情假意的也多半是想占她便宜。但是朱笛的便宜给副局长占了，五哥的那些朋友于是对朱笛又看不起又佩服。失去的钱终于都被朱笛赚回来了。在副局长调任下面某县做县委书记的第二天，朱笛特意去了灵山公墓，给五哥上了三炷香，说了两句话，五哥，我们的钱都回来了，你闭眼吧。五哥，以后我们两不相欠了。

这些往事在关于朱笛的传说中并不存在，因为那些当事人都渐渐淡出了朱笛的生活，除了祝亦清。他们俩彼此看着对方走到今天。朱笛有时候会想，若是五哥还活着，一定比祝亦清混得风光。若是五哥还活着,还会像年轻时那样爱自己吗?即便那份爱并不能满足她,此刻想起来,却令她感到奢侈。

八

几天之后,祝亦清突然打来电话,说是要请她吃晚饭,因为那一天是他们相爱9周年纪念日。朱笛瞟了一眼床头的台历,6月26日,一点不错,亏他还记得。她心里涌过一丝感动。吃饭的地点是环球酒店顶层的旋转西餐厅,他们恋爱时常去的地方。朱笛实在说服不了自己拒绝这份邀请。

他早早就来到餐厅等她,特意带了一瓶9年的红酒,对服务小姐说开瓶费多少都可以,没人怀疑他是为了省钱。

为朱笛斟上酒,举杯之前,祝亦清从怀里掏出一个小盒子,示意她打开。朱笛狐疑地看了看他,打开。是一对小巧别致的钻石耳环。祝亦清说,祝你永远美丽!朱笛硬撑着的冰冷一下子就融化了,微笑着说了声谢谢,要将耳环收进包里。祝亦清说,戴上,让我看看。朱笛取下旧耳环,在祝亦清的注视下,换上新的。抬起头问,好看吗?当然,我选的嘛!两人相视而笑,碰杯,喝了一小口红酒。音乐适时地响了起来,是一首小野丽莎版的《归乡之路》。他们话很少,静静地吃,偶尔停下,看看窗外。

朱笛想起了与祝亦清初识的那一次,一群人聚在一个小馆子里喝酒,她坐在五哥身边,他就一直偷偷盯着她看。她一看他,他就低下头。他那时候没有多少钱,那一群人里,包括五哥,都没有多少钱。但是他们经常会喝得很开心，大声说笑，吃完了，到街上，继续大声说笑，彼此冲对方喊，我会很有钱！他一有钱就来找自己了。那时候她刚好单身，也很有钱。他们不缺钱了，就尽情地挥霍。他爱她，她是知道的。有钱人也是会真心爱一个人的。她以为可以和他结婚，生孩子，并且真的怀孕了。她惊喜异常，以为这一生就此圆满了。但是美梦被突然打破了。

那个惊魂之夜，她一个人躺在床上，整个房间忽然发出震耳欲聋的巨响，朝北的三面窗户一起被石块击打，玻璃噼里啪啦落下，楼下几层邻居的房间里惊叫声一片。她被吓傻了，叫不出来。那天晚上他不在这，去了南京。她的孩子在那天晚上没了，两个月不流血的地方又开始流血了，汩汩不断。她觉得自己就快死了。在医院做完清宫手术，她感到自己真的死了，太痛了，昏过去两次，手术才完成。他跪在她的床前，说，全是我的错，我有家，我真的不是有意隐瞒，我实在不想失去你。她用微弱的声音说，你滚吧，滚回她那儿去吧，我真的害怕了。对面床上的女人刚做完子宫切除手术，厌恶地看着他。后来终于忍不住，说，别再刺激她了，你快出去吧……

朱笛的胸口有微微的疼痛。她看着他，坐在浅色调的大厅里，依然年轻，比那时候的气质还要好。她问他："我比那时候，老了吧？"祝亦清脱口而出："你永远那么美，不论那时候，还是现在。"这话，朱笛只信一半，分开太久了，他已经不再渴望自己的身体了。他这个年纪，已经开始对年轻的女孩子感兴趣了。

如果自己能在那次痛过之后原谅他,重新接受他,会怎么样呢?她想起一些特别的夜晚,情人节、平安夜、他的生日,醉酒之后,他不停地打她的电话,敲她的门……她不后悔拒绝了他,拒绝得干净彻底。她知道,只要再开了口子,一切又会回到从前的样子。她还想结婚呢!想做母亲,想疯了!她绝不让自己的孩子成为私生子……祝亦清安静地喝酒,并不打扰她。

吃到第三道菜,祝亦清说:"有件事情,求你帮忙。"朱笛停下刀叉,望着他。他缓缓说道:"你知道,现在生意不好做,中央限购令一出,房地产业大受打击,尤其是我们这样的二线城市。我去年开发的一个小区,已经一个月没卖出房子了。"朱笛点点头,还是有点疑惑。祝亦清继续说:"市政府今年有个经济适用房计划,原本打算开发新楼盘,但考虑到现在的经济形势和房地产业的实际情况,准备改开发为购买,低价买入已经建好的小户型楼盘,再当经济适用房卖出去。虽然价格压得很低,但是对开发商来说还是很有诱惑力,因为房款会一次结清,这么大一笔资金周转开,以现在的经济环境,几乎等同于救命。"朱笛听到这,似乎明白了,但是没有说话,听他继续讲。祝亦清喝了口酒,抬头看着她:"听说这个项目是周副市长负责的。"终于说到话题的核心了。朱笛缓缓地喝了口酒,目光落在手边那个小盒子上,被钻石耳环插入的耳垂一阵刺痛。这才是今天来这里的目的吧?一股巨大的悲凉感忽地从心底升上来。周副市长就是曾经的那个城建局副局长,去年刚刚回到本市。她与他上过床,他是知道的。

再抬起头来,朱笛已经换了一副目光。祝亦清显然是发现了,却装作没看出来,依然微笑着,给她斟酒。她端着杯子,似在欣赏酒的色泽,看了一会,仿佛无意中问了一句:"对了,台庆晚会赞助的事,你考虑得怎么样了?"他愣了,没想到她会问这个,有点措手不及,但旋即说道:"没问题,你说要多少,明天我就派人送支票过去。"她想了想,说:"就那个数。"祝亦清点了一下头,举起了酒杯。"额外呢,我还要20万。"朱笛也举起了酒杯,注视着那血一样美丽的液体。祝亦清的心一沉,此刻的朱笛似曾相识,但他已经没有选择。"干杯!"两只杯子撞在一起,朱笛一饮而尽。

她觉得没有必要再坐在这里了,大厅里的灯光在她眼中突然暗下来。放下酒杯,她说:"我得走了,今晚还得做节目。"祝亦清忙站起来:"我叫司机送你。""不用了,我走过去就行,不远。"朱笛说完,不再看他,转身快步朝门口走去,修长的身影瞬间从祝亦清的视线中消失。

九

第二天,朱笛起了个早,她把房间彻底打扫了一遍,把窗帘都撤下来扔进洗衣机,然后又洗了个澡。忙活完了之后,开车去单位,小平头带着支票正在门口等她呢。

拿到支票,朱笛径直来到了闫庆珍的办公室。闫庆珍惊喜异常:"太好了!朱笛,我就说嘛,全台就只有你有能力谈成这100万。快坐快坐,我这就让老陈过来取支票。"朱笛说:"不忙,我有两个条件。"闫庆珍把手缩回去,笑容僵在脸上:"你说。""第一,我要拿10。"闫庆珍的心一紧,沉默了片刻,点头说:"好,不过,提成费我只能给你开5万,剩下那5万,我以别的名义给你。还有什么条件?是担任主持人的事吗?你放心,我说话算话,这100万你谈回来了,这个主持人就是你了,谁也争不去。""不是我做。"朱笛拂了拂长发,看着闫庆珍,放缓语速,"这个主持人,你要让安娜做。""什么?"闫庆珍一下子糊涂了,"安娜?这是……祝总的意思?"朱笛看着闫庆珍,不说是,也不说不是,只给了他一个暧昧的表情。闫庆珍似乎明白了什么:"噢……你放心,没问题!"心里思度着,这三个人,究竟什么关系啊?难道……他看着朱笛离去的背影,这到底是个什么样的女人?

走出闫庆珍的办公室,朱笛打算去一个叫"不如"的酒吧坐坐。这个酒吧二十四小时营业,里面的服务生是清一色的兼职大学生。她还从没在这个时间去过那里,她想着那些男孩,穿着发白的牛仔裤、帆布鞋,还有雪白雪白的短袖衬衫。她的心情很好。

百 合

一

如果不是姥爷患了老年痴呆症,不怎么认得人了,姥姥崔雅萍是无论如何不会再回到这个家里的。

崔雅萍回来的前一天晚上,我妈妈陈红在饭桌上试探地说,爸,我妈明天回来。我姥爷就像没听见,眼睛紧紧盯着排骨。我估摸着,他这会儿连陈红是谁都未必清楚。我妈看了他几秒钟,突然提高了嗓门,崔雅萍明天回来!崔雅萍?我姥爷迅速抬起头在屋里扫视了一圈,显得很失望。我妈说,明天!回来!我姥爷看着我妈,半天吐出两个字,骗人!我也有点不信,小心地问,妈,我姥姥不是说死了也不回来吗?我妈瞪了我一眼,她腿摔断了,我两头跑,照顾她不方便。然后剜了一勺土豆泥敲到我姥爷碗里,继续说,王小舟我告诉你,你姥姥是我好不容易才劝回来的,见了面,别胡说八道惹她不高兴。谁胡说八道了?这不都是你告诉我的吗?我不跟你废话,总之,这次回来就不能让她再走了。我频频点头。陈红现在身处更年期,跟我们家的祖奶奶差不多,我和姥爷都得听她的,稍有忤逆,就高声断喝。

第二天,崔雅萍被我妈妈背着上了楼,我跟在后面搬轮椅。搬到三楼我就快昏过去了,我妈说,就应该把你们这些90后都撒到北大荒去修两年地球。我喘着粗气,姥姥,我妈老看我不顺眼。崔雅萍忙说,回头姥姥给拿钱,买好吃的。然后又转向我妈妈,我说我不来,非往这弄。我告诉你,你爸要是还认得我,立马我就回去。

姥爷在睡午觉,我们兴师动众地冲进屋来,也没能把他吵醒,他房间的门安静地关着。崔雅萍在客厅中央坐定,用一种异样的目光打量着这个她曾经生活了多年的家。她的目光迅速掠过地板、家具、植物,最后停留在客厅天棚的吸顶灯上。这盏灯,从我出生起就没换过,或许比我还年长。从她的表情中我猜测,那是她熟悉的。然而这房间中,一定还有什么东西令她不快,因为她轻轻地皱了皱眉。陈红把崔雅萍推进我的房间,妈,这间刚给你收拾出来。老太太四下打量了一下,目光锁定在枕巾上。把这条枕巾给我拿走。我冲陈红做了个鬼脸,她小心翼翼布置的房间到底还是出了纰漏。陈红二话没说,撤下了喜鹊登枝的红色枕巾,到柜子里翻了一下,匆匆找出一条蓝条毛巾重新铺上,只盖住了枕头的三分之二。从房间里出来后,陈红就忍不住跟我抱怨,看见没?就这么矫情。那枕巾不是去年圣诞节的时候咱俩在乐购买的吗?她也不想想,卫丽响的东西还能用到现在？我笑嘻嘻地说,谁让你贪便宜买那么过时的枕巾,一看就是20年前的款式。她照着我的后背就是一巴掌,你还笑话我,以后在她面前你也得小心点!

安排停当,我妈去厨房准备晚饭。我陪姥姥在客厅看电视。我妈不在的时候,崔雅萍还是挺像个姥姥的。她先从兜里翻出200块钱塞到我手里,舟儿,拿着。我扭捏着说不要。她不容分说合上我的手掌,姥姥给的,不用告诉你妈。接着又问我工作的事,还在家闲着呢?我嘿嘿一笑,没闲着,带了两个学生,一个月600多块钱。嗯,她拉起我的手,无限怜爱地抚摸着,舟儿这手真漂亮,天生就是弹琴的料。然后就照例提起了我爸爸,你爸爸要是还活着……才说了半截,姥爷的房门响了,我和崔雅萍不约而同抬起了头,唰地望过去。只见我姥爷陈忠诚上身胡乱披着一件抓绒家居服,裤子斜提在胯上,高大的身躯立在门口,一双刚刚熟睡过的眼睛似真似幻地望过来。我姥姥的手一抖,从我手上掉下去。然而陈忠诚什么也没说,直着身板踱到洗手间去了。崔雅萍马上捋了捋头发,又将堆在胸前的衣服拽平整。不一会,随着马桶冲水的声音响起,陈忠诚再次出现在客厅。我妈妈也闻声赶过来,密切注视着他。他仍然没打算在这里停留,向自己的房间走去。在进门前,突然回过头来说了一句,你咋还不走呢?钱不是都给你了吗?说完,进了自己房间。崔雅萍马上转过头质问我妈,啥意思?啊?撵我走啊?不是说不认识人了吗?陈红愣了片刻,旋即说道,妈,我爸一定是把你当成孙姨了。

我一听,赶紧附和,对,姥姥,那个孙姥姥想赖在我们家,叫我姥爷硬给撵走了。崔雅萍面色缓和了些,但还是不依不饶,就是那个叫孙洁的保姆吧?我这样子像保姆吗?不行,你去问问他,到底认不认识我?我妈忙说,叫小舟去给你问,我得看看锅去。我立马拿出最谄媚的笑容,姥姥,他刚睡醒,睡眼惺忪的,没看清,我姥姥,那是最漂亮的老太太,那个孙洁怎么比得了呢?是不?崔雅萍看着我,扑哧一声,笑了。

二

后来的事实证明,我姥爷还真是把崔雅萍当成孙洁了。没办法,我姥爷一生桃花太多,难免张冠李戴,更何况现在认不得人了。

我曾经偷偷问我妈妈,姥爷年轻的时候是不是巨帅?要不怎么会有这么多女人喜欢他?我妈说,你那小脑袋瓜子里都想什么呢?你姥爷有今天,那是他自食恶果。你看看,剩下谁了?还不得我伺候?这倒是真的。先说卫丽响吧。从我有记忆起,这名字就不能轻易提。每次一提起她来,我妈妈就像被踩到的地雷,瞬间在我姥爷面前就炸了。吵到最后,陈红的结语通常是,她就是一搅屎棍子!小时候不懂这其中的含义,大了以后方觉我妈妈的总结相当精辟!但这种感觉我是不敢在陈忠诚面前流露的。因为我看出来,被卫丽响搅动过的生活,令我姥爷很痛苦。

女画家卫丽响年轻的时候是个货真价实的美人,她那时刚刚研究生毕业,分到师专艺术系当老师。我姥爷陈忠诚副教授是中文系的老师,因为经常在杂志上发表小说,并且长得高大帅气,在师专属于明星级人物。他除了教中文系的当代文学课,还兼着若干文科系的大学语文课程。所以,他的身影就经常出现在艺术系的教学楼里。一来二去就被卫丽响给瞄上了。卫丽响以文学女青年的姿态,经常拿些诗歌散文请我姥爷指点,爱情就这样在两个人之间悄悄滋生了。按照我妈的说法,一切都是卫丽响的错,她明知道我姥爷有家庭,还积极主动追求我姥爷,在师专到处散布与我姥爷的恋情,并最终以怀有身孕的谎言,成功挤走我姥姥,鸠占鹊巢,成了陈忠诚的第二任妻子。不过我妈妈也不是个省油的灯,人民医院护士长崔雅萍的女儿,是那么好欺负的吗?卫丽响进我们家门的时候,我妈妈18岁,卫丽响也就大她七八岁,两人三天一小仗,五天一大仗,打得我姥爷一筹莫展。后来我妈妈出去读大学了,家里才消停了四年。算起来,我的卫丽响姥姥也就在我们家待了六年,后来就东渡扶桑去了日本,当时说是去读书,结果一去不返,现在早已改成日本姓了。是叫横路莉香呢,还是叫山口响子?我曾经给她设想了很多名字,但终究苦于不知道她再嫁的那个日本老公姓什么,所以连百分之五十的概率都确定不了。

我曾经对卫丽响非常好奇,在我姥爷房间写字台的抽屉里,有一本旧影集,里面有两张卫丽响的单人照,藏在最后一页我姥爷的两张讲座照片的后面。这是我偷偷发现的,是陈忠诚的一个秘密。自从卫丽响和我姥爷离婚后,我妈妈就快意恩仇地扔掉了她很多东西,包括一些照片。没人告诉我她是谁,但是看到的第一眼,我就知道,这个气质非凡的女人,就是传说中的卫丽响,确定无疑!她比我想象的还要漂亮,任何一个男人为了她失足,都是有说服力的。按照我妈的描述,卫丽响在我们家这么一搅和,对她的生活基本影响不大,起码从表面看是如此。但是,我的崔雅萍姥姥却从此伤透了心,以致发下毒誓——死了都不回这个家了!当然,这话以后在我们家是万万不能再提了。

礼拜一一大早,我妈就把我从被窝里揪起来,我得上班了,好好看着他俩,要是打起来,就马上给我打电话。我手一摆,放心吧,有我在,肯定打不起来,说着又躺下了。我妈一把拎住我胳膊,快起来!饭都凉了。

崔雅萍已经吃完了,坐在餐桌旁,用纸巾把鸡蛋壳收到碗里。我坐下没一会,她就问我,你姥爷平时总是睡这么晚不起来?我说是啊,他睡眠好着呢,下午还能睡一觉。真是傻人有傻福!他才不傻呢,就是记不住刚做过的事了。衣服都是你妈给洗啊?对呀。舟儿啊,不是姥姥说你,你也帮你妈干点活,她这一天,多累啊!我嘻嘻一笑,她是铁娘子,巨能干!再说,也信不着我呀!洗澡呢?你姥爷洗澡怎么办?我妈送他去澡堂子,再雇个搓澡的。崔雅萍叹了口气。我忙说,等过两年我一结婚,你外孙女婿就帮他洗了,嘿嘿。崔雅萍眉毛一挑,来了精神,有男朋友了？我马上就后悔了，说，没有。她有点失望。过了一会，又开始说我姥爷，他怎么总把衣服穿得七扭八歪的，年轻的时候不这样啊……陈忠诚老人就在这个当口来到餐厅，坐在了崔雅萍对面。

我忙起身，帮他盛了碗粥，又剥了个鸡蛋。他盯着餐桌上的食物，面无表情地吃了一会，突然对着崔雅萍说，绿豆粥，崔雅萍最喜欢吃。崔雅萍一惊，张着嘴看着他。他又低头吃饭。崔雅萍不甘心，用筷子敲了敲他的碗，陈忠诚，你看看我是谁？我姥爷瞪了她一眼，你不是孙洁吗？中午给我做盐爆花生米。崔雅萍有点不高兴，我告诉你，我是崔雅萍！我有点紧张了。陈忠诚眯缝着眼睛看了她一会，摇了摇头，你别以为我糊涂了，崔雅萍比你白多了，也没你这么胖。再说，崔雅萍，人家也不能回来呀。我姥姥忽然就不知道说什么了，我猜她心里应该有点高兴，心又放回肚子里。陈忠诚又说，你别不高兴，崔雅萍是个干净人，但是，你比她脾气好。说完傻笑了一下。我扭头看崔雅萍的反应。她却把目光转向窗外，不知为什么，面色有点忧伤。

算起来卫丽响离开这个家有20多年了，我姥爷曾经非常希望崔雅萍能回来，我和我妈妈都充当过和平使者，但是崔雅萍顽固得像一块生了根的石头，无论如何不肯回头。而且，这么多年，没再有过感情生活。我和我妈妈都难以理解。我妈妈是理解不了她的小题大做，觉得我姥爷既然已经后悔了，她回来就得了呗，哪个男人不犯点错误呢？犯得着得理不饶人让自己受苦吗？而我是不能理解她怎么能够这么多年不交男朋友，她就不寂寞吗？也许，她把多余的时间都用在打扫房间上了？她的家永远那么干净，把手伸到床底下都摸不到一丝灰尘。她也始终关注着我们这个家里发生的一切，小时候，每次我到她家去，我妈妈一走，她就对我盘问个不停。

陈忠诚确实健忘。后来坐在沙发上看电视，他又仿佛第一次见到崔雅萍，问她，你是谁呀？崔雅萍眼睛望着电视，随便答道，孙洁。陈忠诚似乎有点不相信，但是又确定不了，索性放弃了这个问题，问，你咋坐在轮椅里呢？腿摔折了。是吗？怎么那么不小心？崔雅萍没吭声。陈忠诚转而又跟她讨论电视节目。我发现，陈忠诚精神不错，也许是因为一下子找到了个说话的伴儿，还是个女的。可是崔雅萍好像不大想跟他说话了，但是他在旁边磨叨个没完，崔雅萍就把电视音量调小了，打算问他几个有价值的问题。你干吗要把孙洁撵走啊？有个人照顾你不是挺好吗？啥？我姥爷一下子没跟上她的节奏，顿了一会，她想跟我结婚啊，那怎么行呢？陈红不会同意的。我马上证明，谁说的？我妈根本就没管你，是你自己不愿意嘛，嫌人家胖。胖吧，也不是大毛病，主要是……文化不行。我把嘴一撇，跟我姥姥说，嘴硬，他就是嫌人家不好看。我姥姥趁机跟进，你那个卫丽响倒是好看，不是也跑了吗？我姥爷脖子一梗，怎么是跑了呢？学习，我支持她去的。这回轮到我姥姥撇嘴，那怎么不回来呢？我姥爷沉默了半天，蹦出一句，人往高处走嘛！说这话时，似有无限感慨,像个好人儿似的。我据此推断,我姥爷虽然痴呆了,但是喜怒哀乐的感觉还是有的。

这一天平安度过。陈红很高兴,跟我说,你也有点用哈。我嬉皮笑脸地答,你才知道啊?就这样过了几天,两个人似乎都找到了谈话的乐趣。也难怪,我姥姥被卫丽响挤走之后这些年,基本也没人能陪她天天说话。我姥爷呢,自从两年前把孙洁撵走,就没人跟他正经说话了,然后就痴呆了。孙洁走后,我妈妈有点后悔了,不光是因为她挨累,主要是没人陪我姥爷说话了。我妈说,如果有个人陪着他,兴许不会痴呆。我说,你也没诚心留人家,怕她死在咱家里。我妈说你这孩子怎么说话呢?你姥爷嫌她胖,我有啥办法?我姥爷也真是,70多了还这么好色。前面两个在那摆着呢,你让他怎么将就?

看着他们和谐相处,我轻松了很多,把精力重新放到了网上。萧伟这阵子追我追得热火朝天,令我十分意外。我和他是在一个高中同学的生日聚会上认识的,不知是谁带来的男朋友。午夜时分,他甩掉女友送我回家,也许都喝多了,到我家楼下的时候,他竟然吻了我,而我竟然也没有拒绝。这违背我一贯的作风。撬别人的男朋友,第一次见面就接吻,这都不是我王小舟能干出来的事,可偏偏在他面前都干了。我倒是没怎么后悔,但也没打算当真,本能地觉得,这样荒唐的开始,注定是没有下文的。没想到萧伟却认真起来,迅速和女朋友分了手,郑重地告诉我,这样的一见钟情,他从没有体验过,也许他就是我命中的那个

Mr. Right！幸好后来知道了他女朋友只是我高中同学的初中同学，与我并无交集，否则，还真不好面对。说不喜欢他是假的，不喜欢怎么没拒绝他的吻呢？可是，万一这家伙要是个劈腿大师怎么办？这些天，我一直在犹豫着要不要和他交往。这萧伟也够逗的，怕我不相信他，把初中、高中、大学的毕业证，还有身份证都拍了照片，从QQ里给我传过来，说请王同学随便去打听，他萧伟绝对是好人家的清白孩子，就连女朋友也只谈过两个。后面是一个泪流成河的兔子头像。我捂着嘴在电脑屏幕前偷偷地笑。说实话，有点动心了。

正当我一边和萧伟QQ聊天一边侧耳倾听着充满趣味的对话时，崔雅萍和陈忠诚突然打起来了。

事情是这样的，纪录片频道这一天播了一个女画家的专题片，那女的其实比卫丽响年轻的时候难看好多，而且画的也不是油画，但是陈忠诚盯着她的飘飘长发，还是看出了神。崔雅萍看一眼屏幕，看一眼陈忠诚，又看一眼屏幕，又看一眼陈忠诚，看着看着就不高兴了，拿过遥控器，一按，换了个台。陈忠诚转过脸来，喝道，干吗换台？崔雅萍针锋相对，我不爱看。陈忠诚生气了，给我调过来。崔雅萍说，我就不调！陈忠诚去抢遥控器，两个人撕扯着，崔雅萍就从轮椅掉到了地上，手里依然死死攥着遥控器。这可把我吓坏了，赶忙去拉陈忠诚。他怒冲冲地推开我，走到电视机前，用手调回了纪录片频道，重新坐回到沙发上，又看了起来。崔雅萍嚷，你个老不死的，我算看透你了！我费了好大力气把她扶到轮椅上,她抽泣起来,我只好把她推到了她的房间。你看到了吧,她一边抹着眼泪,一边说,他就这么对待我,我看他一点都不糊涂。赶紧给你妈打电话,我要回家!我硬着头皮劝她,姥姥,这不就是你的家吗?别跟他一般见识,他痴呆。他痴呆?我看是我痴呆,我还跟他说话,我呸!哎哟……她突然摸着伤腿,仿佛刚意识到疼痛,咧着嘴,语气微弱下去,舟儿啊,快给你妈打电话,叫冯大夫,腿不对劲了,哎哟……

我妈陪着冯大夫心急火燎地赶回来,一检查,没什么大问题,重新上了药,固定了夹板。冯大夫一边收拾东西,一边叮嘱我姥姥千万别再碰这条腿了,否则骨头移位,还得重接,遭第二遍罪。临走,又拉着我姥姥的手说,崔姐,这把年纪了,别那么较真。一家人在一起,这不挺好的吗?你呀,比我有福气。我是儿子在国外,老伴在天堂,吵个架都找不到人啊!我妈送走冯大夫,转回身就开始发飙。先是把我臭骂一通,我姥姥根本插不进话,更别提有机会说回家的事了。对我来说,陈红发飙早已是家常便饭,根本伤不到我丁点皮毛,但是我姥姥在,那就不一样了,眼泪也争气,不用挤就刷刷往外跑,真给力!我姥姥心疼啊,后来居然说,陈红,你要是还当着我面骂孩子,我现在就回家!陈红当即住了口,她没料到,骂我竟然一举两得了。为了缓和我姥姥的心情,她跑到客厅,又数落了我姥爷一番,我姥爷一声不吭,不用看我也知道,肯定是一脸委屈。经过这一通折腾,崔雅萍也不好意思再提回家的事了。

晚饭大家都吃得气鼓鼓的。尤其是我姥爷,竟然故意把饭粒拨拉得到处都是,我妈装作没看见。吃到中途,我姥姥终于说话了。她说,小红啊,有合适的,就再找一个吧,别像我似的,苦了半辈子。陈红没吭声,低着头,半天没抬起来。我忽然很自责,给她的碗里夹了一块肉。

女画家事件之后,我觉得自己不能再像个局外人似的看热闹了。陈红虽然脾气不是一般的臭,永远过不去更年期,可毕竟是这个家里的顶梁柱。养大了我,还一直两头照顾着姥姥、姥爷,而且,年纪轻轻守寡。换了是我,跳楼的心都有了。我要是再这么没心没肺的,她又该伤心,然后对着我爸爸的照片抹眼泪了。初中二年级时,我曾经稀里糊涂地谈过一次恋爱,成绩像跳伞一样一落千丈,我妈妈一跟我谈,我就跟她吵架,后来她忍不住动手打了我一个耳光。那是她唯一一次动手打我,把我姥爷心疼坏了,对着我妈大骂。我妈说,当年她跟卫丽响打仗,我姥爷都没得骂她一句。那天晚上,我妈妈躲在房里,抱着我爸的照片失声痛哭,久久不能平复。最后,我和我姥爷只好敲门进去,认错道歉,她才停止了哭泣。第二天,我就和那个男生断了关系,一直到毕业没再说过一句话。现在回想起来,有点对不起那个男生。无数的事实一再证明,陈红同志是能干的、可怜的、惹不起的。我姥姥顺着她其实也是心疼她。

三

我在网上跟萧伟讨主意,怎么哄这俩人高兴呢?萧伟发了个一休开动脑筋的图像过来,接着说道,这么着,让你姥爷送你姥姥玫瑰花。我送你,然后你再借花献佛。我发了个诡笑的图像,说,我可不能让你的阴谋得逞,再说,我姥姥也不喜欢玫瑰花。他发过来一个哭脸,要不,买礼物也行,你在淘宝里挑,我买单。你姥姥喜欢什么？衣服,还是化妆品？我说,萧伟我告诉你,别以为女人都喜欢这些,我王小舟就不吃这一套。他哈哈大笑,太好了,我就喜欢你这样的!

想来想去,我决定给他们露露我的手艺。我问崔雅萍,姥姥,我弹琴给你听,想听什么？崔雅萍有点受宠若惊,真的？姥姥可是好多年没听舟儿弹琴了,上一次,还是在少年宫吧？对,抹红脸蛋儿,大红嘴唇子。我夸张地一撅嘴。她哈哈笑起来,那次弹的好像是《梦中的婚礼》吧？真好,姥姥都没听够。那我就再给你弹一次。我记得,那次在少年宫的汇报演出,全家人都去看了。我爸爸和姥爷坐在我的左手边,我妈妈和崔雅萍姥姥坐在我的右手边。那是崔雅萍离开这个家之后与陈忠诚的第一次公开会面。当时,卫丽响已经与姥爷离婚好几年了。我爸爸妈妈,当然也包括我姥爷,都非常希望崔雅萍回来。但是纵使我和我妈妈百般劝解,死要面子的陈忠诚副教授一直不肯亲自向崔雅萍道歉,而崔雅萍又是个自尊心极强的人,事情就一直僵着。我妈妈趁着我这次演出的机会,把两人都约出来,想缓和一下关系,还计划好了演出结束之后,全家人一起出去吃饭。我清楚地记得,在我等待上台的一个小时时间里,崔雅萍的目光始终盯着舞台,偶尔看看我,没看我姥爷一眼。而我可怜的陈忠诚姥爷,几度把头转过来,用满含期待的目光寻找着沟通的机会。演出结束后,崔雅萍在少年宫大门口与我们道别,在转身离去的瞬间,看了一眼陈忠诚,那一眼,充满了失望。那天,崔雅萍穿了一件墨绿色的连衣长裙,戴着一串珍珠项链,将头发盘成一个高贵的发髻,有一种让我铭心刻骨的美。我说,姥姥,那天你真漂亮!她似乎想起了什么,漂亮什么呀,姥姥那时候都是老太太了。就是那次见面之后,她放出了狠话——死了我都不会回来。

这段记忆对崔雅萍来说可能并不美好,但毕竟那一天,她赢得了尊严。但是,这尊严挺让人遭罪的。如果是我,我要遭罪的尊严,还是选择回到装满亲人的家里?我不知道。我看见陈忠诚挺直了身子,进到音乐里去了。他想起那一天了吗?当他接到崔雅萍那句狠话时,是怎样的心情?好像回家之后,他就进了自己的房间,关上房门,晚饭也没吃。

在那之后,其实还有一次机会。我爸爸去世第二年的冬天,我姥爷突发急性胃炎,上吐下泻,高烧不退,我妈妈毫不犹豫地给崔雅萍打了电话。崔雅萍叫我妈把我姥爷送到人民医院,马上安排了急诊、拍片、住院。快退休的人了,楼上楼下跑,满头大汗。我妈说,你是没看见你姥姥急得那样啊,说他们离婚十多年了根本没人信。你姥姥业务棒,人缘好,又漂亮,离婚后,医院里很多人给她介绍对象。条件好的太多了,我记得有个丧偶的市委老领导,好像是个人大常委会主任,住院期间喜欢上了你姥姥,托人来说合,可你姥姥就是一句话,不看。谁也不知道她心里到底是怎么想的。直到这次看到她为你姥爷忙前跑后的,大家才恍然大悟——原来她心里一直没放下你姥爷。与她关系好的同事,就劝她与你姥爷复婚。我也有心趁着这个机会,劝你姥爷说句软话,争取把你姥姥哄回去。但是,你这个倔姥姥啊,你姥爷住院一个礼拜,她愣是没跟你姥爷说一句话!过来探视,只要你姥爷是醒着的,她就不进病房,隔着窗子看一眼就走。其实那次,你姥姥若是给你姥爷个机会,他一定会跟她道歉的。我看得出,他是真的感到对不起你姥姥了。

那次住院以后,我姥爷终于心灰意冷,不光是对崔雅萍回来这件事不抱希望,对别的女人也再提不起兴趣了。就说孙洁吧,在我们家待了四年多,对我姥爷照顾得无微不至,崇拜喜爱之情,藏都藏不住。可我姥爷,根本没感觉。以前我在家练琴的时候,孙洁曾经试探地让我给她弹二人转的曲调,可刚弹了没几句,我姥爷就发火了,钢琴,怎么能弹这种东西呢?孙洁脸通红,慌忙躲到厨房,以后再也不敢让我给她弹曲子了。

一曲结束,崔雅萍鼓起掌来,陈忠诚也马上跟着拍手。我问我姥爷想听什么,他脱口而出《阿诗玛》。我将疑问的目光转向了我姥姥,这是什么年月的曲儿?我也不会弹啊。我姥姥却来了兴致,简单,你听我唱一遍就会弹了。说完,清了清嗓子,将圆润的声音泼洒开来……我听了一会,试着用琴音跟随,她微笑着鼓励我,唱得更加奔放。这华丽的合音一定是第一次在我们家盛放,陈忠诚听着,眼中流出柔美的光,扯着嗓子也跟着唱起来,唱得竟然也不错。一曲终了,我姥姥看陈忠诚的眼神就变了。陈忠诚兴奋地坐到我姥姥对面,说,崔雅萍唱这首歌最拿手了。我姥姥面含微笑,似乎沉浸在他们共有的记忆中。

我也在琴声中想起了更多的往事。是的,我想起了玫瑰花。初二那年的情人节,我第一次收到玫瑰花,是临班的一个男生委托一个女生转到我手里的,我当时激动得要哭,虽然并不怎么喜欢那个男生,但还是接受了。随花一起收下的,还有一封用粉色信纸写下的情书。那是我平生收到的第一封情书,里面写的什么我已经忘记了,但是清楚地记得,字是用银色的荧光笔写的,每个字都闪闪发亮。我妈妈打了我之后,那封信就被我扔进了垃圾箱。记得当时是寒假,我们却已提前上学补课。放学后,我不敢把花带回家,就去了姥姥家。崔雅萍看到我手里的花有点吃惊,但只是摸了摸我的头,说,舟儿长大了。她帮我把花插到花瓶里,吃饭的时候,终于忍不住问我,你喜欢那男孩吗?我摇摇头,没心没肺地说,我喜欢花。崔雅萍说,这就不对了。我说,怎么不对?花总是好的。她笑笑,没再说什么。吃过饭,帮她收拾餐桌的时候,我蓦然发现,在垃圾桶里躺着一支玫瑰花。我吓了一跳,忙跑回客厅去看,我的那支还好端端插在花瓶里。我敢肯定,那支倒霉的玫瑰绝不是陈忠诚送的,因为崔雅萍的家里从来只插百合。我的美丽的崔雅萍姥姥,即使过了60岁,也是有人喜欢的。此刻,她坐在阳光里,音乐像小河般流淌过她的身体,她的身体就像一块美玉。

过了一会,崔雅萍回过神来,斜着眼睛看陈忠诚,忽然问道,你倒是给我讲讲,是怎么认识崔雅萍的?陈忠诚嘿嘿笑了,我讲了你不生气?不生气。不吃醋?不会。我捂住嘴,怕自己笑出声来。陈忠诚这才放心地讲起来。他说,崔雅萍啊,那是护士学校的校花,当时追她的男生可多了。我们师专就在护校的隔壁,很多男生都向她献殷勤。写情书啊,送钢笔、日记本啊。我家里穷,没有钱给她买礼物,但是我觉得我比他们都关心她。有一次,是一二·九文艺汇演,在护校的礼堂。我们师专的学生也过去看热闹。崔雅萍是报幕员,穿着一条紫红色天鹅绒的连衣裙,那个俊啊,男生们都盯着她看。可当时是隆冬啊,我穿着军大衣坐在礼堂都浑身冰凉,更别说她穿那么少了。我没顾上看节目,马上跑回宿舍,挨个铺位翻,翻出三个热水袋,全都灌满了热水,然后一口气跑到后台。当时啊,她披着一件小棉袄正不停跺着脚呢,我这三个热水袋,让她从身上到心里暖了个透啊!哇噻!我叫起来,姥爷,太感人了!我找对象就照你这样的找。姥姥,我好羡慕你啊!崔雅萍始终没插话,脸上漾着幸福的红晕,抿着嘴,一抹微笑挂在嘴角。中午时分,崔雅萍突然问我,舟儿,家里有花生米吗?我说应该有的,干吗?咱们做盐爆花生米。啊?你坐轮椅上怎么做啊?你做,我在旁边教你,20多的大姑娘,也该学着做点菜了。噢。我嘴里应着,心说,陈忠诚,这下你有口福了。

崔雅萍在回忆中找到了久违的幸福。我敢说，如果不是我姥爷痴呆了，把她当成了别人，这些甜蜜的往事是不会以这种方式被讲述出来的。崔雅萍享受着我姥爷的甜言蜜语，不停开发着新的话题，像个热恋中的少女。我不得不惊叹陈忠诚的记忆力。我甚至想，也许老天爷拿走了他现在的记忆力就是为了保存住他年轻时那最美的一部分。我也在倾听中不停地修正着对他们之间感情的判断。原以为，我的姥爷像电影中演的那样，奉了父母之命娶了并不喜欢的崔雅萍，所以才会在后来出轨爱上卫丽响。而真实的情况是，他们的爱情曾那么美好，也许正因为如此，我的姥姥才会那么伤心吧？

晚上，我在QQ里把热水袋的故事告诉了萧伟，萧伟沉默了半天，问我，小舟，究竟我怎样做，你才会接受我呢？如果你喜欢热水袋，我送一千个都行。我说这和数量没关系。他说那和什么有关系？我说我也说不清，反正，我挺羡慕的。萧伟发过来一个抓狂的图像，我仿佛看到了他那无辜又祈求的眼神，那正是我有点抗拒不了的。幸好隔着屏幕。他又发送过来一个视频请求，小舟，让我看看你好吗？就看一分钟。我发过去一个"不"。那……一秒钟也行。我握着鼠标，犹豫着，还是没有接受。

心情好，身体也跟着受益。崔雅萍的腿恢复得很好，已经不用坐轮椅，可以拄拐在屋里来回溜达了。最神奇的是我姥爷，有一天竟然对着我妈妈叫了声小红。当时崔雅萍不在场，陈红兴奋地在客厅里走了好几圈，最后叮嘱我，不许告诉你姥姥。

四

腿脚见好,崔雅萍就想到外面溜达溜达。我说,咱们带着我姥爷一块去吧?她想了想,还是没有同意。

小区花园里聚集着几个下棋的老头、带孩子的中年妇女和老太太。我姥姥仔细辨认了一下,似乎都不认识。她有点失望,应该也有点放心。是啊,都30来年了,还能剩下几个老邻居呢?我扶着她来回走了几圈,后来有一个用肩膀在撞击树干的老太太试探着叫了声崔护士长。我姥姥马上站住了,用探寻的目光望向她。她说,还真是你呀,你没怎么见老。你可能认不出我了,我姓潘,住五单元。嗓门一下子大起来。崔雅萍又打量了一会儿,笑了,潘大姐,你要是不跟我打招呼,我还真认不出了。我判断崔雅萍其实根本没认出她,而别人认得崔护士长,多半是以前到人民医院看过病。但是这并不影响她们交谈。潘老太太说,好多年没见你了,是最近回来的吧?回来好啊。我姥姥略微有点尴尬,好在不需要她回答什么。潘老太太继续说,这个岁数了,还有啥想不开的。我姥姥只好点头说是。我不知道崔雅萍是否愿意同这个有点邋遢的老太太继续聊下去,就拽着她想走,但是她推开了我的手。她问,潘大姐今年高寿啊?潘老太太把左耳朵探过来,啊了两声才明白我姥姥的意思,79了,刚过完80大寿。身体还行啊?我姥姥拍拍她的背,大声说,身体。潘老太太摇了摇头,还算行吧。她们就这么大着嗓门比比划划地聊了半天。我的注意力早就被一对刚会走路的双胞胎吸引了,后来干脆撇下她们到近前去看,再回来时,她们竟然在聊寿衣,兴致盎然的。潘老太太说,我连背心和裤衩都是自己缝的,还绣了"福"字,说时一脸的满足。

晚上,崔雅萍把陈红叫到跟前,郑重地问她,你爸爸的寿衣做了没有?陈红显得很惊讶,那忙什么呀?崔雅萍说,你懂什么。明天去买布料和棉花,我给他做一身寿衣。哦,好。陈红虽然不懂,但显然是从崔雅萍的神情中感觉出了事情的严肃性。

崔雅萍忙活开了。起先,她在我妈妈的床上做,后来觉得地方不够大,棉花粘到床单上还不好收拾,就移师到客厅的地板上。阳光从阳台的窗子射进来,我的崔雅萍姥姥,坐在洁白的棉絮当中,神情安详,就像一只停在白菊花上的蝴蝶。我从来没想到,人在做一套去天堂的路上穿的衣服时,竟然会这么优美沉静。我的姥爷陈忠诚还不知道这套棉衣与他有关,但他显然很享受这种气氛,温暖祥和,是一种遥远的家的温馨气氛。崔雅萍不是像裁缝那样量好了剪裁,然后缝制。她是边做,边给我姥爷试穿,边修改。陈忠诚出人意料地听话,披着用线粗略固定住的棉絮任崔雅萍摆布。崔雅萍并不说话,她只用手,叫他抬胳膊,转身,仰头,表情温和而认真。他就乖乖地照做,像个听话的男孩。有时候,还会轻轻伸出手去,捏掉崔雅萍花白头发上的几缕棉絮……我看得出了神,屏住呼吸,生怕破坏这画面。

一个周末的下午,我妈妈过来把陈忠诚从沙发上拉起来,让他回屋去换衣服,说一会要出门。我姥姥坐在棉花里问,又去洗澡啊?我妈说,是。崔雅萍继续低头干活。陈红等了一会儿,见我姥姥再没说话,就搀着我姥爷出门了。

他们刚走,萧伟就来了。他在电话里说,我就在你家楼下,你下来一下,让我看你一眼。我说,谁让你来的?他说,我的心啊!我走到阳台往下看,正遇上他的目光。他穿着一套黑色运动装,却蹬着一双天蓝的鞋,耳朵上插着白色耳机,正微笑着仰头看我。和婚礼那天的西装青年判若两人。他说,你下来。我说,我不。他说,你不下来,我就喊了。你喊什么?我喊……他突然就喊开了——王小舟,我爱你!我吓坏了,停!停!我这就下去。一转身,崔雅萍正站在我身后,她把花镜拽到眼睛下边,打量萧伟。我说,姥姥,可不许告诉我妈啊!崔雅萍继续盯着萧伟,我看,这孩子不像小流氓。

我把萧伟拽到楼侧,你想干什么?幸好我妈不在家。我知道,她带你姥爷洗澡去了。这你也知道?嗯,你在网上跟我说过,每个周六的下午。这都记得?他严肃地盯着我,目光能把我吃了,王小舟,我爱你!我一下子就软了,但嘴还是硬的,你也是这样对别人说的吧?从来没有!我第一次说!我盯着他的眼睛,他的眼睛像两汪深深的潭水,我觉得我要掉下去了。这种感觉,我也是从来没有过。我情不自禁地又接受了他的吻,绵长而甜美,仿佛飞升到了梦境。萧伟说,你的身体已经告诉我了,你喜欢我。就算你不相信我,难道也不相信你自己吗?为什么不正视它？我怕……萧伟用手指堵住我的嘴,我以后的时间都属于你,总有一天,你会相信我的。

脸红心跳地回到屋里,我盯着电视发呆。不知过了多久,听到崔雅萍问我,你喜欢那男孩吗？语气和神情都像情人节那天的样子。这一次,我轻轻点了点头。那为什么你好像不高兴呢？因为……可能因为他是别人的男朋友吧。崔雅萍突然就不说话了,若有所思。

陈忠诚的寿衣做好这一天,崔雅萍的腿也彻底好了。她让陈忠诚把棉衣棉裤都穿上,系上红腰带,扣好盘扣,前后左右看了又看,脸上终于露出满意的微笑。真帅！我赞叹道。帅不帅不打紧,主要是舒服、暖和。崔雅萍纠正完了我的评价,又吩咐陈忠诚把棉衣脱了。她对着阳光轻轻抖了抖,仔细地叠好,然后用一块棉布包整齐地裹上,端端正正放到床上。做完这些,她才坐下来,摩挲着自己的腿,现出一副如释重负的表情。

正当我和陈红以为一家人真正团聚的时刻已经临近时,崔雅萍却告诉我们,我要回家了,明天就走。

陈红一愣,情绪接着就失控了。为什么呀？这待得好好的？嫌我们伺候得不好吗？我在后面使劲拽她衣服,嘴巴使上了蜜,姥姥,你就别回去了,我舍不得你走啊。崔雅萍摸了摸我的头,你想姥姥了,就到姥姥家去,姥姥给你烙糖酥饼。陈红一把把我拨拉到旁边去,烙什么糖酥饼,多大年纪了你知不知道啊？这要再摔一次,可就不是腿的事了,冯大夫不是说了吗？你现在全身的骨头都变脆了。那叫骨质疏松,我会注意的,我就是干这个的。我姥姥并不打算妥协。不行,走也不能现在走,明年我们这就动迁了,到时候,我们一起搬到你那边住。到时候你们去就是了,你先让我回去。陈红耷拉着脸不吭声。我使劲搂住崔雅萍的脖子,姥姥——崔雅萍态度缓和了些,我在这住不方便,舟儿还要跟你妈挤一个房间。有什么不方便的,你就搬到我爸的屋里住不就得了?你说啥?崔雅萍像川剧变脸一般,瞬间黑了脸。我凭什么搬到他屋里?我犯贱是不?!说完,怒气冲冲推开我们俩,径自去她的房间,力气大得惊人。我还头一次见她发这么大火。这下,谁也劝不了了。

陈忠诚一开始还在看电视,后来见我们仨拉拉扯扯的,觉得有点不对劲。等到崔雅萍大声质问我妈,然后甩手而去时,他的眼中开始流露出惊恐的神情,不由自主地站了起来。

没多大工夫,崔雅萍背着她的大包出来了。你们谁也不用送我,我就打个车,20分钟就到家了。陈红气得不停喘着粗气,不动,也不说话。我慌忙奔过去,姥姥,我送你回去吧。崔雅萍看了一眼我妈,好吧,你把我送上出租车就行。陈红在我后面嚷,王小舟,你脑子有毛病是不?你个二百五!我背着崔雅萍的大包犹豫了。陈红这次是真的恼了,机关枪一般发泄起来。我就不明白,你就这么别着劲,别了半辈子,对你有什么好处?全家人都跟着你遭罪。我爸心里对你是有愧的,你也一直惦记他,这是何苦呢?再说,他现在就是一个傻子,已经受到惩罚了,你还不肯原谅他吗？崔雅萍静静地听着，面无表情。直到陈红发泄完了，才伸手去开门。这时候，陈忠诚采取行动了。他一个箭步冲过来，一把拽住崔雅萍，问道，干啥？崔雅萍盯着他的脸，大声说，回家！陈忠诚有点疑惑，但还是死死拽着崔雅萍不放，不能走！你放开我，凭什么不能走？这又不是我的家。陈红在远处吼，这怎么就不是你的家？我姥姥铁青着脸没吭声，用手使劲抠着陈忠诚的手指，拼命往前挪动着脚步。我被他俩夹击着，不知如何是好。陈忠诚在这似曾相识的挣扎与挽留中，好像记起了什么。我觉得有一种东西从他浑浊的目光里挣脱出来，脸色因激动变得通红，他的嘴唇开始颤抖，我甚至听到了他怦怦的心跳……这样僵持了半天，我听到我姥爷说了一句清晰无比的话，像一只冲破牢笼的困鸟——雅萍，你不能走啊！说完就昏了过去。

　　陈红后来跟我说，你姥爷当年要是这么清醒，你姥姥或许不会走。当然了，你姥姥若是肯忍下这口气，卫丽响或许也进不了我们家。你姥爷当时，其实左右为难，没什么主意。只有卫丽响是自信的，像个战士一样冲进了我们家。她以为年轻美丽可以战胜一切，可冲进来之后，才发现，她不是胜利者。陈红絮絮叨叨说着，像是跟我说，又像是自言自语。没有胜利者，大家都输了。她摇着头说，我也输了。我第一次听她跟我讲这些。我握着她粗糙的手，真希望自己可以年长几岁。我感受得到，这一切令她烦恼、疲惫。当年，可能就是在这样的烦恼和疲惫之下，她遇到了我的爸爸——她的大学老师，一个年长她近20岁，原本抱定独身主义的历史学者。她炮制了和卫丽响一样的谎言，告诉我爸爸，她怀孕了。逼着他结了婚，又逼着他来到这个城市，住进她的家里。他们结婚不久，卫丽响就走了。陈忠诚无可奈何地接受了这一切，包括这个比自己没小多少的女婿。在我与父亲共同生活的十多年里，无法判断他是否幸福。可以确定的是，他对我妈妈非常好，也非常爱我。在我严厉警告他不许到学校接我，以免被同学把他当成我爷爷之后，他依然非常爱我。陈红就是在那些年里，脾气被宠得越来越坏。当我温文尔雅的南方爸爸用他的善良、体贴、宽容和忍让，最终赢得了我姥姥和姥爷的认同之后不久，就在回老家探亲的途中遭遇了车祸。他乘坐的大巴车因为雨天路滑加上超载，掉进了山谷里。所以，陈红同志又是不可触碰的，她就像个外表强悍的玻璃人，没人敢惹。在她抱着我爸爸的照片偷偷哭泣的那些夜晚，心里一定还怀着一些无法言说的歉疚。那低低的抽泣曾令我极度不安、恐慌，是成长的岁月里，她教育我最有力的武器。

一种变化在我姥爷的病床前悄悄发生了。我和我貌似强大的妈妈，互相握着对方的手，诉说着往事。我意识到，也许，在她的眼中，我真的长成个大人了，而我，则感受到了她的虚弱和衰老。我没有机会再向她诉说我的委屈了，一个年少丧父的女孩，多年来面对着陷入自己痛苦的母亲，用顺从和玩笑逗她开心，用努力学习、好好练琴给她安慰，让她以为我一直都是快乐的。我把脸伏在她的肩头，哭了。她用手摩挲着我的后背，用颤抖的声音告诉我，妈妈唯一感到安慰的，是你这么乖，还善解人意，就像你爸爸。陈忠诚熟睡着，发出轻微的鼾声。医院里这么安静，以至于我不能放声痛哭。

五

陈忠诚这次醒来后，意识似乎比以前清醒了些，但是说话不行了，吐字不清，你得猜。身体也比以前僵硬了。另一个明显的变化是对崔雅萍的依赖更加明显了，崔雅萍离开一会，他就会变得烦躁不安。

崔雅萍的眼中现出了一种悲伤的神情，常常，她坐在他的身边，看着他，眼里就流出这种悲伤，似乎那里面还掺杂着些许怜悯。她开始干更多的活——洗衣服、做饭、打扫房间。剩下的时间，就在照顾陈忠诚。她看着他刷牙洗脸，帮他系扣子、梳头、夹菜，甚至忍不住把汤喂到他的嘴里，因为陈忠诚现在基本上不能准确地把汤都送到嘴里。但我妈妈还是不满意，当然主要是对我。每天回来都要盘问一遍，哪些活是我干的，哪些活是我姥姥干的，无论我说干了什么，最后她都会训斥我一顿。后来，把崔雅萍弄烦了，她再问，崔雅萍就把我拽到一边，冲陈红说，都是舟儿干的，我啥也没干，在家享了一天的福。陈红张口结舌，不知接下去怎么说了。我心里这个高兴啊，到底是我的亲姥姥！

于是，我就弹琴给崔雅萍听。当然陈忠诚也跟着一起听。

我在网上下载了很多老歌的曲谱,让崔雅萍随便点。每天上午的一段时光,是我们三个,准确地说是四个人最高兴的时刻,另一个是萧伟。我偷偷地把 QQ 视频打开,让他也分享我们的音乐时刻。

崔雅萍经常即兴地唱起来,眼里飘过无数风云,仿佛重新经历了一遍年轻岁月。陈忠诚已经唱不了了,但是他张着嘴开心地听,听完一首,衣领就被口水打湿了。崔雅萍于是就给他缝了几个围嘴。他戴着围嘴,坐在温暖的阳光中,高兴得拍巴掌的样子,就像个胖娃娃。

我爱上了这美丽的时光,夜晚,躺在床上,我甚至想,难道是上帝把我童年失去的时光又还给我了吗?

萧伟动情地对我说,他们是真的相爱,希望我们老了,也能像他们一样。我说,我可不要像我姥姥那样,苦了自己那么多年。萧伟马上说,舟儿,你相信我,绝不会让你受伤!那就让别人受伤吗?舟儿,我爱你!我没法骗自己!要是有一天,你又爱上别人了呢?不会的!我怎么相信你?时间!你给我时间。我会证明给你看的。时间不是也证明了你姥爷是爱你姥姥的吗?可这时间里有一多半是苦的,我害怕。我这样说着,却紧紧抱住了萧伟。

然而,上帝对被苦的时间浸泡过的崔雅萍却并不仁慈。有一天,她正给陈忠诚喂水,忽然就按住前胸倒在了地上。我吓坏了,慌忙把她扶到沙发上躺下,她的额头渗出了汗珠,脸色白得像一片棉絮。陈忠诚惊惧地看着她,不知所措。我赶紧扑到电话机旁,拨打了120。当几位白衣天使抬着担架进到我家里的时候,陈忠诚好像明白了什么,他一下子扑到崔雅萍身上,失声痛哭起来,一边哭,一边呜呜地说着我们都听不懂的话。而崔雅萍却好像听懂了,她摸索着,攥住了陈忠诚的手。两个男大夫费了好大劲,才把我姥爷从崔雅萍身上搬走。崔雅萍忍着疼痛,目光始终跟随着陈忠诚,直到被抬出家门。

崔雅萍被诊断为肝癌,晚期。

陈红抱住我放声大哭,一边哭一边自责。崔雅萍清醒了之后,执意要回来治疗,放弃住院。她对我妈妈说,就让我跟你爸再多待两天吧。没人能拒绝这个请求。

崔雅萍迅速消瘦下去,头发也一下子变轻变白变软了。陈忠诚搬了一把椅子放在她的床头,每天就坐在那里看着她。崔雅萍平静地接受着他的注视,没有丝毫不自然。有一天,她请求陈红去她的家里,把她的寿衣取过来。然后,和姥爷的寿衣摆在一起,放在床对面的五斗橱上,一抬眼就能看见。

她就在阳光里躺着,神游在自己的世界中,一整天都不说几句话。

又过了几天,她忽然跟我妈妈说,想照张相,6月12日那天。陈红问,一定要那天拍吗?什么日子?她说,你别管。陈红说好,我把摄影师请到家里来。我姥姥摇摇头,不在家里拍,去外面,去千山。陈红有点为难了。

我跟萧伟商量,怎么办?萧伟说,你放心吧,我可以借一辆大点的越野车,在后座铺上被褥,她累了,可以躺着。摄影师也不用请,我就能照。你行吗?怎么不行?哥哥我可是省摄影家协会的会员呢!哦,原来你这纨绔子弟把功夫都搭在这上面了。萧伟显出无辜的样子,不是这样的,每天早上都要穿上衬衫去上班的,我爸爸对我很严厉的。

事情就这么安排好了。我对我妈说,都拜托了一位朋友了,肯定没问题。陈红追问,哪个朋友?叫什么?我说是个新朋友,你不认识。她的眼神更加充满了探寻,新朋友?男的?我点点头。王小舟我告诉你,给我长点心眼,别傻了吧唧让人给骗了。妈,你瞎说什么呢!我有点生气了。也好,过来我也瞧瞧。瞧什么瞧,人家来帮忙的,又不是相亲!陈红意识到自己说得过分了,不再接茬,转身去了厨房。不一会,她系着围裙,手里擎着一把韭菜又回来了。舟儿,妈还是不明白,老太太为什么非要6月12日这天拍照呢?也不是她生日啊。我说,那会不会是结婚纪念日呢?我妈妈眼睛一亮,去,舟儿,到你姥爷的房间,写字台右手最下面的抽屉,有一本影集,拿过来。我俩共同打开了这本散发着岁月气息的老影集,找到了那张陈忠诚和崔雅萍的二寸结婚照,上面清晰地印着白色手写体的日期——1962.6.12。一点不错,金婚!我妈妈突然就趴在相册上,哭了,韭菜撒了一地。

6月12日这天,萧伟早早就开着一辆白色SUV来了,白色运动装,白球鞋。我偷偷对他说,像个好人家的孩子!陈红略显矜持地和他打过招呼，一家人上了车。

崔雅萍和陈忠诚都显得很兴奋。去千山的一路上，崔雅萍只躺了不到十分钟。汽车不能进山，停车场距离电瓶车站还有一段路，萧伟把相机包交给我，不容分说背起了崔雅萍。瘦弱的崔雅萍伏在萧伟的背上，面含微笑，像个乖女孩。

到了百鸟园，我妈说，就在这拍吧，有山有水，有鸟有树的。我姥姥说好。我说先别忙啊，我有礼物送给你们。我妈说，也不知搞什么名堂，背那么大个包，里面到底装的什么？我和萧伟相视一笑，吩咐他们仨，转过身去。我姥爷以为在跟他玩，转起来没完，被崔雅萍硬给拉住了。一分钟后，我宣布，向后转！崔雅萍和我妈率先转过身来。哇！陈红惊叫起来。崔雅萍瞬间用手捂住了嘴，难掩一脸的惊喜。出现在他们面前的，是我双手展开的一件白色婚纱和萧伟擎着的一套黑色礼服。陈忠诚也张大了嘴巴，眼睛却和崔雅萍一样，紧紧盯着婚纱。我妈说，快穿上！这得穿！妈你从来没穿过吧？崔雅萍的眼里莹光闪闪，任我们将这巨大的白色云朵披在她瘦弱的身躯上。我妈妈在她身后收拉链的时候，没想到母亲的腰已经瘦到这种程度，嘴一扁，险些又要哭。我马上掐了她一把。有几个游客驻足观看，崔雅萍的面颊浮上一层红晕，她不停地问我，里面的衣服会不会显得臃肿？仿佛我是一面镜子。我微笑着摇头，不敢告诉她，即便再套上十件这样的坎袖衫，也不会显得臃肿。在确定自己处理好了所有的细节之后，她又转向陈忠诚，帮他把领子、袖口都重新整理了一遍,陈忠诚就听话地任她摆弄,神色竟有些庄重。最后,崔雅萍蹲下身去,把姥爷那有点嫌短的黑色礼服的裤腿往下抻了抻。嘴里唠叨着,要是知道有礼服,就让他穿一双皮鞋来了。我说,行了姥姥,已经够帅了,要是再穿皮鞋,还让不让别的老头活了?崔雅萍笑了,柔软的白发在耳边飘飞,那我呢?怎么样?说着把巨大婚纱里面的一根骨头骄傲地一挺。我说,那还用说,金童玉女!

　　崔雅萍和陈忠诚就在这青山绿水间,拍下了他们今生唯一的婚纱照。从他俩幸福的表情中,我想没人能看出来这是一个癌症晚期患者和一个老年痴呆症病人。

　　回家的路上又发生了一个小插曲,因为崔雅萍一直躺着,车开得很慢,我们在路边发现了一处来时没有注意到的花丛,十几平米见方的小山坡上,密密麻麻开满了各色的野花,争奇斗艳。陈忠诚出人意料地大叫着停车,并且用手拍打着萧伟的座椅靠背。萧伟慌忙把车停在路边。陈忠诚冲下车,跌跌撞撞地向花丛跑去,不一会,捧回来一大束野百合,白色的小花像一个个小喇叭,比牵牛花大不了多少,根须还在掉着土。香气顿时在车里弥漫开来。崔雅萍惊喜地接过花,将头埋在花丛中,闻了好一会。然后,像抱着一个洁白的婴儿,就那样一动不动,靠在陈忠诚的怀里,抱了一路。我妈妈搂着我,将头别向窗外。萧伟边开车,边在后视镜中注视着这一切,脸上呈现出一种我不熟悉的肃静表情。

回到家，两个老人都有些累了。陈忠诚倒头便睡，崔雅萍躺在床上休息。陈红热情地招呼萧伟留下来吃饭。这是从来没有过的事，以往的男生来我家，我妈都像防贼一样防着人家。我凑过去小声对萧伟说，你老人家可真会秀！他旋即说道，哪里忍心秀？一脸的真诚。

我将百合花插在玻璃花瓶中，摆在崔雅萍的床头。她安详地看着。我转身要离开她房间的时候，她拉住了我的手。舟儿，姥姥跟你说句话。我在她床头蹲下去。她抚摸着我的头，眼中满是爱怜。记住了，将来的事没法预料，自己喜欢是最重要的！我郑重地点了点头。姥姥，我一直想问你一件事。崔雅萍的目光流露出疑问。为什么你那么喜欢百合？噢，她的神情舒展开来。百合呀，是我这辈子收到的第一束花。一抹幸福爬上她的眼角……那是你妈妈出生后的第二天，你姥爷从劳改农场连夜跑回来，他不知从哪弄了台破自行车，骑了一夜，进家门的时候，一身汗，衣服都湿透了。他当时被关在那里劳动改造，就因为为师专的老校长说了几句话，唉，"文化大革命"，说了你也不懂。他身上没钱啊，就在路边采了一大束野百合，怕花夹在车货架上折断了，就把衬衫束在裤子里，然后呢，把花装在怀里，就这么一路骑回来的。进屋的时候，下巴颏沾的都是花粉……崔雅萍笑了起来。我却笑不出来，再一次陷入巨大的感动中，真想现在就去拥抱一下我的陈忠诚姥爷。崔雅萍继续说，他放下花，亲了亲我，又亲了亲你妈妈，喝了两大茶缸自来水，揣了两个玉米饼子，就又骑上车赶回农场去了,说天黑前如果赶不回去,看守就会受处分。他的胃病就是那时候在农场落下的。她皱了皱眉,旋即又闭上眼睛,重新回到那个早晨。白百合,真香啊!我一辈子都忘不了,你姥爷推门进来时的那股香气!我的泪突然就掉下来,终于明白了,倔强的崔雅萍这些年心里守着的那个东西是什么。我要把这些告诉陈红,她一定会因此感到幸福,也会更加理解她的母亲。我为崔雅萍抚了抚凌乱的白发,看着她无比安详的脸,忍不住又问了个傻傻的问题,姥姥,你不恨我姥爷了吧?她笑了,眼睛望着我看不见的远方,没有回答我。

吃过晚饭,萧伟彬彬有礼地告辞了。我妈不停说着,以后常来家里玩啊!一点也不掩饰对他的喜欢。回过头来又跟我说,这孩子挺成熟,还懂事,不是90后吧?我白了她一眼,没告诉她。

临睡前,崔雅萍平静地宣布,我搬到你爸爸屋里去。我和我妈都意识到了,这一天,对于崔雅萍和陈忠诚来说,的确不同寻常。陈红马上张罗着换床单、被褥。经过再三斟酌,她为崔雅萍和陈忠诚选了一块没有任何图案的白色床单和一对已经洗得发白的淡蓝色枕巾。

上床前,崔雅萍坚持要给陈忠诚洗澡。我和我妈只好守在洗手间外面,以防万一。里面有水声传来,同时伴着两人的交谈声、笑声,高一声、低一声,像一曲温馨的合唱。听了一会,我说,妈,别听了,好像闹洞房似的。我妈一巴掌打过来,笑道,小丫头片子,瞎说什么呢!随即,我们散去。

两人从洗手间出来,崔雅萍折到我的房间,把床头的花瓶搬走,携着香气,走进了陈忠诚的房间。

这天晚上,我始终无法入睡,在客厅和阳台之间徘徊。后来,我打开琴盖,弹了起来。音符像一颗一颗的小水滴,从我的指尖汩汩地流淌出来,像绵绵的岁月,不能停息……我不知道我都想了些什么,也许什么都没想;我不知道陈红站在我的身后听了有多久,又悄悄离去;我不知道萧伟给我的手机发了短信,在里面都说了些什么。我只知道,浩渺的星空中,挂着一轮明亮的弦月。它,依然是圆的。

短篇小说

苹 果

一

老安卖水果。老安的邻居若是买水果,一定到老安这儿买。从不挑三拣四,也从不讲价。老安的水果比别处好吗?还是老安的水果比别处便宜?都不是。老安的水果和别处一个样。

不光一个样,老安的水果铺子还比别处乱。水果摆放毫无规矩,柜台上也有,地上也有。除了水果,铺子里还堆着很多纸盒和箱子,都是水果的包装箱。收破烂的几天不来,箱子就堆得满屋都是。十几平方米的屋,容不下几个人走动。明明若是进来,不是踩到苹果,就是栽倒在橘子堆里。明明栽了也不哭,反而嘎嘎笑。笑完坐在橘子里给橘子叠罗汉。邻居看了倒无所谓,若是生人看到了,转身就走。心下说,脏死了,被尿过了也说不准。但邻居不这么认为。邻居知道,老安虽然不是个整齐人儿,但缺德事一准是不会干的。

明明早就习惯了这一切,明明喜欢水果铺子。他今年四岁了。老安从不干涉明明。他喜欢进来就进来,不喜欢就推门去里屋玩。这孩子,性格好得很,自己能跟自己玩。以前也就不大知道拉屎撒尿,老安操点心,不让他到铺子这边玩,把里屋门敞开,靠门槛立一块小木板,高度正好到明明的脖子。他看得到这边,却进不来。进不来他就哭。他一哭,老安就递给他一个苹果,再一哭又给他一个苹果,他觉得好玩,拿了苹果放到地上,接着哭。这时候已经没有了眼泪,就弄个哭的动静意思一下,或者干脆就是"啊——"一声。老安脾气好,就不停地递,反正苹果多得是,玩坏了就减价处理。明明玩着玩着就忘了为什么哭,某一次拿苹果回来放地上的时候也忘了再回去要,被自己的收获所迷惑,就势坐下来,把苹果当玩具玩。嘴里咿咿呀呀不知说些什么,时不时还呵呵笑几声。玩累了就往地上一倒,一点过渡都没有,睡着了。老安听明明没了动静,就过来看看,看到他睡着了,就一脚跨过小木板,把他抱起来,轻轻放到床上,盖好被子,关了门,再回来卖水果。现在好了,明明终于知道大小便要到洗手间去了。老安轻松多了。没有顾客的时候,他就坐在墙角的破沙发里眯一觉。

老安特别能睡。上厕所解大便的时候,坐在马桶上也能睡一觉。有一次去交自来水费,人很多,排队。老安排着队站那儿就睡着了。等他忽然一下子醒来,前面早就没人了,就他自己站在地中央。收费员见他醒了,笑嘻嘻地说,哎哟,老安,这么快就醒了,我正准备出去抽支烟呢!老安不好意思地嘿嘿傻笑,等会,把我的钱收完了你再抽。

老安爱笑,笑是他语言的一部分。一旦不知使用什么语言的时候,他就笑。有过路的进铺子里买水果,问,这苹果多少钱一斤啊?老安说,这个红富士,一块九毛八。来人说,贵了。我们家附近就卖一块六。老安看着他,不说话,面上浮出笑容。来人继续说,一块六吧,一块六我就买五斤。老安心里不答应,但是他不摇头,也不说话,就笑,这次笑出声,嘿嘿。来人给逗乐了,你可不得罪人啊!好,就少买点吧。

邻居们也不是冲着老安的笑来照顾生意的。邻居们普遍认为,老安不是个一般人儿。

老安今年五十了。不过看起来还要老些。他长得黑,额头的皱纹像刀刻的一样,头发也白了大半。这副样子实在不像一个经常爱笑并且爱睡觉的人长出来的,倒像是个劳心劳力的人。

老安年轻时是钢厂的工人,后来被单位买断,回家开了这个水果铺子。不知情的过路人进来买水果,看到明明这个小不点儿,还当老安是明明的爷爷。但是邻居们都知道,老安和人聊天时提到明明,那是一口一个"我儿子……"

老安原来没儿子,他有个女儿,今年已经大学毕业了,在省城一家私企打工。女儿很少回来看老安。

为了明明这个儿子,老安在四十六岁时和老婆离婚了。

二

那天晚上,老安和钢厂的几个师兄弟喝酒,散了之后,一个人骑摩托回家。快到铁西区中医院的时候,肚子胀,想解手。他想到医院里找个厕所,又觉得有点远,反正天黑了,干脆就地解决。寻了个路灯照不见的角落,他把摩托车停了,开始泄洪。正陶醉着,忽然觉得脚下有动静。低头一看,吓得差点仰过去。一个长条状的小包裹贴着墙根躺在地上,一端露出个模糊的婴儿小脸。老安这一泡尿全都尿在孩子身上了,还有零星部分溅到脸上。人家本来睡得好好的,这一溅,不舒服,动了。老安狠狠吸了口气,愣在那儿。愣了半天,才想起系裤子。他一边系,一边四下瞧了瞧,一个人都没有。这孩子被人扔了!确定无疑!老安的心突突抖了两下,忽然涌起一股莫名的伤感,旋即夹杂进一丝按捺不住的狂喜。他不知道,捡到个婴儿,原来是这种感受。只犹豫了片刻,老安就决定把孩子抱走。他怕孩子一会儿哭了,惹来人,就抱不走了。

他脱下外套,扯开两条袖子,小心把孩子放上去。然后把食指伸到孩子的小鼻子下面,热热的气息袭来,呼吸均匀。他原本还想打开被子看看,却听见远处几个半大小子的说笑声越来越近,连忙把孩子抱起来,系在胸前,然后迅速发动了摩托车。

尿臊气被风一吹,灌了他一鼻子,胸口很快潮乎乎一片,他顾不得这些了。他想,也许这孩子的亲人躲在远处已经看到了这一切,然后在后面尾随他,看他的家在哪里,以便知道自己骨肉的去处。老安一边走,一边看着后视镜,并且特意多绕了几条小胡同,像做贼一般。到家的时候,敲门的手不住地颤抖,已经不听使唤了。

媳妇来开门,她正在做颈椎牵引,见到老安怀里的孩子,手里的充气橡皮球"啪"地掉下来,被气囊顶得老高的嘴巴发出含混的叫声:"怎么回事?啊?怎么回事?"老安扯过她胳膊往屋里推,迅速关上门。"小点声。"然后一边解衣服袖子,一边奔到床前。

"到底怎么回事?"媳妇一把拽下脖子上的气囊,跟到床前。

"捡的。"

"啥?"

"捡的!"老安重重地重复了一遍,眼里释放出被紧张压抑了很久的惊喜。

"捡的?"媳妇还是一脸惊愕,目光却已转到孩子身上。旋即用手捂住鼻子,"这孩子的尿怎么这么臊?"她挥着手,"呛死人了。"说话间手却又向包被伸过去。"男孩还是女孩?"老安的目光比妻子还要急切。

紫花棉被打开了,一个袖珍小人儿呈现在两人面前,皮肤红红的,小手攥着拳头,比汤圆大不了多少。小人儿上身穿了一件斜襟的红色纯棉褂子,细细的缎带从腋下穿过,绕了一圈,在胸前打了一个蝴蝶结,蝴蝶上方是一个金线绣的小小的"福"字。褂子不长,刚刚盖上肚子。下身光着,两条小腿儿像细细的莲藕。

是个男婴。

老安兴奋得直喘气。媳妇似乎还不满意,伸手要揭脐带上贴着的纱布,被老安止住了。"我看看长得怎么样了。"她不满地看了老安一眼。老安并不生气,开始在屋里绕圈,嘴里不停地重复着两个字:"留着,留着。"停下来搓搓手,看一眼孩子。"这是老天爷看我没有儿子啊,嘿嘿,你说是不是?"停下来,又看一眼,"留着!啊?"

媳妇却很冷静,仔细查看了孩子的五官、四肢和手脚,"不会有毛病吧?"孩子给鼓捣醒了,"哇"地一声哭起来。老安媳妇将手指伸到孩子嘴边,迅速被他捕获,狠命吮吸。"饿了。"

这天夜里,老安砸开了附近一家小超市的门,买了一袋老年壮骨奶粉,和媳妇一起忙活到后半夜才合眼。

然而,老安秘密得子的喜悦却只持续了一天两夜。第二天,在媳妇的坚持下,两口子带着孩子到儿童医院做了健康检查,第三天,结果出来了,这孩子是先天性弱智。

老安的心一下子凉了。媳妇却好像如释重负,瞥了一眼老安:"瞧你那丧气样,又不是亲生的!"回来的路上,老安一直抱着孩子,媳妇几次要换换手,他都好像没听见。

"这孩子不能留,得送福利院。"媳妇一到家就对老安发了话。这句话,她忍了一路了。可让她万万没想到的是,老安却不肯。老安平时都是让着媳妇的,轻易不犟一回,算个好脾气的男人。没料到犟劲使在这事上了。这可是涉及以后过日子吃喝拉撒的大事,天长日久的,养个傻子啥时候是个头?媳妇不干了,对着老安大吵大叫,如同一发连着一发的炮弹,而老安呢,就像拥有高级防弹设施的城堡,没被炸开,也不还击。他以沉默的方式,坚守着。媳妇最后撂下话:"有他没我,有我没他!"老安抱着孩子,看着地面,还是不吭声。媳妇气得要疯了,铁青着脸,忽然恶狠狠地问道:"你说,这孩子跟你到底啥关系?"

据说,老安媳妇临走时扔下一句话:"安振海,我算整明白了,你一直都在骗我!"说完,摔门而去。

这是老安描述的版本。

第一次跟人讲完,对方眨眨眼睛,马上就问:"老安,你说实话,这孩子到底是不是你的?"老安一脸惊愕,"怎么可能呢?就是我捡的。"

从第二次开始,老安就只讲到明明被验出弱智,对离婚的环节只字不提了。可这又引发了人们的下一个问题,老安,你这是图啥呀?干吗非要养个傻子呀?老安愣在那,眼睛黯淡下去,若有所思。老半天,挤出一句,这孩子,和我有缘啊。

邻居中,认为明明是老安私生子的人大有人在。你想想,他女儿怎么也不回来看他了?一定是做了亏心事。邻居们说。

大家开始有事没事往老安的水果铺子跑。婶子大娘们更是以看孩子为名跨到里屋去,站在床边仔细端详孩子的五官,评头论足。这个说,鼻子有点像,那个说,我看还是耳朵像。老安在外屋要是听见一句半句的,就会忽地走过来,去去去,都出去,像什么像!一改平日的和气。婶子大娘们就讪讪地笑,老安,没别的意思,要是忙不过来,就吱一声。

三

转眼入了深秋,黄叶飘得到处都是。

夜越来越长。老安的屋里时常传来婴儿的啼哭,有时一哭就是半宿,听着让人揪心。女人们起夜的时候总要站在窗口听一会儿,听一会儿,再叹一口气,叹一口气,又摇摇头。

一个月不见,老安瘦了。脸更黑了,额上的皱纹也更显眼了,一下子老了好几岁。笑起来,像个干瘪、慈祥的老太太。

这一天,社区主任王桂芝来了。

"老安,你出来一下。"主任在外面喊。老安应声从铺子里出来,脸上堆满了笑。王桂芝正站在水果铺子的门面前,仰头看牌匾。牌匾是苹果绿的底子,用橘色的宋体写着"安记水果"四个字。刚做出来的时候特别鲜亮,颜色是老安自己选的,他很喜欢。但时间长了,风吹雨淋的,早已掉了色,像个年老色衰的女人,而且是个不太干净的女人,上面浮了厚厚一层灰。老安有时候想拿笤帚扫扫,但也只是想想,一转身就忘得干干净净。见主任在看,有点不好意思:"主任,是不是又要检查卫生啊?"王桂芝继续盯着牌匾:"你这个太旧了,换个新的吧。"老安一听,咧了一下嘴:"主任,我一会就上去扫扫。换一个,不少钱呢。嘿嘿。"王桂芝手一摆:"不用你掏钱。"说完往屋里走。老安跟在后面:"有这好事?""是啊,这不社区帮你们争取的嘛!有个方便面厂家统一给做,灯箱式设计。你就不用在外面挂灯泡了。"老安一听就明白了,肯定是带广告的那种。还想问问什么图案,广告占多大面积,不过看主任那架势应该是已经决定了,反正自己也拿不出钱另做一个,问那么多干吗。王桂芝不光是已经决定了,而且有着不容置疑的理由:"咱们市正在争创'全国文明城市',这事你应该知道吧?文明,首先就要整洁干净嘛。你这铺子虽不临大马路,也是我们社区的脸面啊。"

说着话,两人进了屋。王桂芝一屁股坐在破沙发上,看着屋里的乱象,皱了皱眉。老安等着主任继续批评他铺子里的卫生,王桂芝却理了理头发,转移了话题。"老安啊,还有个事我得跟你说说。"她边说边往里屋扫了一眼。明明正躺在床上睡觉,坐在破沙发的位置刚好瞧得见。老安为了照顾孩子方便曾经特意挪了床。老安的心一紧,立刻摆上笑容:"大姐,您说。"王桂芝手一摆:"别叫大姐,我跟你谈公事。""是是是。"老安的笑容更热烈了。"我都听说了。"王桂芝缓和了一下语气,"事倒是个好事。可孩子不能随便养,国家有规定的。"她看着老安,目光一点点地又严肃起来。"婚生的,得领准生证才能生,私生的,也得上户口。"老安急了,收了笑容:"大……主任,这孩子是我捡的!""就算你是捡的,也不能说养就养啊?领养也是有手续的!""怎么是就算呢,就是我捡的嘛!"王桂芝有点不高兴,手又一摆:"明天你跟我去趟民政局,看看你的事怎么办,把真实情况都跟组织说说,看合不合法。"说完站起身,往门口走。边走边嘟囔,

"区里下个月要搞文明社区评比呢……"走到门口回身又叮嘱了一句,"明天一早就过来啊!"老安还想说什么,王桂芝已经迈着两条笔直而又粗壮的腿走远了。

老安几乎一夜没合眼。他早就跟邻居们打听过,他的条件是不能领养孩子的。这些日子,这件事一直是一块心病。现在看,躲是躲不过去了。他坐起身,盯着明明巴掌大的小脸,在月光中叹起气来。

第二天,老安把孩子托付给邻居李大娘,将水果铺子锁了门,一大早就走进了社区办公室。

王桂芝正在办公桌后面看当天的报纸,老花镜夹在鼻子头儿上。她看得很仔细,没意识到老安进来。

老安站了一会儿,突然说:"主任,我要捐点钱。"

王桂芝被吓了一跳,身子一挺,报纸掉在桌上。她这才看见老安,问道:"说啥?"

"我一个月拿出500块钱,捐钱。"

"啥?捐钱?给谁捐钱?"王桂芝的老花镜一下子滑到嘴角。她觉得,这个老安和昨天那个老安不是一个人。神情不一样,语气也不一样。昨天那个老安是一堆肉,今天的老安是一块骨头。她不由地把身子坐直。

"给组织。"

"给组织?"王桂芝瞪大了眼睛,"为啥?"

"捐助……是资助,资助困难的孩子。"

王桂芝一把拽下老花镜,从办公桌后跨出来,一双胖手使劲拉住了老安的胳膊:"老安,你不是在开玩笑吧?"眼里闪出惊喜的光芒。

"开啥玩笑。真捐。一个月500。"老安的话掷地有声。

王桂芝后来跟人说,老安说这些话的时候神色平静,显然是经过深思熟虑了。献爱心啊!人家自愿的,怎么能拒绝呢?多好的人!就出在我们社区,就生活在我们身边,给我们社区增光啊!

王桂芝兴奋异常,马上打电话叫来了报社记者。"这得宣传,好好宣传!"她冲老安挥手,指指椅子,示意他坐下。嘴里不停念叨着:"多好的素材!"

就这样,老安上了晨报的社会新闻版,还配发了一幅彩色大照片。照片上,他坐在自己水果铺子的破沙发里,怀抱着明明,正在用奶瓶给孩子喂奶,眼睛里流出浓浓的爱意。记者在报道中描述了老安如何捡到明明并且抚养了一个月的过程,还给老安要捐的钱想了个好听的名字——"爱苗基金"。正儿八经地写在报纸上。

老安一下子成名人了。并且,借着创建"文明城市"的东风,被区里推选为市级的"文明标兵"。同时被推选的还有社区主任王桂芝。

明明没有被领走,他成了老安的养子,民政局特批的。从上报纸那天起,老安履行了自己的诺言,每月拿出500块钱,交到社区的"爱苗基金"。四年来,一个月没少过。

老安不是一般人啊!以前还真小瞧他了。邻居们这么说。邻居们还说,明明是不是私生子另当别论,这一个月拿出500块钱行善,可是真金白银啊!那么多有钱的人都做不出来。你说说,老安是一般人儿吗?

老安的水果铺子里又热闹起来。以前邻居们过来多半是看明明的,现在过来,几乎都不空着手走。二斤桔子,两只香蕉,多少都买点。婶子大娘有时候坐一会,临走时想想,说,老安,买一个苹果行不行?老安满脸笑容,那咋不行?做生意的还能挑买家?女人们来得也勤了。一双自家孩子穿小了的鞋子,两套干净的小孩衣服,毛巾被、小枕头、小号的洗澡盆、旧玩具……都是给明明的。女人们说,别嫌弃,用旧东西,孩子好养活。老安傻笑,嘿嘿嘿地,照单全收。家里更乱了,铺子乱,里屋也乱。但是老安高兴。人一高兴,看着似乎也比前阵子精神了。

明明现在夜里不怎么哭了。有位邻居妹子跟老安说,小孩夜哭可能是缺钙,让他给明明补点钙。还告诉他普通的钙片就好使,不用买广告上的那些,贵!老安照做了,药店的小服务员不屑地扔过来一瓶钙片。明明吃了一瓶,明显见好。不屑就不屑!还有件事让老安头疼。明明四岁了,按说应该上幼儿园了。可是他的智力只相当于两岁的孩子。试着往家附近的一个私人幼儿园送了几天。开始送小班,第二天阿姨就说,老安,他总打别的孩子,我照顾不了,别的家长都不愿意。要不你送中班试试。送中班没两天,阿姨又说,老安,他什么也听不懂。别的孩子学儿歌做游戏,他就在地上溜达,还总捣乱影响别人,我知道他想跟人玩,可小朋友都吓得直哭。老安没办法,只好把明明领回来。每天就在铺子里玩。明明还不会说话。到目前为止,老安只教会了他两个词。一个是"爸爸",一个是"苹果"。

四

老安喜欢苹果。他的铺子里,苹果的品种最全。红富士、红玉、黄元帅、蛇果、国光都有。他坐在破沙发里,拿卫生纸一个一个地擦,擦得光彩照人,仿佛涂了蜡。他这样爱惜,对明明却毫不吝啬。明明后来也知道了,别的水果不能随便玩,只有苹果除外。他随便玩,随便吃。爸爸从不阻拦。他吃的时候,爸爸就笑眯眯地看着。

有一天,明明一个人在里屋玩。他拽开了写字台的抽屉。他现在已经够得到最上边的抽屉了。他摸到了一个塑料皮的本子,凉凉的、滑滑的,很特别。他一把把本子拎出来,看了看,和橘子一个颜色。他觉得又没什么意思了,"啪"摔到地上。一张纸片飞了出来。他跑过去捡,翻过来看。呀!有意思了,纸片上有三个人。一个阿姨,抱着宝宝,后面站着个哥哥。宝宝的手里拿的不是苹果吗?这个苹果没见过,怎么没有颜色呢?他跑出去找爸爸,嘴里喊着"苹果,苹果"。老安看到他小手里的照片,神色突然大变,一把抢过来。喝道:"乱翻!"明明一愣,很生气,抓起一个苹果向老安砸去。老安无奈,将照片塞在后屁股兜里,抱起明明安抚。

这天夜里,老安失眠了。他躺在床上,翻来覆去,睡意竟神奇般地消失了。

他望着窗外,月亮正圆,挂在最高处,闪着清辉。四周无限地寂静,暗,深邃,像别人永远无法知晓的他的内心。他觉得,月亮此刻的样子就是伤口的样子。伤口的疼,不是因为流着热热的血,而是冷冷地,刺骨钻心。这种感觉,他已经体会很多年了。看着熟睡的明明,一张苹果一样红扑扑的小脸儿,多么像"他"啊!恍惚间,老安仿佛回到了四十年前。

四十年前,照片里抱着苹果的小男孩也正好四岁,和明明一样,不会说话,喜欢吃苹果。和明明一样,睡觉的时候,嘴巴微微张开,呼出一股淡淡的奶香气。那是一张生日照片,苹果是生日礼物。老安痛苦地想,如果他此刻在身边,也该有四十多岁了。可以和自己喝两杯了。

冬天的第一场雪下过不久,老安的水果铺子里又出了桩人们意想不到的事。

这天晚上七点多钟,老安下了一锅挂面,打上两个鸡蛋,又将煤油取暖炉点上,暖暖和和地,和明明一起待在铺子里,等着吃晚饭。明明被闪闪发光的白雪吸引,想到外面去。老安看看锅,热汤面已经好了,将液化气关了。现在还不能吃,明明怕热。趁这功夫,爷俩出了门,在门口玩雪。

正玩着,一个人影走过来,在马路对面的垃圾箱前停下,翻找起来。老安开始以为是捡破烂的,想叫过来卖纸盒箱子,往前走了两步发现不是。这人披着一件看不出颜色的棉大衣,下摆已经破烂不堪,棉花拖拖拉拉悬在外面。头发很长,乱蓬蓬顶在头上,盖住了半张脸。这不是四傻子吗?老安的心一揪,他这是饿了。老安回身进了屋,拿出两个橘子,一个苹果。他叫了声"四傻子",晃了晃手里的水果,示意他过来。

四傻子以前和老安住得不远,隔两条马路。家里有个老母亲,上面有两个哥哥,一个姐姐。哥哥姐姐都成家了,他和母亲常年轮流背个蛇皮袋子,到处翻垃圾箱,捡破烂。去年上秋,老太太死了。二哥二嫂搬进了傻子的家,傻子被撑出来了。另一个哥哥和姐姐也不管,他就四处流浪了。

老安有一阵子没见到傻子了。傻子是认得老安的,老安总给他苹果吃。他冲老安咧开嘴,傻笑着,走过来。这一走不打紧,至灯光处,老安一看,哎呀!怎么还光着脚呢?心里一酸,上前拉住傻子的手,把他拉进了屋。

傻子有点不知所措,站在铺子地当间,左顾右盼。老安已经进了里屋。明明围着他转了一圈,拽拽他大衣的棉花,觉得很好玩,就不停地拽。傻子生气了,一把把明明推倒,明明哇哇大哭。老安闻声奔过来,手里已经提了一双棉布鞋。他抱起明明,一边哄,一边叫傻子把棉鞋穿上。傻子一穿,提不上,小了。脚跟露在外面。可还是很高兴,乐得合不拢嘴。老安没笑,他知道这样穿出去,走不多远就得丢。他记得还有一双皮鞋,是隔壁二楼李大娘儿子不要的,皮子很好,七成新,李大娘舍不得扔,就给了他。他穿着有点大,但也没舍得扔。老安想,干脆留傻子吃了饭再走,一会儿再找找那双鞋。

傻子长得高大,铺子里的过道很窄,坐三个人吃饭有点挤。老安看看天,估摸着不会有人来买水果了,就关了铺子的灯,从里面锁了门,带了傻子和明明到里屋吃饭。

明明哭得有些累,吃了几口鸡蛋就头一歪,睡着了。老安把明明抱上床,安顿好了,回过头再到饭桌前一看,一锅面条都已经被傻子吃光了。傻子红光满面,额上流下汗来,头发湿乎乎地贴了一脸。老安说:"把大衣脱了。"傻子笑呵呵地脱掉大衣,露出里面的毛线衫,胸前的油污一块一块的,袖口的毛线已经断了,扯住线头一拽就能拽掉半条袖子。老安递给他一条毛巾:"擦擦汗!"傻子往脸上胡乱一抹。扔掉毛巾,面容清晰起来。老安看着他,有点诧异。仿佛不认识。他还是第一次这么近端详傻子的脸,原来傻子已经不年轻了。他的眼角布满了皱纹,横的、竖的、斜的、杂乱无章,像一堆破渔网。老安的心一抖,一根针从心里刺出来,顺着呼吸往上逼。他使劲闭紧了嘴巴。针寻不到出路,继续向上,经过鼻子,抵达双眼。他感到双眼热热的,两股血一样温热的泪盈满了眼眶。他闭上了眼睛。"'他'现在也是这个样子吗?"老安问自己。没人回答他。

他站起身,去碗橱里拎回一瓶酒。给傻子倒了一玻璃杯,自己倒了一玻璃杯。将酒杯往傻子的杯上碰了一下,一仰头,喝了一大口。傻子见状,也拿起杯往老安的杯上撞了一下,一仰头,干了。老安刚要制止,已经来不及了。傻子感觉一团火在喉咙燃烧,火焰向下窜去,他觉得自己的身体着火了,"呼"地一下站起身,一拳向老安的头上打去。老安的双眼金星四溅,"咣当"一声躺倒在地上。傻子伸脚向老安身上踹,不知踹了多久。他看到了血,从老安的头上流出来。他害怕了,惊叫着,从老安的小屋跑出去,趿着老安新给他的棉布鞋,大衣也忘了穿。

人们听到了傻子的嚎叫。隔壁二楼的李大娘正在阳台收拾大葱,她看到傻子踹开水果铺子的门,疯狂地向夜色奔去⋯⋯

老安被邻居们送到了医院。后仰的时候,脑袋磕到了床脚,一根已经生了锈的钉子扎进了他的头。

老安感到,自己的身体被无数只手抬起,软绵绵的,腾云驾雾一般。他想,我到了天上吗? 天堂已经接受我了吗? 妈妈呢? 一会见到她,她会原谅我吗? 四傻子的皱纹在他的眼前晃,明明的笑脸在他眼前晃⋯⋯他昏迷过去。

老安住院了。社区主任王桂芝把这个消息报告了报社。第二天,全市关心老安的人就都知道了这件事。人们唏嘘不已,好人啊! 于是三五成群的,相约去医院看老安。邻居们来了,领导们来了,被资助的孩子和家长来了,不相识的好心人来了。老安病房里的鲜花堆成了山。别的病房的病人都在议论,说那个房间不知住了个什么大人物。

老安的女儿来了。她无声无息,给老安擦脸、翻身,用鼻饲管喂食,喂水,用尿不湿接屎接尿。面对记者的访问,领导的慰问,邻居们的安慰,她一概漠然置之,面无表情。人们不知道她的精神还在不在此地,仿佛和老安一起神游去了,令人担心。人们说,她太悲伤了。

明明也来了。他本来由李大娘照看着,可是天天嚷着爸爸,李大娘喂他饭,他就端起饭碗摔在地上。李大娘没办法,把他带到医院,对老安的女儿说:"明珠,让他在这待一宿,看看你爸。好歹也给你做个伴,明天一早,我就把他带走。"说完不容分说,丢下明明就走了。

安明珠看着明明,明明也看着安明珠。他们互相不大认识。但明明觉得这个姐姐有点眼熟。老安的写字台上有张相框,里面站的就是这个姐姐。明明于是咧开嘴,冲明珠笑了。明珠厌恶地看了他一眼,没笑。"傻相!"她在心里说。她把明明领到老安床前,一把按在凳子上。明明看到了爸爸。"爸爸!"他叫道。爸爸没有反应。他睡着了。可爸爸的鼻子上怎么插了一根管子呢?他很好奇,想爬过去摸摸,姐姐一把按住他,不让他动。他哭了。姐姐不管他。姐姐有姐姐的心事。他在想,爸爸要是能听到哭声就好了。

这一切,老安都不知晓。他在另一个世界。他终于回到了四十年前。

五

这一天是小涛的生日。初秋的艳阳天。

一大早,母亲对他说:"小海,今天我们全家去照张相,小涛四岁了,还没照过相呢。"他不想去,父亲已经不在了,算什么全家福?小涛能代替父亲吗?他不过是个傻子。安振海想,傻子从没见过父亲,我可是在爸爸的肩头长大的。

安振海是父亲挚爱的长子。他健康、聪明。每天,父亲从矿上一回到家,来不及洗掉身上的煤渣就迫不及待地把小海扛到肩上,直到小海也变成个小煤球。可是有一天,爸爸没有回来。在应该回来的时间,家里来了两个陌生人。他们穿着干净的衣服,没有煤渣,却不停地提到爸爸的名字。怀着身孕的母亲默默地听着,听着听着,身子一晃,就放声大哭。母亲从来没这么大声地哭过,惊天动地;母亲也从来没有流过这么多眼泪,暴雨一般。小海吓得不知所措,也跟着号啕大哭起来。那天,母亲哭昏过去好几次。直到人们不停说到肚子里的孩子,她才渐渐止住哭声。

后来,小涛早产了。并且,满月时去医院做健康检查,被告知先天性智力低下。

生活彻底变了样子。安振海觉得,美好时光都随小涛的降生而消失了。

他讨厌小涛。母亲不在身边的时候,他称呼小涛"小傻子"。"小傻子!别跟着我!""小傻子,别冲我傻笑,滚一边去!"他恨小傻子,因为他,别人都嘲笑自己,并且给自己取了个新的绰号——大傻子。现在,没人喜欢和大傻子玩了,很丢人。小傻子还抢走了妈妈,四岁了,还天天粘着妈妈吃奶。妈妈一点都不讨厌他,每次从柜子里掏出一个香气袭人的苹果,都只准小海吃皮,皮吃干净后,把白嫩多汁的果肉留给小涛吃。小涛那么贪婪,看见苹果就呵呵傻笑,总是吃得精光,连籽都不吐出来。不光如此,每次兄弟两人打了架,妈妈都会狠狠地打小海一顿,边打边哭,声泪俱下:"你能不能懂点事?将来我死了,可怎么放心?"

今天,妈妈穿上了很久不穿的红花外套,将长发盘了个好看的髻。她好几年没这么高兴了。小涛也洗了头,干干净净的,还穿上了一双新布鞋。那是妈妈赶在生日前,刚给他做好的。妈妈又拿出一件海军衫,是舅舅家的哥哥穿小的,递给小海,让他穿上。小海喜欢这件衣服,偶尔才穿一下。但是今天他不想穿,因为不想庆祝小傻子的生日。妈妈叹了口气,把衣服塞回柜里。要锁柜子的时候,她犹豫了一下,把手伸进去,掏出来一个红红的,飘着诱人香气的苹果,递给小涛。小涛手舞足蹈着,呀呀呀叫起来。那是高兴的表示。妈妈看着他,又看看小海,又摸出一个,这个更大、更香。她递给了小海。小海的心都要蹦出来了。

多么完美的一只苹果啊！他舍不得吃，揣进怀里。要先享受一会儿。

一家人出门了，上了公共汽车。一个叔叔给妈妈让了座，她抱着小涛坐在窗口，小海站在他们旁边。有风从窗子吹进来，苹果的清香扑鼻。小海觉得，心情已经好起来。他有点后悔没穿海军衫，那件衣服是应该被嵌在相片里的。小涛看着窗外移动的风景，开心无比，挥着手里的苹果，呵呵呵笑个不停。小海看着他，奇怪，他今天好像也不那么傻了。窗外的柳树舒展着枝条，时有汽车飞驰而过，偶尔也有拉着钢条的马车。当然，最多的还是自行车。小海看得眼花缭乱，正兀自开心着，忽然，对面开过来一辆大货车，一边按着喇叭，一边从他们身边疾驰而过。小涛受了惊吓，手一松，苹果掉了，随即"哇"地哭起来。妈妈一阵慌乱，马上转过头看小海。小海立刻明白了妈妈的意思。他犹豫着，没有马上拿出苹果，他希望小涛的哭声能停下来。但是没有，小涛哭得更凶了。身子还拼命向窗口探去，似乎想把苹果捡回来。妈妈的脸上已经有了怒容。小海不情愿地掏出苹果，塞到小涛怀里。阳光消失了。

小傻子抱着苹果，一直到照相馆都没有撒手。相照得不太顺利，小海不笑。摄影师喊了好几次"照了啊——"都在最后放弃了。后来妈妈说，就这么照吧。

他们往回走。小傻子又高兴了，把苹果搂在胸前。妈妈抱着他，即使苹果掉了，也会掉在妈妈的臂弯里。小海不再看他，有什么好看的,他都比不上一只苹果。走了一会儿,来到一个小商品市场。妈妈对各式各样的发夹子显然动了心,把小涛放在地上,让小海看着,她自己在摊床前一只一只拿起来看。最终没有买,但是她似乎很满足。继续往前走。不知走了多久,小涛突然指着一个孩子大叫:"果果!"随即哇哇哭起来。那孩子正在吃苹果。小涛手里的苹果呢?不知什么时候又不见了!"小傻子!"小海在心里恨恨地骂道。他心疼死了,这个苹果,本来是属于他的。那么大,那么香!刚才真应该咬一口再给他。妈妈也慌了,"赶紧找!"一家人折身往回走,可哪里还有苹果的影子呢?小海站住不走了。他觉得,小傻子应该接受现实,这是对他的惩罚。他说:"妈,我走不动了。"可妈心疼小傻子,当她看到几十米外的水果摊,立即决定去买一个回来。她把小涛的手放在小海的手里,将两兄弟的手紧紧捏了一捏,说:"小海,看着弟弟。就站这儿等我。妈一会就回来。"说完,拍了拍小海的头。小海觉得,妈妈的目光好像是在看一个大人。

妈妈很快不见了,消失在熙熙攘攘的人流中。小海看了一眼小涛,他在哭,没命地哭,嘴里念叨着"果果",脸朝着天,闭着眼睛。苹果会从天上掉下来吗?"傻子!"小海骂道,心里涌起一股强烈的厌恶感。他愤愤地甩开了小涛的手。"滚!"小傻子惊恐地瞅了他一眼,止住了哭声。他有点怕了。哥哥从没像今天这么凶过。小海见呵斥见了效,禁不住又喊了一声:"滚远点,谁有苹果就找谁去!听见没?滚!"说完一跺脚。小傻子以为哥哥要打他,像平时一样,撒腿就跑。小海解气似的,一屁股坐在地上。他太累了。为了这个小傻子的生日,他走了一上午,丢了一个芳香无比梦寐以求的大苹果。已经多久没吃过苹果肉了?他闭上眼睛,想着那只苹果被咬过一口之后,从微黄的果肉里溢出来的汁液,一定甘甜无比!牙根里有口水渗出来……都是因为他!一会回家,一定得偷着打他一顿才解恨。想到回家,他才意识到这是在市场,一下子跳起来。小傻子跑哪里去了?"小傻子——"他喊着,没有回答。"小傻子——"他继续喊,还是没有回答。他有点着急了,"小涛——"眼前是重重叠叠的人,那么多人,挤来挤去,但是没有一个声音应答他。

小傻子去找苹果了吧?在以后的岁月里,在他的少年时光,他曾经无数次地想到这个问题。母亲发疯般的嚎哭,披头散发地在市场里东突西撞,让他意识到问题的严重。对母亲来说,小傻子似乎比父亲还重要。可是他再也没有回来过。那张照片,是小傻子唯一的一张,瞪着一双无神的大眼睛,抱着哥哥的大苹果,傻笑着。安振海将他的笑容深深地刻在心里,年深日久,刻出了一个无法愈合的伤疤。

他将永远无法面对母亲。虽然母亲没有责怪他,但母亲的眼神让他痛苦。母亲的眼神散了,脸成了木雕。再也看不到像照片里那样微笑的母亲了,这使他痛彻心扉。他没有想到,当他失去父亲的时候,至少还有母亲。而他失去小涛之后,却失去了全部。他终于知道了,母亲是他和小涛两个人的母亲,小涛,是与他一样,流着父亲和母亲共同血液的兄弟,但是小涛再也没有回来过。小涛不给他当哥哥的机会了。

那张照片,一直在母亲身上揣着,直到死。

小海一成年,她就死了。生命的弦一下子就松了。这一生,她绷得太紧了。断了两次,又重新接上,怎么能不紧呢?第一次断,她接得不难,毕竟知道丈夫的归处,若干年后,总会再见的。可第二次,她接得太难了,用尽了全身的力气。她痛啊,她不知道儿子去了哪里,有时候,在街上看到没腿没手的乞讨者,回到家里也会大哭一场。报纸上说,那些人的手和脚都是在小时候就被坏人砍断,然后沦为赚钱的工具。小涛离开了亲人,可怎么生活?他还是个智障!她不敢想,越想越难受。每一次想象都是个深渊,令她难以自拔。

她是握着小涛的照片死的。

这是安振海揣了40年的秘密,也是在他心中持续了40年的隐痛。知情的亲友从不在他面前提及此事,那等于在触碰伤口。他也从未将此事告诉过妻子和女儿。

一滴热热的泪从老安眼角滚落。安明珠正在给父亲喂饭,她清晰地看到了这颗泪滴。她有点惊慌,不知道哪个动作感动了父亲。她的心并没有呼唤父亲,她只是在尽一个女儿的责任。如果真像电影里说的那样,沉睡的人会被亲人的真心呼唤而感动,她是不能相信父亲会在此刻有了知觉。她停止了动作,等待着。然而父亲没有醒。她有点轻松,又有点失望。她并不知道,父亲的内心正泪雨滂沱,沉浸在一场巨大的忏悔中。

六

安明珠不了解父亲,越来越不了解。她虽然不能完全相信母亲的判断,认为明明是父亲的私生子,可也无法理解父亲会养一个和自己没有任何关系的傻孩子。她其实不嫉妒那个孩子,只是有点心疼父亲。父亲老得厉害,自从有了明明,几年里他老了有十多岁。此刻,安明珠可以真实地面对这份心疼,这个男人,是爱过自己的,从小到大,从没有打过她一下。幼年时代,她就是父亲的掌上明珠。可如果他醒来,安明珠就会将这份心疼掩藏。以那样一种原因与母亲离婚,她不能原谅父亲。她抽出纸巾,把父亲的眼泪擦掉。是什么让他这么伤心呢?母亲的离去都没有令他伤心,他的心还是软的吗?她看了看睡在老安身边的明明,这孩子,真的是父亲的儿子,我的兄弟吗?如果真是这样,那父亲背着母亲都做了什么呢?安明珠有点恨。

一周之后,老安忽然有了知觉。他在昏睡中叫了一个名字:"小涛——"接着就睁开了眼睛。安明珠吓了一跳。她想:"小涛是谁?是他助养的孩子吗?为什么叫的不是明明?"她有点不知所措,迅速去找医生。

医生并没有如安明珠想象的那般高兴,他查看了一下老安身上各种仪器的指标,只说了一句:"继续观察,有什么变化及时通知我。"然后就走了。安明珠莫名地有了一种不祥的感觉。她俯下身去,叫了一声:"爸!"

老安微闭着双眼,似乎很累。他的一只手摸索着,抓住了女儿的手,一股温热的暖流在两个人的身体里流通着。安明珠的泪几乎要掉下来。她知道,自己就快原谅父亲了。

这天晚上,来了一个女人。安明珠看见她在病房门口徘徊,透过门上的玻璃,几度向里面张望。这几天,来看老安的人不多了。报纸刚出来时,人们像一阵风一样聚集过来,病房里热闹了一阵子。现在,显得有点冷清。安明珠意识到,这是个不一般的拜访者。她走过去,拉开了病房的门。

女人见门开了,转身要离开,可走了两步,又回过身,怯怯地望着安明珠。她看上去也就二十四五岁,手里提了一个大花篮,里面插了满满一篮子康乃馨,都是浓郁的红色。安明珠注视着她,预感到要发生什么。

"你找谁?"

"请问……安振海是在这个病房吗?"声音干涩。

安明珠的眼中充满了疑问:"你找他有什么事吗?"

"这么说……你就是她女儿了?"女人的声音舒展了一些,伸出右手握住了安明珠的手。

安明珠回头看了一眼父亲。

女人顺着她的目光望过去。老安的头偏在枕头一边,有些吃力地微张着双眼,正注视着这一切。

女人三步两步走到床前,放下花篮,"扑通"一声,跪了下去。

安明珠一惊,愣住了。老安也一惊,身子在被里抖了两下,要起来。安明珠慌忙奔过去,按住他。

女人欲言又止,张了几次嘴,最终还是眼泪先流下来。"谢谢您了……"

安明珠很担心父亲。"到底什么事啊?"

女人说,她是明明的妈妈。安明珠吃了一惊。她迅速扫了一眼父亲。父亲竟也满脸惊讶。

女人说,四年前,她亲手把只有六天的明明丢在铁西中医院附近。

女人说,孩子的包被是紫花的,一出生就盖着,里面的上衣是大红色,胸口绣了个金黄的"福"字……说着从兜里掏出一件小红衣,展开来,两只手提着给老安看。她说,孩子的姥姥做了两件一模一样的,另一件,她一直留着……

女人说,明明这个名字真好听……

女人说不下去了,泪水弥漫了眼睛。她泣不成声。最后,只是不断地重复着:"我没脸见您啊……"

老安还想问问她是怎么找到孩子的,张了张嘴,却发不出声音。他随即笑了,还问什么呢?一定是他的忏悔感动了上苍。是啊,一切还都来得及。他开始羡慕这个女人了,他真想跪在那儿,替她哭。这哭声隐藏的感受,他太熟悉了。

安明珠送走了明明的母亲,并答应明天一早就带她去接孩子。在回病房的路上,她感觉自己的心房一下子被这个女人照亮了。她轻快地奔到父亲身边,抚摸着他的手,唤了一声:"爸爸。"她什么都不想说,只想唤一声,"爸爸!"她知道,爸爸全都懂。她还计划着,一定要把这些告诉母亲。

七

春节临近的时候,老安的水果铺子又开门了。人们看到,老安的媳妇坐在破沙发里,一边照看生意,一边织着一件大红的毛衣。

有邻居问:"给明珠织的呀?"

老安媳妇不说话,只把头一转,冲里屋撩一眼,努一下嘴。

邻居们顺着她的目光看过去。老安正半靠在床上,摆弄着一只苹果。那只苹果,又大又红,阳光照在上面,闪闪发亮。老安看得出了神。

老安胖了,也白了,只是他再也不能说话了。人们都说,老安脑子里插了根钉子,把脑子插坏了,看见谁都笑,仿佛都认识,又仿佛都不认识。人们又说,老安好人有好报,脑子虽然坏了,媳妇却回来了。

老安现在经常安详地靠在床上,晒太阳。晒够了,就头一歪,没有任何过渡地,睡着了。

阳　台

沈鱼经常问自己,到底需不需要一个伴侣?

当然在性方面是需要的,但是其他时候呢?他总是禁不住要在内心里进行比较,现在的生活和以前的。那时候性的要求比现在强烈,他愿意为此交换一部分自由,甚至大部分。

他有过两任同居女友,但是最后她们都以不同的理由离开了他,他知道那些理由是不足信的,因为他心里很清楚,自己并不渴望过上她们憧憬的那种家庭生活。他也完全知道,自己有足够的能力和魅力留住她们,但还是装作一副可怜的样子把她们送走。在最后的时刻,她们都流露出了并不真想走的期待眼神,但是他假装没看懂,并且在这关键的时刻,以另一种方式表达了留恋:如果她们愿意回来睡觉,他随时欢迎。她们于是一跺脚,彻底消失了。

此后,他小心翼翼地过上了另一种生活。每当清晨送走一个女孩,他的满足感常常维持不过两天,甚至在当天晚上,就觉得要活不下去了。他克制着自己,不给她们打电话,甚至为此根本不问她们的电话。一个夜晚,他深知这是自己能够付出的,他宁可对自己残忍一些,也不愿因为软弱而放弃自由,是的,有一个更美好的说法叫责任。他觉得那很崇高。

沈鱼住在一座高层公寓里。公寓的外墙是那种素淡的米色,所有窗口都一样。有一个阳台,小小的,大约一平方米的样子。只能晒几件衣服,或者,让受气的丈夫在这里吸根烟。沈鱼喜欢站在这里吸烟,面对一座城市吸烟。是的,面对一座城市和面对一个盆景吸烟,感觉是不一样的。

有两三年,准确地说是两年零八个月,他是舒服的。那段日子他拥有一个固定的情人,一个大自己七岁的有夫之妇,老公在国外的留守女士。你知道对于一个27岁的单身小伙子来说,这是一个多么巨大的幸福!沈鱼至今都在心里无限感激那个女人,不仅仅因为她给了自己高质量的性爱。他相信,不是每个男人在这个年龄都会有这种幸运。如果她没有在他们上床之后两年零八个月出国,沈鱼知道这是必然的,他们可能还在一起,并且可能会一直在一起。那时候,沈鱼觉得自己需要的就是那种生活:一个让自己没有负担的女人;年轻、懒散;被女孩子们的目光追随;还有飞来飞去的演出造成的与现实世界的疏离感。他觉得自己就像一篇小说中的人物,凭空出现,是这个庸俗世界的旁观者,拥有不会被别人打扰的生活。

但是一切都在遇到苏非之后改变了。

他遇到过很多女人,他小心地绕开女孩。但是他竟然没有绕开苏非,直到今天,他也不知道这是幸还是不幸。当他觉得摆脱这个女孩有点困难的同时,他也意识到自己对她可能很重要,顺着这条思路想下去让他觉得有点温暖,这是一种久违的感受,虽然这种感受让他觉得很危险。

那天,当他百无聊赖地站在候机厅的吸烟室吸烟的时候,接到了一个陌生的电话。电话里的声音似曾相识,当她报出苏非的名字时,他稍微有点尴尬,旋即显得兴致勃勃,他还没有那么健忘。网络上的精神恋爱是美妙的,下线之后的唯一一次性爱也是完美的。在海边的那个奇妙的夜晚,令他回味。他觉得她的语气有点犹疑,就尽量满不在乎地问,你是不是要结婚了?请我去参加婚礼吗?或者做个伴郎什么的,哈……不是!他刚露出的笑被迅速打断了,接着,他听到一种很陌生的确定的语气,我不结婚了,我喜欢你!接下来,他什么也听不到了,自然他也什么都不必说。

现在他想,如果那天告诉她自己正在去外地的途中,要很久才回来,也许一切就都不同了吧?起码她不会一个人决绝地跑到这个城市来找他,烈女私奔一般。当然他还有第二次机会,拒绝她进自己的家,没有手机遥控她找到他的单元门,并且告诉她钥匙藏匿的地方。他并非不清楚她一旦进来了,就意味着一种转折,因为她的进入和别人不同,别人的进入是为了迅速离开。他不关心这个转折点对于她的意义,女人随时随地都会为生活总结出一个意义,他关心他自己的,他独立的世界可能不复存在。但也许……他想,或许我现在可以试着再尝试一下两个人的生活来验证我是否真的需要一个伴侣?

事实证明,他过于乐观。

苏非离开的时间是进入这个房间的第七天。那个早晨她站在门廊与沈鱼互相亲了无数次对方的面颊、嘴、舌头、额头并把背着乐器箱的沈鱼送走以后,一个人坐在沙发上吸烟,忽然间觉得这一切很荒唐。

她与这个房间格格不入,它依然是沈鱼的巢,丝毫没有自己的痕迹。沈鱼不喜欢她打扫房间,他认为那是无意义的劳动,他觉得他们即使什么也不做,面对面干坐着也比打扫房间有意义。他的厨房煤气管道没有接灶具,要一次一次叫外卖,如果太晚了,就只能吃方便面,这让苏非没有归宿感。最重要的,她看不出沈鱼的态度。

这个公寓多少层?三十二?四十八?她不知道,也不关心。她只摁了一下写着二十五的小圆按钮,电梯就把她带到了她要来的地方。二十五层,这已经足够高了。她有点恐高,极少从窗口往外看,更从未到过那个没有封闭的小小阳台。窗户外面,是迷茫的市景。近处是玩具一般的人和车,远处是毫无生机的楼房。

他们都不关心外面的世界,他们关心的是身体。身体的贪婪、兴奋和满足是他们无法抑制也不想抑制的,她能感觉到沈鱼是喜欢自己的。他们都避开了一个敏感的话题,就是苏非来这里的来龙和去脉。沈鱼的回避是不动声色的,当然他有足够的理由回避,因为苏非是不速之客,他没有任何心理准备。同时他也没有流露出丝毫对苏非的反感,相反他很享受与苏非在一起的时刻,经常静静地看着苏非吸烟,面露微笑。苏非觉得他们不像第二次见面,而像在一起交往了很长时间的恋人,这感觉让苏非舒服也不舒服。舒服的是他对自己一见如故的接纳,说明他理解自己的行为,没有为此大惊小怪;不舒服的是他没有为自己的突然出现有丝毫特别的表示,他甚至没有想到为自己去买一支牙刷,这几天,苏非用的都是自己带来的一次性的,刷毛已经严重卷曲。

他依然困了就睡,要睡得自然醒才睁开眼睛,全然不考虑苏非的感受,这说明他也并不感激自己的行为,那完全是苏非自己的事。苏非不知道拿自己当主人还是当客人。也许当主人自己会舒服一点,但是沈鱼什么也没有承诺,这是沈鱼的家,自己怎么好自作主张呢?除了电话里说过"我不结婚了,我喜欢你!"之外,苏非再没对他们两人之间的关系吐露过任何设想。在网络上恩爱那会儿,自然也只是享受此刻,从不言将来。来到沈鱼的家,她才意识到自尊的问题。这七天,这个问题虽然被身体掩盖了,但还是存在的。此刻,当沈鱼离开这个房间,它必然浮现出来。苏非不是个矫情的女人,她也不认为自己的举动是轻率的,但是现在的感觉是,她坐在这个房间,觉得自己是个局外人,与这里的一切都扯不上关系。站在洗手间里,她端详着镜中的这个女人,眼睛有点浮肿,皮肤苍白,表情有些痴呆。不知为什么,她联想到一些社会新闻中报道的被男人囚禁在地道多年的女人,这个联想让她很吃惊。她觉得应该尽快离开这个房间。

事实上,在她踏进这个房间的一瞬间,就开始怀疑自己了。

她没有想到这个长头发、白衬衫和牛仔裤都纤尘不染,甚至没有脚臭的男人的家是这个样子。暗,灯有的坏掉了,有的不明亮。客厅里的灯勉强可以照明。到处是衣服、影碟、书(主要包括两类:小说和漫画)、琴谱、烟灰、大大小小薄厚不一的塑料袋子,有的来自超市,有的来自服装专卖店,有的来路不明。窗帘是咖啡色的,遮住了不大的窗口和阳光,床单和被子也是咖啡色的,看不出来清洁程度,地板是明显脏了,让她生出强烈的清洗欲望。

她感觉有点复杂,以这种方式进入他的家出乎她的预料。她想象着,他会去火车站接她,站在出站口,穿着浅色的衬衫,随意的牛仔裤,迎着风,很帅地吸烟。看见她的那一刻,露出天使般的笑容,那打动她心的美好笑容……幸好他不在,苏非想,这样也好,有机会坐下来慢慢捋一捋思绪。

首先她有点失望,这和她的想象有差距,尤其是在做了一个重大决定之后。这个昏暗的房间,就是她的新生活吗?和海边的那个房间比起来……当然这两个房间代表了两个不同的男人,如果单纯从房间的舒适度来考虑,似乎从这里奔向那里更有说服力,虽然他们是从那里开头的,在那张即将使用的婚床上。她完全可以不到这里来,婚前的艳遇未尝不是一个美妙的秘密,而且是神不知鬼不觉的网恋。她也不是一个冲动的人,当然更不是没见过男人。那个准备结婚的男人是一个非常理想的丈夫,喜欢拖地板,也喜欢做饭,有稳定的待遇优厚的工作。他们的恋爱循序渐进有条不紊,她觉得自己很幸运,嫁给一个该嫁的人。她知道以后还会遇到喜欢的男人,她不知道自己会不会有情人,但是她觉得应该把面前的这个男人抓住。女友们都赞成她的想法。

苏非点燃了一支烟,坐在沙发上,眼前忽然浮现了沈鱼的博客。浅灰的色调,模版的图案是一支燃着的烟,图文雅致、干净。一年前,她鬼使神差地一头撞进去,便被深深吸引。之后是留言,然后移步到QQ……那感觉与这里形同天壤。她想,现在离开这里或许还来得及,毕竟主人还没回来,房间尚未被自己弄出痕迹,只要站起来,用手把沙发抚平,把滴落的烟灰混在他的烟灰里,然后像影碟机回放一样从这个房间里退出去,一切就都可以当作没发生过,包括婚床上的一切,QQ上的一切。这世界上,拥有这种不愿展开的秘密的人太多了,我为什么要例外呢?是啊,为什么?

苏非不愿意承认是身体的意志。面对男人,她觉得可以摆脱身体的控制,因为她曾经成功地离开了一个富有的丧偶男人,那男人给她的性体验让她至今难忘。她承认,作为一个年近30

的女人,无法摆脱身体的诱惑。但是单纯的身体,往往控制不了她太久。她想不明白的一件事是,面对沈鱼,那个身体之外的东西究竟是产生于身体之前还是身体之后,或许前后都有吧?而前后又不同。好了,想到这里,苏非明白了一个最重要的问题。她将烟掐灭,站起身来,决定拖地板。

房间里有女人的气息,虽然在打扫的过程中并没有发现明显的证据。一根足够长的发丝说明不了问题,因为沈鱼是个长发男人。但是苏非知道这些女人是存在的,而且长久以来一直存在。自己和沈鱼的开始也能说明这一点。苏非的动作缓慢下来。但是他是个优柔的男人,这优柔当中包含着软弱,苏非相信自己的这个判断,从做爱时他的温柔程度可以感觉出来。她从来没有遇到过在床上这么温柔细心的男人,你的每个动作,他都不光能领会动作本身,而是能够感应到背后的情绪,然后恰到好处地回应,包括在做爱之后长久的爱抚,看不出一点敷衍的痕迹。他的引领是很含蓄的,他让她觉得是她在引领,充分地奔向她想奔向的各个方向,而他就像一个芭蕾舞演员,大部分时间在托举。她第一次体验到,性爱可以很远,不只是身体的远。她不想把这都归于经验,他身上有一种固有的东西,那种东西无法伪装,也无法程式化,但是可以感应得到。苏非相信自己作为女人的直觉,这种东西在男人身上是不常见的,因为它过于敏感、细腻而内容丰富,它也不随意展现,需要遇到对手。它是一个男人的秘密品质,外化出来常常是优柔和软弱,苏非敏锐地发现了这一点,她知道,这种品质可以让一个女人享用一生,只要她有足够的耐心。他接受了自己进入这个房间,虽然有点迟疑,可已经初步验证了这一点。但是这种品质也可能使他被各种各样的女人纠缠而不懂得摆脱,受益于自己也同样受益于别人。反正自己已经进来了,苏非环视了一下这个房间,从现在开始,她将是这里唯一的女主人。

事实证明,苏非也过于乐观。

沈鱼是在两天之后回来的。当苏非为他打开门,系着围裙在门口迎接他,他怀疑自己走错了地方,不是回家,而是到别人家做客。这是一种不祥的预感。进了屋之后,这种感觉更加强烈,房间被彻底打扫过,焕然一新,原来触手可及的很多东西突然间都消失了,仿佛从打开的窗口不翼而飞。沈鱼站在地上,放下乐器箱,给了苏非一个莫明其妙的笑容:"我说,这是我的家吗?"苏非判断不出他对这个变化是高兴还是不高兴,但是她准确地判断出自己喜欢这个男人,从他高大懒散的身躯挤过自己站立的狭小门廊,一丝淡淡的熟悉的烟味从面前飘过,到步入房间,站立和放下乐器箱的姿态,牛仔裤的长度和与运动鞋搭配的效果,包括他说这话时的语气和表情。她明白了,自己就是为了这些来的。这瞬间的感受一定支撑了一种表情,这表情像光波一样扩散出去,使她显得很生动。沈鱼成功地被感染了,她看到他的眼睛柔和下来,向前迈了一步,像亲吻孩子一样亲了一下自己的额头,然后他们迅速地抱在一起,越来越有力量。

当沈鱼凭着直觉判断苏非已经得到了充分的满足,眼睛里流出如水的柔情之后,他示意这个美妙的女人去客厅把烟拿过来,并且用手爱抚了一下她的小屁股。他一起点燃了两根,递给她一根。他们就安静地吸烟,偶尔用手触摸对方的身体。沈鱼很享受这时刻,不亚于做爱的过程。自从这个女人来了之后,他再也没到阳台吸过烟。他觉得这个女人很不一样,她不问一些愚蠢的问题,比如关于打扫房间。在做爱的过程中也没有杂念,不矜持,也不讨好,这份自然让沈鱼觉得舒服。很多年以来,女人是让沈鱼觉得麻烦的事情,如果不是怕得病和担心经济承受力,他宁愿一直叫"小姐"。也许因为知道这次结束以后苏非不会马上离开,他有一种莫名的延续感,这种感觉让他心里有一丝暖意,有种在荒山野岭遇到人烟的感觉。这种感觉他在以前的时候常常有,虽然片刻就被对方破坏,却仍然是让他留恋的。只有在那一刻,他觉得自己需要一个女人完成家的概念。此刻,苏非一直不说话,只是用手交流,沈鱼甚至有点感动,他希望这一刻永远都不被破坏。他没有告诉苏非他的感受,他一直觉得很多话都是不必说出来的,人的表达是一种冒险,有些问题明明没有,是因为话语才产生的。其实人与人的交流有很多方式,比如此刻,身体和烟都是一种交流,它的美好效果是语言达不到的;再比如,演出的时候,音乐也是一种交流,在他和人群之间,在他的手指和人们的心灵之间。

他喜欢苏非的沉默。有时候她光着身子,背对着窗口,在逆光中神情若有所思。沈鱼觉得自己不必去触破这些谜团,也许那些都是她自己愿意享用的。事实确实如此,(事实确实如此吗?)当她从自己的世界里回过神来,依然是快乐的。她不像别的女人,作出这副样子的目的是逗引他去询问,然后就势撒起娇来,弄不好还会生气,或者哭,让他无所适从。而如果他不去询问,她们就会觉得无限委屈,也会生气,或者哭。沈鱼不明白,这些女人是被爸爸惯出来的,还是天生如此。他没兴趣研究这些,这些让他很不快乐。五天,沈鱼觉得过得很快,仿佛只是一天一夜,他和苏非几乎足不出户赖在床上,世界仿佛缩成了一个房间,压迫着他不停地进入她的身体,他没想到自己的身体原来这么棒,简直不知疲倦。如果不是已经签了合约,第五天早上,他真不愿意穿上衣服走出门去。

他站在门口,不舍得离开这个女人,他用不停的亲吻告诉她,希望她待在这里等着,他很快就会回来。

但是苏非没有听到这些。男人有些声音,即使近在咫尺,女人也永远听不到。

外面阳光很好。苏非调整了一下自己松懈了七天的表情,将门轻轻关上,钥匙放回应该被藏匿的地方。为什么要放在这里?沈鱼的解释是他母亲有时会过来送点东西,顺便收拾一下房间。这个答案显然不能说服苏非。她猜想,也许他不在的时候,还有别人会来。而刚来的时候,她却兴奋地认为,这把钥匙,长久以来待在这儿只是为了等她。她那时还觉得,与沈鱼相遇之后,处处都是命定的缘分。毅然退了婚约,离开家,来到这里,也是命运安排好的。无法阻挡。

她并不后悔。走出公寓,她回头仰望。伸出指头,一、二、三、四……她想数出二十五层的那个窗口。她发现这是徒劳的。即便目不转睛地数出了楼层——眼泪都要下来了——她也无法确认横向的那个窗口。巨大体量的公寓,无数个相同的房间,大概只有那些小小的阳台能够区分彼此。有的阳台摆了两盆花,有的阳台晒着衣服,有的阳台放着一把沙滩椅……她从来没有进入那个阳台,因而无法辨认哪一扇窗户后面是她生活了七天的房间。

她真想把那个阳台找出来,好像不找出来,就确定不了这七天中的自己。她现在有点后悔,为什么不走进阳台一次?哪怕站在那里看看外面的日落也好。

现在,她又恢复成一个社会人了,她又听到了令人烦躁的汽车驶过的声音,人们说话的声音,高一声,低一声,似乎在告诉她该干什么。

形 信

他确信,一直以来她都存在,"似曾相识"这个词也把他们说远了。他安静地注视着她,还是感到有点陌生。她将长发绾起来,盘成一个髻,坐在一块青石上,用手轻轻扇着脸。她的脸粉红温热,血液在皮肤下轻快地流动,带出一片淡淡的氲香。他们从不同的路走来,到这里时,都有点热了。

山被深深浅浅明暗不一的绿覆盖着,鸟鸣声洞穿树林,让人觉得空明。而空明不只是一个空间的感觉,笼罩着来的路和即将去的路。它还让人联想到时间。他们此刻正站在空明的圆心当中。

她说,这里通透,阳光正好,给我拍张照吧。仿佛他们刚刚牵手至此。他的心一动,瞬间体会到一种默契。这感觉让他感动。他接过女子的手机,对准绿树丛中裹红裙的她,按下快门——

咔嚓,犹如割断一根细细的树枝。就是这个声音,把他从一个幸福的游客变回了李宏伟。他惺忪地睁开眼,看到妻子站在床头,两只手掀动着他身上的被子。这是她叫醒他的一种方式。她还有别的方式,层出不穷。每天早晨将他唤醒,似乎是她婚姻生活的重要仪式。唯此,她才觉得安全。她由最初的享用到现在蛮横地使用。

他看着她未及挂上表情的脸,适应了片刻。确定自己正躺在一张床龄15年,每当起卧翻身就吱嘎作响的席梦思上,确认面前这个面色晦暗的女人是儿子李响的妈妈,然后在心里默念一、二、三,一咬牙,坐起了身。她的脸上滑过一丝得意的表情,打了个哈欠。

现在的家,对李宏伟来说,除了儿子,就是习惯。他很少额外想到妻子,也许,15年,足可以让"妻子"这个词,被"家"这个词取代。他从未想过离开他们。是啊,离开他们,他还能去哪呢?

起床,去洗手间排走积蓄的尿液,再用冷水扑面,将自己激活。然后,走进四平方米的厨房,点起油锅,煎中国式牛排、馒头片,把泡好的黄豆倒进豆浆机。在油锅的刺啦声、油烟机的嗡嗡声、豆浆机的搅拌声中,他感到了自己的存在。这一切,让他充满角色感。他,是这套七十平方米住宅的男主人,一个12岁男孩的父亲。

但今天似乎有些不同。他确信,却说不清楚。

公交站点像养鱼池,公交车是鱼缸。鱼太多,他感到有点窒息。初春,早晨还有些冷,里座的人拒绝打开窗户。儿子的大书包顶在胸口,他的身体向后倾着,手牢牢扣住吊环,双脚叉开,以免失去平衡。他坚持着。儿子坐三站就下车,到时他站立的姿势就会舒服些。这两年,他总是让儿子的书包对着自己的胸口,是为了耳根清净,也是为了儿子的自尊心。儿子班上三分之二的同学都坐私家车上学,自尊心就更需要保护。他的单位在这路车的终点站,最迟倒数第二站的时候,他会有座位。舒适地坐一会,悠闲地看看街景,然后从容下车,跟那些开着自己车上班的同事一样,有尊严地走进办公大楼。

手机响了好几次。现在有空看了。鱼缸里只剩五条鱼,都是懒散的样子。他知道这个时间没有熟人给自己发短信,一般都是售楼、办证、卖仿真枪和窃听器的。但他还是一条一条仔细地看。那里面,有他无尽的想象。仿佛他自己变成鱼缸,此刻,心里欢跳着一条大鱼。即便大鱼在下车的刹那漏了气,变成两层薄薄的塑料片,他也还是享受此刻。

他按开信息,先琢磨了一会溪畔花园独体别墅。这个院子比罗马庄园的大很多,可以养条边境牧羊犬,还能种点樱桃和草莓。再置个篮球架,周末和李响一起打篮球。又思考了一条二手车信息。本田、福特两万,奥迪A4三万八。这么便宜,不是车况不好,就是来路不明。有钱也不能买⋯⋯最后,他打开了一条彩信。

奇怪,里面是空的。看了一下发件人,是个特别的号码:

808008800。很显然,无法回拨。也许还是个广告,那么多8。他为8感到惋惜。在他心里,8一直与他的青春有关,宛如罗大佑的那首歌——《恋曲1980》。他不死心,退出,重新按开。

彩信一点点展开了,像电脑网页上的图片,一点点展开。一角清澈的天空,绿得醉人的树,潮湿的青石。颜色如此纯正,纤尘不染。他耐心等待着。渐渐地,树与青石间,浮现出一个年轻女子,光亮的乌发,粉润的肌肤。脖颈之下,露出一件红裙。那炫目的红,突兀地横出来,在绿色的映衬下,火苗一般,将他的眼睛灼烧了一下。

没有文字。他盯着图片看了一会。奇怪,这是什么广告呢?旅游的?也许下一次会有文字吧?先发个美女让你留个印象?

他合上手机,打算靠在椅背上眯上一会,早早被妻子叫醒,困劲上来了。就在这一瞬间,他记起昨夜的梦来。女子的脸清晰地呈现在镜头里,怎么那么像呢?

他重新翻开手机盖,调出那条彩信。他的手僵住了,世界上真有这么巧合的事吗?女子安详地注视着他,眼神似两汪潭水,明亮而深邃。

他被这潭水吸引,竟然坐过了站。

一整天,李宏伟的脑子里都是那双眼睛。为了确定眼神中的内容,他几次拿出手机重看彩信,显然是徒劳的。但他还是忍不住,看了又看。他渐渐记起梦中的情景,女子仿佛陪他走了一路。那处山林,他从未去过。他很少旅游,只去过泰山。年轻时,有过一次出差,顺道去的,那是他唯一的一次游山。另一次唯一的玩水是陪领导去三亚。近些年,旅游好像很盛行。妻子也带着儿子跟旅行社游了一次北京,一次杭州上海。为了省钱,他总是待在家里。她的眼神竟然勾起了这些遥远的事情。

晚上,他陪李响洗了澡,刷了牙,将洗手间整理干净。半躺在儿子的小床上,给他讲故事。他看到漆黑的天幕上,挂着一轮伤痕一样的月亮。儿子睡了,妻子在客厅的沙发上看电视剧,用纸巾不停抹着眼睛。她也有自己的世界。他来到厨房,淘好米,从冰箱里取出几块带鱼,放在盆里解冻。临睡前,他翻开那条彩信又看了一会,然后将手机调成静音,端端正正摆在枕头旁。

女子依然着红裙,神情宁静,像月亮一样,望一眼,心中就注满了潮水。此刻是夜晚。山林中的夜晚,溪水弹奏着小夜曲。她挽着他的手,坐在星光下,将头伏在他的肩上。他们谈到了音乐,巴赫、肖邦,还有莫扎特。她给他唱安魂曲。歌声在空明中回荡,美得像一缕月光……

第二天的早晨,走出家门后,他听到手机清脆地响了一声提示音。站在公交车站,他打开一条新彩信。画面上是女子月光般的面孔,像微风一样轻轻袭来,他仿佛听到了她的歌声。依然没有文字。车开过来了,他恋恋不舍地将手机揣进怀里。阳光很温暖,柳枝冒着新绿,桃树鼓着花苞。李响干干净净地站在人群中,像一株小树。他注视着人群,人群从来都是同样的面孔,而今天不同。李宏伟的一只手紧紧扣着吊环，双脚叉开，胸口顶着儿子的大书包。今天早上，他相信，自己跟这些金鱼不同，因为他怀揣着月光。

他查看了一下彩信发送的时间，零点。还是那个号码。

到了单位，他用座机拨打了一下那个号码——808008800。不出所料，里面传出一个女人的声音，这个号码是空号。也许是从网上操作的。他对这些不熟悉。办公室的小打字员在网上买东西，手机就会收到订单短信。还有网上银行账户变动、股票交易，于宝来的手机就经常收到这些短信。此外，还有下载发送音频、视频、图片等功能。现在的手机几乎是个魔盒，里面出现什么都是有可能的。他陷入一片汪洋大海中，放弃了对彩信来源的追究。

他感兴趣的是梦，这是属于他自己的。他梦见了一个女人，给她拍了照，然后照片就从梦里发送到他的手机里。这样陈述很迷人。或者也可以认为，他收到一张莫名其妙的图片，误以为是梦里的女人，然后不停地看照片，就不停地梦到。这样陈述就失了趣味。他还有点奇怪，为什么在梦里，自己总是不带手机？

于宝来观察了他一上午，走过来说，宏伟，你今天气色好，心情也好。要不……他诡笑了一下，中午请我吃饭吧。处长正好去省里开会了，咱俩可以喝两杯。李宏伟从文件里抬起头，要什么花样？又没发奖金。于宝来继续笑道，我们这岁数，有些事可比发奖金更让人高兴，比如……走个桃花运什么的。说着，瞄了一眼他的手机。李宏伟下意识地将手机揣起来,要走桃花运也轮不到我,你不是新买的车吗?一定会抢在我前面。于宝来手一摆,开个玩笑。我请你,出去坐一会,聊聊。说罢,不由分说,拖住李宏伟的手就往外走。

李宏伟和于宝来同一年到这个单位,而且分在一个部门。十多年的同事关系,相处还算愉快。他们会不定期地出去喝点小酒。李宏伟的宴请很简单,找一个安静的小酒馆,每人二两散白酒,再叫四个小菜。回忆一下过去,再发点现实的牢骚。下一次于宝来再回请。饭后,两人有时候去洗个澡,做个足疗。他们这样交往有很多年了。

两人在单位附近找了一家小烧烤店,进了有土炕的小房间,门一关,帘子一放,隔出一个私密空间。几杯酒过后,于宝来告诉李宏伟一个秘密:他要提副处了。现在正在考核期,领导可能随时找群众了解他的表现。李宏伟有点吃惊,马上明白了于宝来请他喝酒的用意。这些年,于宝来的心思没怎么放在工作上,一忽炒股,一忽给人做房产中介。钱肯定是赚了些,去年买了一百五十平的房子,今年又买了车。让李宏伟没想到的是,这样不务正业的人也能被提拔。相比之下,自己这些年来,虽不能说为工作呕心沥血,可也算尽职尽责了,到现在还是个普通职员。他心里不大舒服,但还是举起酒杯,挤出一个笑容,祝贺你!放心,我一定会给你说好话的。说毕,将整杯酒一饮而尽。于宝来一拍桌子,够哥们!也干了。临走,于宝来又从兜里掏出一张卡,说是一个儿童照相馆的,可以领李响去照一套价值380元的照片。李宏伟推辞了一下,还是接受了。儿子已经很多年没到照相馆好好照一回相了。

下班回家的路上,他有一点失落。回想当年和于宝来一起坐火车去省城看甲A联赛的日子,仿佛就在昨天。这顿饭吃下来,他感觉和于宝来的距离一下子远了。前几天,还想跟于宝来说说彩信的事,一来让他给分析一下是怎么回事,二来也探探是不是他搞的恶作剧。现在,他决定守住这个秘密。他觉得,于宝来一旦知道了他内心的感受,一定会耻笑他。

他开始期待夜晚。因为有了期待,白天也不那么枯燥了。

为了入睡后的那些时光,他满怀耐心地刷碗,收拾厨房,陪儿子洗澡,整理洗手间,讲故事。他甚至愿意为妻子把牛奶热好,放在沙发桌上,以方便她一边看电视一边喝。他早早地上床,将手机调成静音,怀揣着希望睡去……当然,他不会忘记把自己收拾得干净一点。以前都是早上冲澡,现在改成了晚上。

和她之间越来越有默契。话题已经从音乐扩展到诗歌、小说、电影、戏剧。他们终于走出了那座山,去了别的地方。她像一个留声机,身体里盛装着他的过去。他在青年时代,喜欢崔健、鲍勃·迪伦,也常常在夜晚听肖邦。那时,他有一把吉他,是初恋女友送给他的生日礼物——红棉牌的。有一天,她将那把吉他带来了。他很惊喜,竟然忘了问她吉他的来处,操起来就弹了一首《一无所有》。两人坐在草地上开始唱歌,一首接一首,一直唱到天亮。分手前,他一手搂着吉他,一手搂着她的肩膀,用她的手机拍了一张合影。他觉得,按动快门的瞬间,背景立刻变成了拉萨的布达拉宫——他一直想去的那个地方。此后的一段时间里,他带着吉他和她,一路唱着歌,走过了很多地方。

李宏伟在白天变得安静平和。像所有怀揣幸福秘密的人一样,他坐在办公室里干着手头的工作,会忽然露出无声的笑容。现实中的烦恼也在这秘密中消失了。他小心保存着那些彩信,里面的人和每一个夜晚,把他的心塞得满满的。

在无人的时候,他翻看彩信,也会觉得疑惑。红衣女子的单人照片电脑发错了很正常,那么合影又如何解释呢?莫非这个女人真的存在?她又是谁呢?他确定不认识她。在自己有限交往的女性中,从未有过如此与他心灵契合的。大学时有过一个初恋女友,没毕业就出国了。上班后,经人介绍处过两个女朋友,第二个就是李响的妈妈。这些年,除了初恋女友回国后,两人见过失望的一面,他所面对的女性,不是妻子,就是办公室现已退休的吴大姐和刚来没几年的小打字员,再就是母亲、岳母和姐姐。他的生活,除了李响在长大,其他方面几乎是每一天都可以复制粘贴的。他看着图片中的合影地点,都是一直想去而未曾去过的。比如壶口、拉萨、天山、香港,他在学生时代许下愿望,今生一定要去一次这些地方。但是如今,已年过40,目标反而越来越远了。是谁制造了这些?这海市蜃楼般的安慰,非但没有令他满足,反而让他更伤感。如果真是这个女人,那她一定来自他的过去。

他有点烦躁。因为无法在生活中找到她,她总是在梦里出现。他也没办法把手机带到梦里,只能用她的手机记录梦里的片段,然后等待彩信的到来。他有些担心,如果哪一天传输不畅通,收不到了怎么办?

他开始步行回家,对妻子说天暖了,要锻炼身体。儿子放学早,妻子接,她的单位管得不严,可以早走一会。

从单位到家,会路过一个小公园。从里面穿过去的话,要多用二十分钟。他就是为了这段路才步行的。在这里,绿树的环抱中,可以远离养鱼池和鱼缸,安静地回味和她在一起的时光。她仿佛就在身旁,他常常有这种错觉。一边走,一边想象着她会说什么,什么表情,什么语气。事实上,最近他无论在哪里,都会想起她来。超市、菜市场、公共汽车上,甚至一个人在厨房、洗手间的时候,他也会想象,面对他正在做的事情,她会表达一个什么态度。赞同还是反对?或者什么都不说,静静地陪着他,偶尔伸出手来抚摸他的脸。他在心里自问自答,仔细斟酌她会问什么,他又该如何回答。他不知道她的名字,计划着下一次见到她时问一问,但是最后总是忘记。他于是又想,她需要名字吗?她是唯一的呀!而且随时有消失的可能。最近在杂志上看了一篇文章,说经过训练,人是可以控制梦的。还说,梦并不预示未来,梦展现的都是现实。他想,每天看她的照片算不算一种训练呢?

在梦中反复给她拍照,算不算一种训练呢?这些训练能让自己每夜都和她在一起吗?她真的是现实吗?究竟是因为有了梦才有了这些彩信,还是因为有了这些彩信才有了梦?他在路上思索着,无法解开这些谜团。有时候,他觉得自己可能病了。尤其是在公园看到一个肥胖的女人被她瘦弱的丈夫搀扶着,倒着走路的时候。但随即他又笑了。即便真的病了,也是一种幸福的病吧?

李宏伟走到家的时候,妻子和儿子已经吃完饭了。儿子在他自己的房间里写作业,妻子已经守在了电视机旁,手抚住肥胖的腹部嗑瓜子或者吃水果。餐桌上是剩菜剩饭和使用过的碗筷。他一个人匆匆吃完,躲到阳台吸一支烟,然后开始刷碗、收拾厨房……扫除一切睡觉前的障碍。

这天晚上,他准备上床之前,发现妻子不在电视机前,而是到洗手间去洗澡了。这是一个信号。果然,妻子躺下后就紧紧贴住了他的后背。他没动。她的手摸上来。他说,走路走累了,休息吧。啪!一个巴掌掼在他的肩头。妻子忽地一个大翻身,将屁股对准他,蛮横地拱了两下,几乎将他拱下床。

妻子生气是有道理的。两人现在一个月也就一两次夫妻生活,他再拒绝,也实在说不过去。

早上,他早早起来,去早市买了妻子喜欢的油条豆浆,又煎了三个荷包蛋,拌了一个凉黄瓜。妻子面无表情,走出家门前一句话也没跟他说。

到了晚上,他一边吸烟一边想,今天怕是躲不过去了。可是,接下来在洗手间,他发现纸篓里露出一截卫生巾,有淡淡的血迹。一阵惊喜袭来,仿佛看到了一张特赦令。

上床前,他躲进洗手间,仔细清洗了身体。他抚摸着有些松弛的皮肤、微微隆起的腹部,心中生出一股淡淡的惆怅。他想起大学时代,每天打完篮球,站在宿舍水房简易的莲蓬头下,用冷水冲洗坚硬火热的身体,一边大声唱着歌。她,那个穿红裙的女子,一定在那时候见过他的身体。一定是的。

他无法再抑制自己的激情,拉住她的手,将她拥在怀里,紧紧地,紧紧地,仿佛想把她挤压到自己的身体里。他觉得她原本就是自己身体里长出来的,什么时候离自己而去的?他害怕她会飞走,他要把她重新塞到自己的身体里去,守住,永远。他的内心充满了绝望。他挤压着她,用尽了所有的力气,但是她就像一团云,这边进去,那边又跑出来,始终不能全部抓住。他抱着她云朵一般的身体,一边亲吻,一边抚摸,一边流泪。

他变得忧郁。每天下班,都要用更长的时间穿越那个小公园,回到家里常常精疲力竭。他发现公园里也不全是安静的植物,也常常被人们打扰。附近幼儿园的运动会,老年活动中心的门球比赛,红歌合唱大赛的赛前练习,还遇到过一次饮料促销活动,可以免费品尝一种茶饮料。公园的回廊中还挂着一些一尺高的标准照,好像是区里的"八荣八耻"道德模范,不知挂了多久了。他看着那个肥胖的女人倒着走路,身边是她瘦弱的丈夫。

每天的同一时刻,同一条路,像电脑复制出来的画面,像表盘上的指针。他停下脚步,看着他们,直到他们在视线中消失。他能感到她站在身旁,像一团红色的火苗,烤得他浑身出汗。

　　他变得不爱应酬。他的应酬其实很少,除了和几个同学保持着联系外,就是偶尔和于宝来出去喝点酒。但最近,与于宝来的交往有了变化。自从上次两人吃过饭后,于宝来再也没单独请他吃饭,而是换了更大的饭店,吃饭的人也增加了很多。小聚变成了大局,排场了,热闹了。于宝来要提副处了,应酬来往自然多些。他能理解,却不喜欢了。前天他请客,于宝来在赴宴的途中被另一个更重要的饭局叫走。他一个人面对着四个小菜,喝光了四两散白。在归家的路上,又吐得精光。

　　一星期很快过去了。晚上给儿子讲完故事,他上了床,等着妻子洗澡。

　　半梦半醒间,他感到一个冰凉的东西砸到胳膊上。睁眼一看,是自己的手机。妻子靠墙坐在床上,两手抱着膝盖,神色半是愤怒,半是委屈。

　　怎么了?他有点担心。

　　装什么糊涂!妻子说完,鼻子一抽,流下泪来。

　　他忙坐起身,摸了她一把,到底怎么了?

　　别碰我!她调高了声调,那女的是谁?

　　哪个女的呀?他无辜地问着,心里已经猜出八九分。

李宏伟,今天你给我讲清楚!她转过脸,一把抓过手机,翻开彩信,把照片对着他的脸。

他愣了一下,随即笑了,我当怎么了,网上下载的,瞧你,大惊小怪的。

骗谁呢!彩信!发送过来的。这么多,都是一个人!尾音已经带了哭腔。

哦,对,是彩信。可你看看那个号码,不是手机发的。

妻子止住哭泣,又看了一眼号码,语气却并未缓和,那合影是怎么回事?

我也奇怪呢。李宏伟做出迷惑的神情,也不知道谁搞的恶作剧。

什么恶作剧?瞧你那副流氓样,搂得那么紧。恶心!

冤枉死我了,你仔细看看,是合成的。

妻子对着合影研究了一番,并不打算相信。

再说,这地方明明是黄河嘛,壶口瀑布,你看看照片上的日期,上周,怎么可能?他又翻到另一张,这个是布达拉宫,我去过吗?从咱们这里飞到西藏,机票得多少钱啊?来来回回,怎么不得一个礼拜,这些年,我什么时候离开过家这么长时间?这张呢,是香港海洋公园,我去过吗?去香港得办港澳通行证吧,我哪有啊?还有这个,天山,就是我最近的样子,这件衣服,上个月买的吧?你说说,这一个月,我出过门吗?

妻子不置可否,但明显开始疑惑了。

他接着说,我根本就不认识她,一准是谁没事闲的,在捉弄我。我怀疑是认识的朋友捣的鬼。你想想看,我和她要是真有什么见不得人的事,还能把这么多彩信放在手机里不删除?还有合影?

妻子白了她一眼,问道,既然没用,你为什么不删除?

我懒呗,你看看,我的短信,有多少广告,懒得删啊。

那你现在给我删了!妻子的眼睛闪着锐利的光,像一把锋利的剪子。

他的手指一颤,心迟疑起来。

删啊!剪子锋利地张着口。

他的手指缓缓按下去,删掉了一张丽江。

妻子夺过手机,调到全部删除状态,狠狠一按。所有的彩信和广告短信一起瞬间消失了。他听到有个东西在身体里炸开,四分五裂的碎片发出巨大的声响。

妻子不依不饶,嘟囔着,怎么没人捉弄我呢?你看看我的手机。说着把手机摔过来。从来没有那些乱七八糟的东西!

他漠然地看了一眼妻子的手机。

李宏伟我告诉你,再被我发现这些烂事,就没这么便宜了!有闲心也往正道上使使,你怎么不琢磨琢磨如何上进啊?你看看于宝来,和你一起参加工作的,家里也没什么背景……

他木然地坐在床上,光着的上身几乎没有了温度。他知道,若想让这场风暴马上停歇,只有一个办法。

他将身子凑过去,抚摸她,她抗拒,用脚使劲踹他。他忍着疼,亲她。她咬他的舌头,真咬,他疼得快要撑不住。他听到,一个女人在他心里哭泣。他坚持着,牢牢箍住她的胳膊,直到把她按倒。她终于停止了言语,躺下身去……

这一夜,无梦。

早上,睁开眼睛,他感到身体空空的,有什么被割掉了。这是从未体验过的一种疼痛。早餐,他只喝了一杯牛奶。妻子瞥了他一眼,没吭声。出门没一会,胃部就感到难受。在公共汽车站的垃圾箱旁边,他开始呕吐。儿子站在不远处,不知所措,似乎感到很羞耻。吐完了,他走到儿子跟前,从书包的夹层里掏出纸巾擦嘴。一个年轻女子捂住鼻子,向旁边撤了两步。

李宏伟站在拥挤得散发着各种气味的公交车里,脸对着窗外。今天,他也贡献了一份气味。一个40多岁穿米白色风衣的女人在旁边站了没多久,就挤到别处去了。窗外的马路肮脏不堪,人行道正在换道砖,垃圾箱被抬走了,垃圾一下子都暴露出来。大风席卷着灰尘在车窗外呜呜作响。他闭上了眼睛。

手机响了。他睁开眼,迫不及待地打开短信,售楼的。他失望地合上手机。儿子下车后,又相继收到了几条新信息。他再度满怀希望地一一打开。一条是复制手机卡说可以窃听的,一条是要求往账号里汇款的,还有一条是酒店招聘高级公关先生和小姐的。他的希望一点点冷却,手指在键盘上游移着,终于还是拨出了那个号码。他将手机贴在耳朵上,一个女人说,对不起,您拨的号码是空号。他听着,一遍一遍,直到出现忙音。心底的疼痛再度隐隐袭来。

来到办公室,他打开电脑,在图片搜索栏中,键入"红裙女"三个字,瞬间显示有七万八千张图片。他开始一张一张地寻找。红色,像血一样在屏幕上蔓延,他却始终没有发现梦里的那一滴。

接下来的几天,他没有梦,睡眠是空白的。早上醒来,甚至没有证据证明他睡过。他有些慌张,闭上眼睛,想象她的模样。在脑海中回忆和她在一起的每一个瞬间,希望能够导回。

他睡得更早了,每天睡前都要把手机充上电。只是手机躺在枕头旁边不再开机。妻子最近从电视剧中脱离出来,也早早地上床睡觉,一进卧室,就迅速扫一眼他的手机。虽然什么都不说,他也不想再惹麻烦。他经常在午夜时分,妻子熟睡后,拿着手机到洗手间,开机,等候一会,看看有没有彩信过来。然而什么都没有。

有一天,他似乎弄懂了。她必须先出现在他的梦里,被记录下来,然后才能以彩信的方式出现在他的手机里。这一切和手机没什么关系,只和梦有关。

他开始用一切空闲时间回忆她。那些梦里的情景都清晰地印在他的脑海里,他一遍一遍地想,一遍一遍用思绪抚摸她。他甚至偷偷地到公园的树林里想着她睡了片刻。

他还想到了换床。也许吱嘎声惊走了梦。换一张更加舒适的床,梦就会回来?他担心妻子不同意,一张新床怎么也得千儿八百。没想到妻子满心欢喜地答应了。新床安放好后,睡眠安静了,翻身不再有声音。但是,梦还是没有回来。

她从他的梦里彻底消失了。

生活与从前并没有什么不同。李宏伟依然是一套七十平方米住宅的男主人,一个12岁男孩的父亲。每天早晨被妻子以他无法预知的方式弄醒,在心里默念一、二、三,起床。做早餐,吃饭,陪儿子上学,在公交车上收垃圾短信……

现在,他不再看这些信息,直接删除。在倒数第二到第三站,坐下来,紧紧靠在椅背上,闭上眼睛,打瞌睡。起得太早,正好借这个时间补补觉。

他要精力充沛地走进办公大楼,至少看起来是那样。要热情地和同事打招呼,殷勤地为领导按开电梯门。他和妻子已经商量好了,拿出家里仅有的五万块钱去跑关系,争取提个副处级。

但是他保留了步行回家的习惯。每天下班后,在绿树丛中穿过那个小公园,远离汽车、人群与灰尘,心中有片刻的宁静。小公园里有了一点变化。胖女人的瘦丈夫不见了,只剩下她一个人在坚持不懈地倒着走。那男人再也没有出现过,她的速度没有丝毫放慢。这路线她太熟悉了。他现在才知道,原来,她是可以独立走路的。他依然看着她消失在视线之后,再继续前行。

这一天,公园回廊里的照片突然被更换了,变成了一个摄影展。照片不多,风格不一,相框的颜色式样也是各异。显然不是一个人的作品。也许是哪个民间团体搞的业余摄影爱好者的非正规展览。选在这个开放、露天的场地,也能说明这一点。李宏伟年轻的时候对摄影有些兴趣,现在基本上没什么兴趣了。他觉得,那种劳心伤财的事情,离自己的现实生活越来越远了。

他一边走,一边随意地浏览着。照片的质量良莠不齐。大部分是山水景物,也有一些抓拍的市井人物。他觉得没什么好看的,基本都是普通的照相水平,很少有作者的想法。他想离开回廊,这些照片不值得他再向前走了。可是拐弯处刚刚露出来的一张拽住了他。

一角清澈的天空,绿得醉人的树,潮湿的青石,颜色如此纯正,纤尘不染。他仿佛被蜇了一下,迟疑地向前走了几步。他看清树与青石间,坐着一个女子,长长的脖颈之下,是一件红裙。那炫目的红,突兀地横出来,在绿色的映衬下,火苗一般,瞬间灼伤了他的身体。黑色相框和玻璃板像一个牢笼,将女子禁锢住。她静静地望着他,眼睛周围布满了皱纹,皮肤已不再红润,呈现枯槁的暗黄色,上面浮现着几颗清晰的黑斑。她的双颊已经深陷下去,嘴唇显得格外突出,微张着,似乎在说什么。他向前俯了俯身,什么也没听见。

他注意到她的头发,已经变得灰白,在风中干燥地飘飞着。

他颤抖地伸出手,抚摸着她。他的手抚过她曾经饱满的面颊、乌黑的长发,抚过她曾经光滑的颈项。她的颈项依然优美地伸展着,眼睛里散发出安详而执拗的光芒。这残存的美,令他震撼!

几滴水珠打在她身上,又是几滴,噼噼啪啪,隔着灰蒙蒙的玻璃,滑过她冰凉的身体。

他张开双手,身子和脸都扑到玻璃上,失声哭了起来。

左　脚

　　章强把新买的足浴桶注满水,拎到卧室,调至最高温,直到双脚坚持不住才调低,如此三次,浑身大汗淋漓。看着肿胀通红的脚趾,他很满意。

　　床头柜抽屉的最里端,卧着个红色锦缎盒。不久前在一个玉器展销会上,小梅看上了一只和田玉绿镯子,当场就戴在腕上,盒子空着被章强揣回了家。如今,那里面盛着一个稀罕的物件——一枚牙签粗细的小金属棍,约两厘米长,钢色。细看,像古代的一种兵器——月牙铲。两个小月牙用红线密密缠裹着。章强捏起来欣赏了一会,另一只手揉捏着左脚的大脚趾和食趾。脚趾已经被泡得足够软,脚气处泛起白皮。他照例撕扯了一会白皮,把脚搬到鼻子前闻了闻,然后将月牙铲横在两根脚趾之间,一用力,大脚趾和食趾被撑开,渐渐形成一个标准的 V 形。持续用力,直到它动弹不得。

　　做完这一切,他如释重负,将腿伸直,向后一仰,闭上了眼睛。这是他最近每天晚上的必修课。

发现左脚的拇趾和食趾分不开要追溯到十三四岁。当时，伙伴们玩一种老家的游戏——夹棍。把细树枝折成两三厘米长的小棍，比谁一次夹得多。第一回玩，章强就傻了。别人双脚齐上，而他左脚的大脚趾和食趾竟然张不开。章强还没玩就输了，自然成了孩子们嘲笑的对象。孩子和大人一样，从不问原因，只以成败论英雄。他们还很好奇，为什么张不开呢？并且起哄似的把脚举到半空，不停地分着大脚趾和食趾。章强在这脚林当中无地自容，仿佛自己的脚是假的。大家推搡着，叫他把脚伸出来张张看。他不肯，大家偏要看，要看看他力所不及的全过程，这太诱人了。他愤怒了，朝最近的一个开了火，一拳打在他的胖脸上。别的孩子一拥而上……生平第一次，他体会到了什么叫孤立无助。他和他们掰了。他们人多势众，经常跟在他后面齐声喊，章强章强张不开！反复喊五六遍。章强躲避着他们，也躲避着父母的追问。多年之后，他明白了当时的感觉叫自卑。他只好一个人待着，靠温习功课打发时间。后来，竟奇迹般地考入县里的重点高中，并最终考上了外省的大学。离开村子准备上大学那天，他长长舒了一口气。他不光是整个家族，而且是全村同龄人中唯一一个上大学的。

"张不开"事件后，他小心揣起这个秘密。无论多热都穿着布鞋，后来改运动鞋，还套上棉线袜。直到三十五岁，章强再没穿过凉鞋。父母都知道他不喜欢凉鞋，但没问过原因。反正也不是什么大不了的事。成年以后，他发现自己每次逛街，都特别喜欢看凉鞋。现在家里也有几双,静静地躺在鞋盒子里。他还酷爱看足球比赛,几乎到了痴迷的地步,对中外球星了如指掌,却从未踢过足球。

当夏天不穿凉鞋成了习惯,看足球比赛成了爱好,他几乎把脚趾的事给忘了。直到上个月,部门组织员工去天沐温泉度假。

温泉增加了一个新池子——鱼疗池。大家觉得新鲜,都下到这里。

小鱼黑色,孩子手指般长短,瞬间拥过来,水墨一般洇来散去,聚在几个男人身边,开始叮咬。大家被痒得哎呀呀嬉笑声一片。过了一会,有人看出了门道。鱼儿们喜欢的部位是手和脚,最喜欢指缝和脚缝,尤其是脚缝。服务生说,那里的真菌比较多。处长恍然大悟,怪不得我脚上的鱼比你们多。小吴把话岔开,鱼那是闻出来你要升官了,都想沾沾福气呢,嘿嘿。处长高兴,嘴里却又把话拽回来,闻出来个屁!是我的脚气比你们重。小吴不甘心的样子,举起双脚,张开脚趾,我肯定比你重!旁边人见状,也举起脚丫子,比起脚气来。唯有章强的脚还安静地放在池子里。这景象让他心一颤。处长哈哈笑着,颇有兴致地玩起了脚趾。过了一会,他将大脚趾和食趾劈成一个 V 形,心满意足地看了一会,漫不经心地问道,小吴,我英文不好,这个手势表示什么意思来着?小吴认真地盯着他白胖的左脚,忽有所悟,**Victory**,这是胜利的意思嘛!说着,也伸出自己的左脚,学着处长的样子劈开脚趾,然后转头对旁边的人说,处长下个月就是副局长了,来,咱们庆祝一下,哈哈。身边两人一听,一齐伸出左脚,也开始劈脚趾头,一边劈一边叫稍远一些的章强,章强,来!章强下意识地伸出右脚。不对,左脚,和领导保持一致!章强犹豫了片刻,伸出左脚。小吴组织大家,一二,Victory!同时脚趾劈成V形。嬉笑声一片,气氛非常好。偏偏有人眼尖,章强,你的脚不合格,要Victory!大家一听,都把头转向了章强。章强感到心跳加快,恨不得立即变成一条小黑鱼隐藏在鱼群之中。他将脚放入水中,不自然地笑着,不吭声。大家有点失望。处长这时忽然开口了,章强啊,我换办公室,你不高兴吗?依然面带笑容。不……不是!章强有口难辩。僵了一会,他终于举出左脚,我这不是……脚指头分不开嘛!说着试着张了一下,果然没分开。什么?大家无比惊奇,都聚拢过来。有人一把握住章强的脚踝,分不开?我看看!分!分啊!你再试试!挺容易点事嘛!七嘴八舌。章强的脸色渐渐阴了下来,手在水里反复地握着拳头。处长这时哈哈一笑,一把打掉握着章强脚踝的手,不就是脚指头分不开嘛,有什么大惊小怪的?该干吗干吗去。章强从人群中逃离出来,快步走向更衣室。

从温泉回来后,章强的心里一直不舒服,仿佛裸身穿着透明的雨衣,在办公室走来走去。事实上,再无人提及脚趾之事。但他感到,大家对他好像比以前客气了。还是自己太敏感了?

他再次面对自己的左脚。

二十多年了,这已是一只成年人的脚。脚型有些宽大,但是没有赘肉,很结实。他长时间盯着看,越看越觉得左脚别扭起来,仿佛比右脚大,脚趾也更粗。可是将两只脚合拢一比,又是一样的。他知道是心理作用,就克制着不去看左脚。可注意力又转移到袜子上。总想分辨出哪只是左脚穿过的,分不清令他十分焦躁。他只好找来针线,把每双中的一只缝上一道线,以示区别。并且,将两只袜子分开洗。

这还不算,不久,又添了新毛病。

周末,吃过晚饭,章强和小梅一起看了个爱情电影,看到男女主人公的前戏处,也跟着浑身躁动起来。两个人就在沙发上,演绎起电影中没有表现的那部分。章强力大并且绵长,每次都让小梅非常尽兴。这也是小梅留恋他的原因之一。但小梅的父母嫌章强家穷,又是农村的,对他始终不冷不热,一直拿房子这事卡着结婚。这态度影响到小梅,她对结婚也就有些犹豫。但章强是公务员,小梅却一直没有正式工作,即便如此,她在章强面前也能享受着充足的优越感,这是小梅舍不得分手的另一个原因。关系就这么拖着。这天晚上,兴致高昂的章强在小梅抵达高潮的途中,忽然瞥见了她那只温软丰润的左脚,因兴奋而张开了所有脚趾,像一把半开的檀香扇,抵到他的鼻尖。他的心竟然一收,下面就软了。他借口上厕所,离开了一会。回来后又反复试了几次,都无再起之意。小梅明显不悦,但没说什么。他愣愣地盯着自己的左脚,恐惧从心底铺天盖地涌来。

下一次,章强想了个办法,让小梅穿上一双黑丝袜。小梅奇怪地看着他,口味重了哈,没看出来嘛!这次一如既往地好。完事后,章强长长舒了一口气。

送走小梅,他下了决心,一定要想办法让左脚的大脚趾和食趾分开。

最初,他想到的方法是按摩。大街上到处都是足疗店,他从来没进去过,总觉得那地方有点暧昧。一天,他从家附近的超市里出来,发现居民区新开了一家盲人按摩店,门面挺憨厚的样子,就毫不犹豫地走了进去。

盲人大姐四十多岁,身材微胖,穿一件干净的白大褂。听见有人进来,熟练地招呼,大兄弟里边请。章强一愣,盯着她不停抽搐的眼皮看了一会,你怎么知道我是男的?大姐轻轻一笑,脚步声,很容易分辨。章强对她有点刮目相看了,但是依然站着不动。他要打听一下价钱。大姐热情地介绍开了,全身、头、脚、开背,各个部位价钱不一样。章强听着,觉得比洗浴中心便宜多了。最后他问,只按一只脚是不是还能便宜点?大姐耳朵一扬,以为听错了。章强说,我只按左脚,并且只按一个部位。什么部位?大脚趾和食趾之间。对方皱了皱眉,大兄弟,你是淋巴有毛病,还是食管有毛病?章强被问住了。我帮你检查一下。脚可不是随便按的。无奈,章强只好脱鞋上了按摩床。这一检查不得了。大姐连连惊呼,胃有毛病,颈椎有毛病,肾脏有毛病,当然,大脚趾和食趾之间对应的淋巴和食管也有毛病。最好做两个疗程的全身按摩,最次也要做三个疗程的足疗。现在刚开业,办个年卡可以打八折,办个季度卡也行,打九折。章强稀里糊涂地就办了个季度卡。

足疗做到第三次,他终于跟大姐吐露了心事。大姐听后,马上在左脚分不开的部位用上了力,一边用力一边问他疼不疼。章强说不疼啊。大姐说不疼问题就大了。说明阻塞的部位在别处,只要经络通畅一定张得开。最好全身检查一下。觉察到章强半信半疑,她说,不要钱,我免费给你查。一通折腾,大姐的额上见了汗。最后断定,问题出在头上。建议他增加一个头疗,并且说,章强现在已经是会员了,再办个头疗卡可以打七折。怎么说也是邻居。章强看着她抽搐的眼皮,一额头的细汗,对她更加刮目相看了。心里念叨着,原来我已经是她的会员了。沉默了一会,回道,先看看足疗的效果再说。

章强意识到,靠盲人大姐八成是不行了,还得琢磨别的办法。于是他想到物理疗法——用棍撑。他在网上搜索了一些肢体麻木病人的康复治疗方法,仔细分析之后,认为这个方法可行。

开始,找了一些细树枝做支撑物,但是太软太脆。后来换成了竹子的,又爱弯曲。铁丝呢,硬度不够,还伤脚。几番推敲,他决定制作一个不锈钢的。他本来认识一个在薄板厂上班的哥们,想去找他做。但终究没找,因为不希望再多一个知道这秘密的人。小梅和他睡了两年多,都一直不知道。那么找谁做呢?他很快想到了去网上查。几番关键字搜索,锁定了郊县一家武术器材厂。

　　国字脸的厂长热情地接待了章强,问他想要做什么器械,是自己用,送人,还是公家用。章强说,自己用。厂长马上站起来抱了一下拳,失敬失敬! 原来是道上的朋友。随即仗义地说,道上的朋友一律打八折,质量您尽管放心。章强忙跟着站起来,脸有点红了,指着广告单上的一个月牙铲,问道,这个多少钱?厂长又是一惊,哎哟! 我一打眼就觉得您不一般,现在练这个的可不多了。他想了想,我就交了你这个朋友,钢的800,铁的500,木头的嘛,200。你看大哥做生意实惠不?章强心说,实惠个屁!他犹豫了一下,尺寸小点能做吗?没问题! 多大都能做。那要是小点,能便宜些吧?那是自然。你告诉我个尺寸。章强伸出大拇指和食指,平行摆出一个"二"字。厂长皱起眉,二尺?兄弟你是做给孩子玩的?章强摇摇头。厂长有点迷惑,也摇了摇头表示不解。章强踌躇了一下,鼓起勇气说,两厘米。厂长的眼睛像突然按亮的两只灯泡,你说啥?章强小声重复了一遍。

　　厂长立刻摘下笑容,这位兄弟,如果是来砸厂子的,我看你就不必费事了。我当厂长也没几天,以前老崔的事都与我无关。章强哭笑不得,好不容易跟他解释清楚自己要这个小兵器干什么。厂长瞟了一眼他的左脚,显然不打算相信这个奇怪的理由,但是也没再说什么。

　　两人最终谈妥了价钱,并且按照章强的要求,将原来的一边月牙改成两边都是月牙。

有了月牙铲,章强像个有了孩子的爸爸,每天晚上八点钟以前一定赶回家,沐浴、泡脚、按摩、撑棍,这一套程序做完,差不多也十点了。他再看一会电视,上上网,也就该睡觉了。生活一下子变得充实起来,也有了目标。偶尔小梅想留下来住,他心里竟然有点烦躁。

这样过了一个多月。有天晚上,章强在准备撑棍时,意外地发现,左脚的大脚趾和食趾似乎分开了一丝缝隙。他有点不敢相信。把脚搬到灯光下,两只脚趾试着用力,一条细小的裂缝出现了。是真的!他再用力,裂缝没有变宽,长久地停留在那里。惊喜非同小可!他觉得眼睛有点潮热,甚至想马上打电话告诉小梅。他跑到阳台,打开窗子。初春料峭的冷风吹得他打了个寒战。夜空中,满天的星星在这一刻都睁开了眼睛。章强站了一会,想起了什么,跑到书房,找到一把尺子,对着那个缝隙量了量,两毫米!

他有信心了,为自己的坚持不懈得到回报而感动。看来,"只要功夫深,铁杵磨成针"的故事不是骗人的。他每天更早回到家里,用更长的时间泡脚、按摩。撑棍的时间也延长了。有时候,就夹着月牙铲睡过去。

然而又过去两个多月,缝隙还是那么大,再无进展。章强不气馁,继续坚持着。为了鼓励自己,他专门到新华书店买了《李开复自传》《名人励志故事200则》《假如给我三天光明》三本书。之后,在每天的月牙铲行动中,又加入了看书的环节。

时间像书页,一天一天翻过。转眼到了盛夏。章强的行动已经实施了整整半年。为了使效果更好,也因为脚趾张开有了进展,中间,章强又在盲人大姐那里续了一次季度卡。但是,脚趾中间的那条缝隙再没有增宽一丝一毫。章强的心情日渐焦急起来。特别是看到身边的同事都穿上了凉鞋,加之天气炎热,每次劝小梅穿丝袜都颇费唇舌,他的心情越来越烦躁。思虑再三,走进了骨病专科医院。

在外科的专家诊室,他问一位头发有些花白却打理得极有型的专家,我左脚的趾骨可能有毛病,您看看手术能不能治好。专家摆弄着一双保养得极好的白皙瘦削的手,脸麻木地望向窗外,先去拍个片子。您先……漂亮的手指一摆,拍完片子再说。章强悻悻地走出诊室。拍片子排了半小时队,等片子两小时,回来之后,没半分钟就被打发出来了。漂亮手指说,什么毛病都没有。他不甘心,又换了家医院。这个医生年轻些,手指通红粗壮。他态度好些,让章强脱了袜子,用手捏了一会他左脚的趾骨,皱着眉。捏完后,到洗手池前洗了洗手,重新回到座位。没什么问题,一切正常。那为什么脚趾分不开呢?医生看着他,又皱起了眉,这种情况我也头一回遇到,但肯定和骨头一点关系都没有。那和什么有关系?这个……这个嘛,医生突然放低了声音,要不你去五楼的心理门诊咨询一下?章强脸色马上变了。年轻医生隐藏起一闪而过的快意,尽量把语气放缓和,你到走廊瞧瞧,再到病房瞧瞧,脚趾头掰不开,算个什么事啊?章强坐在那里不愿意走,总觉得这病看得有点窝囊。要不……我拍个片子你看看?啥?医生的调门一下提得老高,别以为我们都想坑你们的钱,跟你说了没毛病,信不过我,你找别人去!章强想解释两句,被护士拽着胳膊给劝了出来。章强站在医院大门口,回头看了看楼顶上那个光闪闪的红十字,咕哝道,这病看得,真他妈的!

晚上,章强没有泡脚,也没使用月牙铲。这是半年来的头一次。躺在床上,他觉得自己特别可笑。和那些缺胳膊断腿的比起来,脚趾分不开,算个事吗?更别说张海迪了。想想自己半年来,浪费了那么多时间,没准研究生都考上了。接着,他又慎重地思考了一遍考研的事。如果考上,毕业重新就业,兴许比现在的工作好一些。那样,小梅的父母或许会同意婚事。刚毕业那几年为什么不考呢?现在博士都遍地了。想来想去,问题都出在该死的英语上。于是他又不后悔了。胡思乱想了一阵,他觉得肚子饿了,起身准备去厨房,一眼瞥见了左脚,心情又沮丧下来。

此后,章强的月牙铲行动中断了几天。接着,突然被单位派去甘肃,出了一趟谁都不愿意去的苦差,二十多天后才回来。

小梅赶到火车站去接,穿了一件红T恤。小别重逢,一见面,小梅就像火苗,把章强的身体点燃了。脚下的步子跟着就急了,加上火车站前车多人多,一辆自行车横着蹿过来,撞到章强身上。他将小梅往旁边一推,自己摔在地上。小梅迅速上前,拽住自行车,下来!骑车的是个少年,穿着校服,看到撞了人,有点害怕。章强坐在地上,感到脚疼,一看,皮鞋张嘴了。慌忙脱了鞋,拽掉袜子,脚看起来没什么异样。小梅凑过来,你动弹动弹。章强抖了抖脚,又依次动了动脚趾,活动自如。就是手按上去有点疼,估计问题不大。小梅放心了。转向少年,你赔!赔鞋!少年站在那里,一脸沮丧,不知如何是好。周围有人替少年说话,算了吧,还是个孩子。没伤着比啥都强。章强拽了拽小梅的手,冲那孩子说,没事,走吧。小梅看着前尖开口的皮鞋,心里有气,对着那孩子的背影吼,以后骑车长点眼睛!

一关上房门,两人就绞在一起,甩掉鞋,衣服、裤子也跟着落了地。小梅边绞边嚷着,汗味真大,熏死人了!章强说,都是想你想出来的。说完用舌头堵住了小梅的嘴。

酣畅淋漓的缠斗过后,章强点燃了一支烟,满足地靠在床头。烟雾中,瞥见了小梅的一双脚,正愉悦地抖动着。他突然意识到,这次,没穿袜子。这一惊非同小可!他看了看自己的脚,一下子想起,刚才张嘴的皮鞋正是左脚的。他仔细回忆了一遍坐在地上活动脚趾的全过程,心怦怦跳起来。试着张了张脚趾,奇迹出现了!大脚趾和食趾缓缓劈开了一个完美的V形!他的心里一阵激动,性欲汹涌而来。一下将烟头按灭,再次压到小梅的身上。

第二天早晨,章强睁开眼睛,忐忑不安地抬起自己的左腿,看到左脚在空中完美地张开了所有的脚趾。耶!他一个鲤鱼打挺起了床。今天,他要穿凉鞋。

整个白天,他在办公室里走来走去,时不时张一下脚趾。心情无比欢畅。唯一遗憾的是,没人注意到他穿了凉鞋。或者注意到了,也没觉得有什么特别。

这个夏天是如此美好!章强沉浸在左脚带来的喜悦中。他在小区里折了一些树枝,剪成小段,重温了夹棍游戏。屋里飘满树枝的清香,他恍若回到了童年,一时间百感交集。

过了不久,小棍夹腻了,脚上的欢悦却未尽兴。章强于是在家附近小学的门口,买了十来个玻璃球,每天晚上夹玻璃球。玻璃球又圆又光滑,一夹就掉,他拿出撑月牙铲的劲头,坚持不懈地练习。一个月后,左脚竟然可以轻松夹起四个玻璃球随意摆动了。生活一下子变得生动有趣起来。攻下了玻璃球,章强又开始向乒乓球挑战了。大脚趾和食趾已经被他练得越来越灵活。

夏天过后,章强还迟迟不愿脱掉凉鞋,直到脚底板传来阵阵凉意,小梅说了两次"你是不是缺心眼呀",他才决定换鞋。然而从前的鞋都与从前的脚有关,看着心里不舒服。他狠了狠心,决定把以前的鞋都扔掉,包括那些每双里都有一只缝了线的袜子们。"而今迈步从头越!"他想起了一句豪迈的话。

冬天来临之前,单位又组织大家去天沐温泉。头天晚上,小梅要过来,说有个同事的旧房子想卖,地方偏点,但是便宜,想过来和他商量一下。章强一听就头疼,忙说有事。小梅说是出去吃饭吗?章强说在家。在家你还能有什么事?你忙你的。不由分说,还是过来了。吃完了饭,章强说单位有个材料要赶出来,就进了书房。

关上门,他就摆上乒乓球,开始活动脚趾。明天是个绝好的机会。现在夹取已经没什么问题,就是费点时间。不是脚趾劈大就行了,这里面也有技巧。两根脚趾先按住乒乓球,然后顺着球的弧度慢慢往下滑,到球的腰部停止,停晚了,球就会飞出去,停早了夹不住……他正练得起劲,小梅忽然推门进来了。她吃惊地望着章强,你干什么呢?章强慌忙从地板上站起来,脸通红。你干什么呢?啊?小梅的目光中已有愠意,看了看地上的乒乓球,又看了看他的脚。章强光着脚丫子站在地板上,左腿的裤管高高地绾着,不知说什么好。小梅提高了嗓门,章强我问你呢!我……我写累了,玩一会。小梅扫了一眼电脑,因长时间没用,屏幕已经变成休眠状态。烦我跟你唠叨房子的事,是不?不是,你想到哪去了。我还没烦呢!你倒不耐烦了。啊?宁可一个人躲在这屋里玩。夹乒乓球!还能有点出息?你照镜子看看自己,三十五六了,还是个小科员,房子没有,车没有,连三万块钱都拿不出来,你还不耐烦了!真不是啊!章强一脸无奈。这个永恒的话题,会以任何措手不及的方式窜到他面前来,防不胜防,在床上如何努力都不行。仿佛三十五六了,还是个小科员,房子没有,车没有,连三万块钱都拿不出来,是一种无法洗刷的罪行。他已经懒得再为自己辩解,打定主意像看戏一样等待下一场。也就我这么傻。果然。小梅鼻子一抽,变了腔调,眼泪魔术般地冲出双眼。你什么时候想过我的感受?同学聚会我都不敢去!章强依然沉默着。小梅抹了一把眼泪,等待着。屋子里只有她不加控制的抽鼻子的声音,宛如隆隆的雷声。又等了一会,小梅突然冲着乒乓球飞起一脚,小白球发着啪啪声在房间里弹来跳去,砸在章强头上。他依然没吭声。小梅转身飞出了书房。不一会,章强听到一声关门的巨响。

第二天,章强的心情可想而知。大家比赛游泳,他靠在池边看着。别人聚在泡汤池里下象棋,他一个人躲在另一个泡池里吸烟。百无聊赖,他又来到了鱼疗池,将全身浸在水中,闭上眼睛,任小鱼啄咬。泡了一会,他的脚趾又习惯性地动起来。张开,夹紧……突然,他感觉到,一条小鱼被脚趾夹住了,马上抬起腿来看,又滑走了。他来了兴致。坐直身体,认真地用左脚大拇趾和食趾夹起小鱼来。当他终于将一条四厘米左右的小黑鱼牢牢夹住,举出水面时,身后传来小吴的喊声,快来看啊!章强有绝活哎!不一会,办公室的几个人都聚过来。小吴兴奋地讲述着章强的脚趾夹鱼绝技,把大家的胃口都吊了起来。更多的人跑过来看热闹,嚷嚷着要再看一下。章强被这突然形成的阵势弄得不知所措。但平静了片刻,他还是决定郑重地表演一回。这不正是自己期待的吗?

他面无表情地说道,别喊,把鱼都吓跑了!大家渐渐平息下来。章强在人们的注视下,放松身体,左腿半蜷,脚趾张开。小鱼们又一点一点围拢过来。这时,突然有个声音说,咦?他上次不是说张不开吗?章强装作没听见,一动不动地盯着左脚周围的鱼儿们。真安静啊!听得见鱼儿尾巴搅动池水的暗响。他要好好享受这一刻……就在大家要失去耐心的时候,章强挑准了一条小鱼,突然发动袭击。一招命中!两根脚趾像铁钳一般,将小鱼牢牢夹住,一点一点浮出水面,高高举起。鱼儿翕动着嘴停在半空,身体一丝一毫也动弹不得。人们的嘴也像鱼一样张开,发出一片惊呼!

隔天,大家意犹未尽,还在办公室谈论着昨天的夹鱼事件。小吴凑过来,章强,怎么练出来的?给老弟透露一下。章强心情不错。拜师,交学费,我就告诉你。小吴笑着给了他一拳。过了一会,办公室只剩下他俩,小吴放低声音,我说,你以前说那只脚张不开,不是装的吧?当时我就不太信。章强急了,那装得出来吗?你脱了袜子给我装一个看看。

两人正说着,有人进了房间。章强一看,是处长,小吴已经站起来,大着嗓门喊了声局长。局长慢悠悠在屋里踱着,坐吧,我没什么事,过来溜达溜达。依然那么平易近人。听说了,我们处真是藏龙卧虎啊!可惜昨天我没去!这么快您就知道了?全局都在谈论这事,新闻啊!章强,我看你这事可以上晚报了。小吴受了启发,对,提供新闻线索,打个电话就能来采访。章强没说话,微笑着。局长走过来,拍了拍他的肩,走,给我表演一下,让我也见识见识！章强一愣,现在？对呀！我办公室里正好养着十来条孔雀鱼,和温泉的鱼大小差不多。你办公室？章强显出为难的神色。局长肯定地点了点头。章强不吭声了,他觉得这事简直太离谱了。小吴却一把拉住他胳膊,走！领导都发话了。然后转头递给局长一个灿烂的笑脸,局长,你可不知道,自从上次发现脚趾张不开以后,章强那是天天在家练啊！说着,捏了一下章强的胳膊。章强一惊,忽然明白了什么,马上站了起来。

两人随局长去办公室。一路上,局长谈笑风生,跟大家打着招呼,开着玩笑。很快,又有不少人闻讯跟过来看热闹。宽敞的办公室一下子挤满了人。

局长叫保洁大姐拿来一个大塑料盆,放在地当中,再把鱼缸里的鱼舀到盆里。然后对章强说,下面就看你的了！哈哈！说完,往宽大的皮椅里舒舒服服一靠,端起一杯冒着热气的茶水,品了起来。

大家都望着章强。他站在塑料盆前,踌躇了一会,缓缓坐下去。大理石地面袭来一股寒气。他挺了挺身子,开始解皮鞋带,脱袜子。这么臭呢？一个女人说。大家哄笑起来。局长也笑,不臭的,那是女人！章强的脸热辣辣的,他没抬头,继续绾西裤、绒裤和衬裤的裤腿。没人注意到他的窘迫,所有人都盯着他的脚。准备工作做完,他把左脚放入塑料盆,鱼儿受了惊吓,四散游去。

局长说,都别说话了啊。然后放下茶杯,将皮椅调高,向前探探身,伸长了脖子。章强观察了一会塑料盆,孔雀鱼瘦长,头大,尾巴大,腰细,夹起来应该没什么问题。他忽然觉得塑料盆很像这个房间,游来游去拥挤的鱼就像周围看热闹的人,而自己,就是这只赤裸、微臭、小丑一般的左脚。必须一次就夹住,好早点离开这里!他屏住呼吸,张开脚趾,耐心等待着机会。一条黑白花的游过来,头冲外,没把握。又一条蓝色的游过来,尾巴有点大,腰粗,依然没把握。金色斑点的那条终于游过来了,章强早就看好了这条。游到最佳位置处,他迅速发力,狠狠一夹!成功了!周围发出一片长长的惊叹,接着是掌声。局长和大家兴奋地议论起来……章强听不见他们说什么,接过保洁大姐递来的毛巾,草草擦干脚,套上鞋,手里提着袜子,裤管也没放下来,就向门口挤去。别人跟他说什么,他全不理会。

待人散尽,保洁大姐拖干净地板离开,局长看着章强坐过的地面,嘴角浮出一丝轻蔑的笑。

晚上回到家里,章强找了个袋子,将玻璃球、乒乓球、树枝统统塞了进去。又从床头柜里掏出那个首饰盒子,月牙铲依然安静地躺在里面,像一个久居深山的隐者。他盖上盒子,丢进袋子里。站在房间看了看,又把墙上贴的两张梅西的大海报撕下来,按进袋子,用脚踩了两下。然后,他穿着拖鞋就下了楼,把这袋垃圾扔进了垃圾箱。做完这件事,他来到阳台,打开窗子,迎着寒凉的晚风,吸了好一会烟。

小梅一直没有打电话过来，以前也有过这种情况，章强主动认错，哄一哄也就和好了。但这一次，他心灰意懒。自己何错之有？何况就算这次又和好了，以后呢？

关于被单位同事津津乐道的左脚绝技，局长办公室的那次表演已成为绝唱。每当有人再提议找机会表演一下时，他都板着脸回答，不好意思，我的脚趾又张不开了。渐渐地，也就无人再提及此事。

生活重新变得平静起来。每天下班，他都多走几步路，从小区的另一个门进来，绕过盲人大姐的按摩店。回到家里，他热衷于上微博，参与各种时政和社会热点问题的讨论，表现得非常活跃。

他的网名叫月牙铲。

转眼就是春节了。照例，章强在腊月三十那天下午赶回了老家。

进了村子，老远就看到爷爷披着一件陈旧的军大衣，拄着拐棍，向这边张望。看到孙子，他扬了扬手，脸在皱纹中抽搐了一下。因为骨质疏松，一只脚已经不能着力。章强搀扶着他慢慢往家走，路上不停地和人打着招呼。

家里已经摆好了丰盛的宴席，火炕上一个小方桌，地上一个大圆桌。叔叔婶子以及哥嫂弟妹们都聚在屋里，就等着章强开席。

章强脱鞋上炕,挨着爷爷坐下。头顶上新换的灯泡,照得屋里亮堂堂的。老人问了问他的工作情况,章强拣爱听的一一作了汇报。接着,爷爷认真地询问了城里的房价、物价,又讨论了一会金正日和卡扎菲。他对朝鲜人民的关心出乎章强的意料,连说金正日死得早了。章强并不与他辩论,无论对错,一味顺着他说。爷爷很高兴,说,到底是吃官家饭的!你不在家,我连个说说大事的人都没有。不知不觉喝了一两多高粱酒。吃了一会,章强想起给爷爷买了补钙的营养素来,忙让妈妈拿出来。爷爷脸上挂着满足,嘴里却说,这保养药啊,给我都吃白瞎了,这只脚算废了。说着用手捶了捶。章强说,我看看。脱掉袜子,爷爷的脚清晰地呈现在眼前。他没想到,爷爷的脚这么黑,底板布满厚厚的老茧,脚跟坚硬泛白,纵横交错着很多裂口。因为常年得不到运动,五根脚趾紧紧蜷缩在一起,整个脚都佝偻着。他心里一酸,用手抚摸着,爷,你没事用热水泡泡脚,要不时间长了,血液流通不畅,就更不舒服了。老人把脚抽回来,叹了口气,泡也没用,咱们家人啊,脚都有毛病。章强一惊,啥毛病?叔叔家的小弟抢着说,脚趾头分不开!真的?章强愣了片刻,将目光投向了爸爸,又转向叔叔。所有人都平静地看着他,仿佛这从来就不是什么秘密。都分不开吗?他又问了一遍。对呀,男的女的,都分不开。妹妹在旁边说道。嫂子也接过话茬,你大侄儿也那样,真是老章家人!妈妈也说,你不也是吗?我记得上初中以后,你就没穿过凉鞋。

章强的胸口像突然被撞了一下,咽下去的各种滋味翻江倒海地涌上来,顶住了喉咙,有种想吐的冲动。

沉默了好一会,章强端起酒杯,将满满一杯高粱酒压进去。然后一把扯下袜子,将裤角一撸,抬起腿来。在全家的注视中,他稍作停顿之后,将左脚的每根脚趾缓缓地一一劈开。这一回,他劈得不疾不徐,却又义无反顾,如同拉开一道厚重的帷幕。盯着坚硬的脚趾,他听到了自己的声音——爷爷,咱家的也能张开!

碎花脸

妙妙的本名叫闫秀玲,是她已经过世的父亲给她取的。父亲是铸钢厂的工人,在一次喷爆事故中被钢水击中,母亲赶到时,只看到被烧焦的半边身子。办丧事那几天,母亲像梦游一般,每当有人在后面叫她,就浑身一哆嗦,却始终盯着秀玲,无论如何都不让她看父亲一眼。那年,秀玲6岁。父亲走得突然,没留下话,除了一套50平方米、产权属于铸钢厂的房子,也没留下什么财产。闫秀玲这个名字因而算得上父亲的一件遗物,按说是不应该随便改动的。但那一天,她就是那么鬼使神差地,仅仅因为周远帆嬉皮笑脸地随口说了一句:"我看就叫妙妙算了。"她就同意了。妙妙,其实是周远帆的母亲程雪仙家里的一条博美狗。

当时,退休京剧演员程雪仙坐在沙发里,背景墙上挂着四只勾画得十分精细的碎花脸谱,衬得她容光焕发。她看着从阳台闻声奔向周远帆的妙妙连连摆手:"不行不行,这名字太不端庄。""人端庄么?就她,端庄?"秀玲抿着嘴,看着他俩。程雪仙已经看出秀玲的心思,想了想,故意说:"也是的,小帆那个老婆倒是端庄,不也跟人跑了?"周远帆一听,扭身进了房间,将门啪地一声关死。

第二天,闫秀玲就顶着妙妙这个名字,在周远帆的带领下,到电台报到了。进了制服保安把守的大门,她的目光停留在大楼墙面挂着的LED大屏幕上。里面正滚动播放着电视台、电台主持人的大幅艺术照片。她已经看过无数次了,每次坐公交车路过,都会盯着它直到看不清楚为止。此刻,它离她这样近。周远帆在前面喊:"快点!"她用目光抚摸着这个高大白皙的男人,加快了脚步。

妙妙被安排到了早上四点到六点的时段,是为早起晨练的老人量身定做的一档养生保健节目。据说,原来的主持人突然怀上了一个台湾老板的私生子,辞职不干了。在电台当记者的周远帆回到家里,幸灾乐祸地跟母亲念叨起这个事,程雪仙当机立断,给曾为京剧票友的台长打了个电话,推荐自己的学生闫秀玲,抢到了这个职位。秀玲不敢相信这是真的。到电台工作,而且是做节目主持人?一个艺校毕业、工人家庭出身的市井女孩,够得着电台吗?不知是不是她妈妈的主意,说此恩如同再生父母,应该认了这个干妈。程雪仙闪身躲到一旁,正色道:"你我师徒一场,一样的。"周远帆在旁边哈哈笑起来:"她不认你,我认。来,叫声干爸听听。"程雪仙想都没想,嗖地一声,将手边的老花镜盒子飞出去,正中他的肩膀。

妙妙迅速投入到新工作中，每天两三页的稿子恨不得读上100遍，生怕出错。为了保证早起上节目不迟到，她搬进了台里特意为早班主持人准备的一间宿舍，在广电大楼设备楼层的最里面，非常安静。她专门拿出一个白天打扫了一下。屋里残存着一种说不清的味道，香水？化妆品？食物？她使劲嗅了嗅，隐隐的还有一丝腐烂的气味，这是那个女人的味道。她在一份节目宣传册里见过她的照片，挤在全台合影的一个角落，瘦瘦小小，目光中却闪着一丝寒冷。她将朝北的小窗子打开，让那些气味流走。对面是一栋写字楼，仿佛一伸手就能触到墙面。这里是市中心，高楼林立，寸土寸金，与自己以往的生活截然不同。

米悦听说秀玲从此叫了妙妙，在电话里喵喵地叫了半天，最后总结道："我看大白羊让你叫汪汪，你也能答应。"米悦是妙妙艺校的同学，再往前追溯，还是初中同学。大白羊指的是周远帆，因为他是白羊座。妙妙故意气她："汪汪也不错啊！""瞧你那贱样！还单相思呢？"妙妙有点黯然："我觉得，他对我好像没兴趣。""那就看你本事了。"妙妙没接茬。

"还是你命好啊！"电话那端，米悦换了一副语调，"我那个师傅，男旦，看着娘，其实就是个老色鬼。""他不是没占着你便宜吗？""不提他，倒胃口。哎，你做这个喵喵，一个月挣多少钱啊？""合同签的是1000。""1000？"米悦显得很吃惊，"那够干吗的呀？以后能涨不？""涨的话，得有了编制才行。""My God！合着在这体面的大楼里进进出出的,就这么点钱?我白嫉妒你了。"听妙妙又没了声音,米悦忙说:"不过,接触的人不一样啊,我看你的目标应该放在找老公上。大白羊不行……"妙妙说话的兴致一下子就没了。

一个月后,妙妙去看程雪仙。京剧演员拉着她的小胳膊不敢相信:"怎么瘦成这样呢?"周远帆掐着手机打游戏,眼睛都没抬。"她缺心眼呗。别人干这活的时候,白天从来不露面,把觉补得足足的,还不耽误晚上搽胭抹粉赴饭局。她可倒好,见天在台里泡着,被大伙支使得团团转,取快递、接嘉宾、打印稿子、买肯德基康师傅酱鸭脖子凉茶咖啡老冰棍,喂,咱们单位方圆百米之内卖吃的小贩儿估计都认识你了吧?瞧瞧你这交际圈,我都不好意思说是你师兄!"程雪仙疑惑地看着妙妙。妙妙忙说:"我白天一点都不困,再说,这样不是可以快点和同事们熟悉起来嘛。"周远帆把目光从手机上拉起来,斜了她一眼:"熟悉个屁!根本没人领你的情。"

吃完了饭,程雪仙喝茶,妙妙一个人到洗手间去找脏衣服洗。她听到师父说:"起那么早也没补个觉,又洗衣服又做饭的,一会你开车把她送回去,让她早点休息。"她抿着嘴唇笑了。正洗着的是师父的一件白色棉布文胸,她目测了一下,至少C罩杯。这是个令她羡慕的胸围,她的胸一直只穿A罩杯。她也见过周远帆的前妻,那时他还没离婚,那个女人也是个大胸。洗完了文胸,她的目光落在盆里的一条内裤上,那是周远帆的,平角,前面凸起着。周远帆曾经板着脸警告过她不许洗他的内裤,她还是忍不住伸出手去摸了一下。她发现后面有个半圆形的小屁兜,里面发出响声。她把手伸进去,摸到一个有棱角的塑料小袋,拿出来一看,竟然是个避孕套。这时候,有脚步声朝洗手间走来,她慌忙把避孕套塞进了自己的牛仔裤兜里。

周远帆开车送妙妙回宿舍,路上忽然跟她说起了米悦。他说:"那个米悦,你以后少和她来往,我在丝路花雨夜总会看见她好几回了,跟的不是一个男的。搞不好在做小姐。""瞎说什么呀,她没干那个。她唱歌。""干什么她能告诉你吗?反正不是什么正经人。你现在身份不同了,交点新朋友。"她摸着兜里的避孕套,有点生气。

到了广电大楼门口,周远帆停下车,妙妙没有下的意思。"早点回去休息吧。"他把声音放柔和。"你是不是……一点都不喜欢我?"妙妙低着头,终于把这句话说了出来。周远帆一愣,侧头打量了一下她,到底不是闫秀玲了。他笑了,拿出一贯的玩笑口气:"怎么会呢?多好的姑娘啊!"妙妙没笑,依旧不说话,也不下车。气氛陷进沉闷,周远帆有点不适应。他用手揉搓着方向盘:"秀玲,妙妙,我跟你说我……我不是你想的那样。"妙妙的手使劲捏了一下避孕套。他掏出烟来,点了一根。妙妙的泪啪嗒落下一滴,她用手抹了一把眼睛,推开门下了车。周远帆目送着她的背影,将烟吸完,终于还是追了出去。

生活翻开了新的一页,妙妙像一身崭新的戏服,带她进入了新角色。她喜欢这个角色。除了领薪水的日子,每天几乎都是快乐的。她抑制不住把这件事告诉了米悦,米悦显得有点诧异,这么说他还是喜欢你的?是啊,还挺热烈的。

她对周远帆说,白天有大把时间,还想再打一份工。以前做服务员的那家服装店老板很舍不得她走。周远帆把头靠在床头吸烟,每次做爱之后,他都要这样吸一支烟。吸完之后,他才开始说话。他说,我看你就是傻。你现在是主持人了,要晓得利用自己的身份。想赚钱不是吗?可以出去拉广告,有5%的提成,还可以去主持婚礼、开业、66大寿什么的,你虽然没什么名气,一次也能对付个500、600的。或者去各种口才班讲课,辛苦点,一节课也100打底。这些若都不爱干,那就跟着跑片记者下去采访、混饭局,保不齐哪个公款吃喝的法人就看上了你,带你出去吃喝玩乐顺便买点包啊,衣服啊,混得好的,电视台那些名气大脸蛋好的,车也混得着,房子也混得着……妙妙一开始还认真听他讲,讲到后来脸就木了。她拿巴掌拍他,白皙的皮肉发出啪啪的脆响。我出去混饭局,你同意?这话说的,我有什么资格不同意?我谁呀?哪敢做你的主?妙妙惊讶地望着他,他转过脸去,开始穿衣服。直到离开,也没再看她。

妙妙坐了一会,看着被周远帆弄皱的床单,将床头的半杯水哗地扬了上去。

第二天开始,妙妙就跟着记者屁股后出去采访了。她的嘴像抹了蜜,先是哥长姐短地央求人家带她出去长长见识,然后就抢着背采访机、按电梯、开车门,十足小跟班。她谁都央求,就是不跟周远帆出去。周远帆并不生气,还跟着敲边鼓,带我师妹下去吧,遇到合适的,给介绍个对象,也老大不小的了,好人家孩子!妙妙装作收拾东西,不和他搭话。出门时狠狠从他身边挤过去。

没过多久,在采访中认识的妇联一位大姐给妙妙打电话,说是税务局的一个处长,丧偶,今年42岁,儿子已经上大学了,愿不愿意看看?妙妙一时不知说什么好。大姐意识到有点唐突,故作亲热地笑了两声,马上解释,这位处长有房、有车、有前途,找个大姑娘是不愁的,我看着你是个本分姑娘,而且,如果处成了,你在电台的编制问题,早晚也能解决。说到编制,妙妙的心动了一下,但她毕竟没有思想准备,只好跟大姐说考虑考虑。大姐说考虑好了一定给我来个电话,一结婚就享福,多少女孩子求之不得啊!

放下电话,妙妙想起这位只见过一面的热心大姐,在采访中途的工作餐时曾经详细盘问过她的家庭情况。她有点后悔跟她讲了那么多,结果被定位成了处长的填房。心里不大舒服,就打电话跟米悦讲了这个事,没想到米悦马上说,去看啊!要论结婚,这人可是太靠谱了,比周远帆强多了!你想想,年貌相当的小伙子,物质条件这么好的,能找你吗?你也这么看?这不明摆着吗?我们这样长相平平的穷人家姑娘,要是想找经济条件好的,就得奔着岁数大的找。妙妙听她这么说,忽然就有点心灰意冷。

她还想打电话跟周远帆说说,也借此探探他的话。虽说两人的关系有了实质性突破,但也只是身体上的。他们的交往一直是秘密的,周远帆刻意隐瞒着这一点,向他的母亲,向台里的同事。本来男单身、女未嫁,却弄成了偷情,她的甜蜜被屈辱包裹着。她最终没敢问,她觉得不问,也许还有含混的希望,问了,是在逼他。她爱他。有了肌肤之亲,就更加爱。

隔两天,大姐又打来电话,问考虑得怎么样了。妙妙是个不太会拒绝别人的人,心里又惦记着大姐帮忙打听她妈妈的条件够不够办低保的事,就说了些模棱两可的话。大姐只当她是有意思,就做主定了相亲的时间。妙妙有一点懊悔,但既答应了人家,只能硬着头皮去了。等临相亲之前,又犹豫了,给米悦打电话,我不想去了,怎么办啊?米悦说,去!必须去!我陪你去!说完就打车过来接她了。

见面的地方是个小咖啡馆,处长西装革履,头发似乎刚刚剪过,看着也就三十七八岁的样子,妙妙的心情好了一些,想着交个朋友也行。大姐见她带了个人来,有点惊讶,把米悦从头到脚打量一番,什么也没说。四个人落了座。大姐不停跟处长推销妙妙,而处长的眼光却在米悦身上扫来扫去。妙妙这才注意到米悦穿了条修身的长裙,外面披一件柔软的针织开衫,头发也梳成了一个淑女式的小髻,和在酒吧里唱歌的时候判若两人。大姐并不气馁,不断启发妙妙说话,还要两人交换了电话号码。不咸不淡地聊了近半小时,处长说还有事,大家就准备散了。大姐依然亲热地笑着,说,我的任务完成了,以后你们就自己联系吧。临走,又打量了一回米悦。

回去的路上,妙妙忍不住说,你今天打扮得像个老师样。嗨,我这不是给你充面子嘛,人家一看,你的朋友这么淑女,你也一定错不了。

处长接着请妙妙吃了两次饭,都让她顺便带着上次那个小姐妹,之后就没联系了。大姐也再没跟她提这个茬。妙妙又跟她打听妈妈办低保的事,她说这事啊,打听过了,挺难办的,大姐办不了。妙妙也就不好再问了。

本以为这档子事就过去了。忽一日,晚上九点多,妙妙正准备洗漱睡觉,处长突然来电话,叫她出去唱歌,口气不容置疑,说司机20分钟后就到电台楼下。等妙妙进了包房,发现闹哄哄一群人,应是刚喝完酒。处长对大家介绍,这是我好朋友,电台著名主持人妙妙。大家就都投来暧昧的目光。妙妙也不十分在意,清者自清。但是接下来的节目,让她有点受不了。处长借着酒劲开始动手动脚,众人于是知趣地躲开,有不知趣的,就开玩笑,还拿出手机要给他俩拍亲密照。妙妙有点不高兴了,起身说,我明天还有节目,得先回去了。处长一下把她拉到怀里,再陪我唱一首。妙妙挣脱开,冷着脸出了门。处长追了出来,妙妙以为他会说点道歉的话,没想到他轻蔑地看着她,甩下一句,装什么淑女,还不都是出来卖的!转身回了包房。妙妙气得浑身发抖,想追回去问个究竟,不过一想到屋里都是陌生人,只好忍住气,离开了歌厅。

她左思右想,认定是米悦惹的事,当即给米悦打了电话,质问她究竟跟处长都干了什么?米悦喂了半天,借口酒吧太嘈杂,听不清,挂了电话。她在路边坐下,屈辱在心底翻滚着。

后来,她拨通了周远帆的电话。她骂他,骂他是混蛋,她说恨死他了。然后放声痛哭,全不顾路人的目光。周远帆默默听着,什么也不说,直到她发泄完了,才问她在哪里,叫她就在那等着,这就开车过来接她。

两人去了一个酒吧。

当她睁开眼睛时,夜已经像墨一样浓。周围非常静,一个充满节奏的呼吸声温暖地在耳边响着。她在黑暗中侧过头去,看着他,渐渐适应了屋内的光线。这是周远帆的家。

她摸索着起身,头剧烈地疼起来,她从未喝过这么多酒。来到客厅,在沙发上找到了自己的包,掏出手机看了看,凌晨2点27分。坐了一会,她大致分辨出这是个两居室,她找到了厕所、厨房,另一个房间朝阳。她走进去,摸索着按开灯,看到了一张单人床,水粉色,还有配套的粉书桌、椅子和小衣柜。离婚以前,这应该是他女儿的房间。书桌上摆着女孩的照片,是儿童影楼照的那种,镶着考究的镜框。女孩穿着一件深色的洋装连衣裙,足蹬棕色皮靴,一只手拎着只小皮箱,似乎即将远行,做出一副若有所思的表情。

妙妙记得,有一次去看望程雪仙,碰见周远帆在给这孩子洗头。沙发被拖到厕所门口,孩子躺在上面,手里握着支棒棒糖,周远帆像理发店里的小工一样,轻柔细致地揉搓着她的小脑袋。女孩嘴里咂砸响着,心思都在糖上。哎哟!真是舒服死个人啊!妙妙惊叹着,站那看了半天。周远帆那一刻的样子从此雕像般顽固地扎在了她的脑海里。她常常回味那个画面,有时候她就变成了女孩。

屋里很久没人住了,床上凌乱地堆着衣服,有刚脱下来的,也有从洗衣店拿回来的,套着同一种款式的塑料袋子。

她退了出来。在客厅里站了一会,又来到厨房。冰箱里有几只从饭店打包回来的纸饭盒,还有一大盒纸包装的牛奶、三四个鸡蛋、两桶方便面。冷冻层很干净,只有一块肉,两袋速冻饺子。她想了想,取出两只鸡蛋。灶具不算太脏,应是不常用。她关上厨房的门,将火调小,使煎蛋的声音尽量小些。她想着昨夜,自己好像很疯狂,也有点下贱,做了很多从未做过的事,他似乎很满足。她记得他的表情。她的脸有点热了。

她把两只煎得非常漂亮的鸡蛋装进盘里,摆到餐桌上,又倒了杯牛奶放到旁边。然后,轻手轻脚地返回卧室,摸黑找到了自己的所有衣物,坐在沙发上穿戴整齐,上班去了。

没费什么事就打到了车,这栋楼临街。上车前,她向上望了望,六楼。

下了节目之后,妙妙收到周远帆的短信:"没什么事的话,晚上还过来吧。"她看看时间,六点半,她决定现在就过去。

周远帆还没穿衣服,光着身子给她开了门,两个人就又回到床上,缠绵了一阵,他的嘴里都是煎蛋味。八点钟,周远帆嬉皮笑脸地说,我得上班了,再不走非死在床上不可。妙妙抿着嘴笑,看着他俯身过来,用舌头撬开自己的牙齿,搅动了两下,然后心满意足地出去了。

真是美好的一天。妙妙看着屋里被太阳照亮的一切。

她起来打扫房间。她打算再擦擦玻璃,把床单洗一洗,然后到菜市场采购,做一顿丰盛的晚餐,等他回来。

打开电视,调到一个音乐频道,又在洗手间找到一条抹布,先擦起了地板。然而她干活的热情只持续了不到十分钟。在床头柜的后面,贴着墙的狭窄缝隙里,她发现了一条女式短裤。她用两根手指捏着它,扔到地上,再度发现,这是一条情趣内裤,下面是开着口的。她第一次亲眼看到这种内裤。她一下子就坐到了地上。那上面有灰尘,但是不多,应该是掉到缝隙里也没多久。她想象着它如何被使用过,就在自己刚刚躺过的这张床上,活就再也干不下去了。

她一直不愿意正视一件事,周远帆离婚后的私生活,甚至离婚以前的。他离婚的原因真的仅仅是程雪仙说的,老婆和人跑了吗?

她后来就起身离开了那里。在回家的途中,她忽然觉得应该把那条内裤一起带出来,扔掉,而不应该让它作为一个证据或者一个原因摆在卧室的地板上。但是,已经回不去了,因为她没有钥匙。她再度陷入懊悔,仿佛做了一件对不起周远帆的事,错的是她。

接下来的情形果然和她预料的一样。周远帆对此事只字不提,也没再单独找过她。在单位偶尔碰个面,对她很客气,是那种冷淡的客气。他也很少在办公室待着,看到妙妙和大家聊天也不掺和,坐一会就走了。备受煎熬和折磨的反而是妙妙。

差不多过了一星期,妙妙心里实在不好受,就给米悦打电话,约她出来说说话。处长事件之后,两人就没怎么联系。

妙妙在网上团购了两张火锅店的就餐卡,每位仅18元,真不知道他们赚什么钱。刚一落座,妙妙就发现米悦的额头斜着并排贴了两个创可贴,周围的皮肤红红的。怎么了你这是?喝多了酒,晚上回家从楼梯摔下来,撞到了台阶上。米悦低头搅着调料,不看她。跟你说别老喝那么多酒。不喝酒能赚到钱吗?我哪有你那么好命。米悦没化妆,头发蓬乱,黑着眼圈,一下像老了十多岁。不提这个,你说你的。

听妙妙絮絮叨叨讲完了事情的经过,米悦似乎并不吃惊。她将小半盘肉片吃完才说话,我早跟你说,周远帆不行,那就是个花花公子的坯子,可惜还没钱。你跟着她,就是个吃苦,心里苦。妙妙还沉浸在自己的思绪里,问米悦,你说,我是不是做错了?你呀,错就错在太喜欢他了!好些事我以前都不忍心告诉你。妙妙抬头看她,眼里充满疑惑。米悦又吃了些肉,似乎饿坏了。事到如今,我就说了吧。她用纸巾擦了擦嘴角,又喝了口饮料,冷漠地望着妙妙,我现在唱歌的慢摇吧,他常去,带个女的,岁数挺大的,都是那女的买单。妙妙开始有点没反应过来,接着一把抓住米悦的胳膊,你骗我?米悦把胳膊抽回来,用手揉着,就知道说了你会这样。

妙妙呆呆地看了一会冒着气泡的火锅,忽然站起身,再见也没说,就走了。米悦看着她的背影,脸上浮现一丝快意。她准备把那盘豆皮和木耳的双拼再涮了。

在单位里看到周远帆的时候越来越少,他似乎在有意躲着妙妙。妙妙其实已经不再希望能得到他的解释,她只盼着他跟自己说句话。她正努力把米悦说的那些话忘掉,她觉得自己快要疯了。

终于在电梯门口碰见了他。他从里面出来,背着采访包,头发似乎很久没有剪过,半遮着眼睛,人也仿佛瘦了。她的心有点疼。他愣了一下,想从她旁边绕过去。她后退了一步,叫他。他只好站住了。她问,你……师父最近还好吗?声音竟颤抖着出来。她去杭州了,去我姨妈家了。说完马上走了,头也没回。

回到宿舍,她愣愣地坐在床上,不知该怎么办。她觉得自己就像一具干尸。后来,她把心一横,拨了程雪仙的手机。可是,关机了。

似乎所有的力气都被抽走了,她像微弱的风一样,在宿舍和直播间之间悄悄游荡,不再去办公室了。时间就这样不明不白地从身边经过着。

后来,广告部老陈给妙妙找了个活,是一所民办的补习学校,教小学低年级孩子口才,一周三节课,每节100元钱。她像被打了兴奋剂一样,夸张地忙活起来。

这一天回到家里,妙妙见妈妈正照着镜子试一件花外套。谁给你买的?她四下里看了看,知道家里来过人了。你云姨来市里办事,顺便来看我了。云姨是妈妈的发小,现在老家八里镇开个服装加工厂。妙妙一听,不再问了,转身去厨房找吃的。她妈妈却挪了过来,语气充满了讨好,你云姨还给你带了一件,你试试,比我这件贵多了。我不试。妙妙看都不看。志刚现在可出息了,帮他妈妈管着全厂的工人了,账也由他管着。妈妈把衣服放在餐桌上,不动声色地转移了话题。妙妙没吭声,洗了个苹果在吃。妈妈坐到椅子上,叹了口气,人家那过的才叫日子,没男人不行啊。志刚虽说腿脚不利索,人家脑子可够用……妙妙拿着半拉苹果,趿拉着拖鞋就出了门。

她沿着马路溜达,脚感到凉凉的。原来已经是深秋了。

叶子扑簌簌地掉下来,像卸妆时,脸上流下的黄色油彩。和那些斑斓的脸谱比起来,每张真实的面孔其实都和枯枝的颜色差不多。跟师傅实习的时候,这是她最强烈的感受。

手机在牛仔裤的兜里震动起来,屁股像过了电。也许是妈妈,她不理会。手机没有停,一直在震。应是不停在拨打,不知拨了几次。妙妙烦躁地掏出来看了一眼,竟然是程雪仙的号码。

师父约她见个面,有话要说,让她现在就过去,而且不是去她家里。妙妙犹豫了一下,说我回家换双鞋,这穿着拖鞋在楼下溜达呢。程雪仙说,没别人,就咱娘俩说说话,师父心里难受啊。一下子就转成了哭腔。妙妙马上抬手叫了一辆出租车。

不是饭口,小餐馆里没什么人。妙妙在一个半封闭的小隔间里找到了程雪仙。退休京剧演员散着一头乱蓬蓬的卷发,银丝残雪一般浮现出来。她正盯着黑乎乎的桌面出神。妙妙小心地叫了声师父。她怀疑自己认错了人,向来云鬓高挽妆容精致的程雪仙仿佛被施了魔法,眨眼之间变成了傍晚在菜市场里捡剩菜叶的老太太。

程雪仙一下拉住妙妙的手,眼泪刷刷地就掉下来。她紧住嘴唇,不让声音跑出来。服务员挑开半截的帘子进来,问需要点什么。妙妙马上说,茶,先来一壶茶。把服务员打发走了。她知道,师父是不希望别人看到自己这个样子的。

程雪仙哭了一会,抬头看着妙妙,可有日子没见你了!妙妙告诉她,这阵子在外面上课,一直很忙,而且听说她去了杭州,不知何时回来。

程雪仙的泪又涌了上来,她马上拿纸巾擦掉。家门不幸啊!

服务员进来放下茶壶和茶杯,瞥了一眼程雪仙,又退了出去。妙妙有点惊愕,但没追问下去。她知道,这句话就像唱段前的道白,程雪仙马上就会转入正题。

师父对不住你呀!又是一句道白,妙妙意识到了问题的严重性。悔不当初——唉!程雪仙摇着一头残雪,低下头去。若是早点把你的心思对小帆挑明就好了,就不会被这个祸水逼到家门啊!程雪仙忽然失声哭起来,但只哭了两拍的样子就迅速收住了,同时紧张地向帘子那边望了一眼。她的眉毛是文过的,镰刀一样压进松弛的皮肉里,表情竟有点狰狞。祸水?这个词仿佛一支尖利的暗箭袭了过来。程雪仙拍了一下桌子。唱道,我为什么去杭州?她天天来家里闹啊,说怀了小帆的孩子,让我给做主,我是没办法才躲了出去啊。可谁知,等回来一看,她已经大着肚子住到家里了!这是活活要气死我呀!程雪仙音调高了上去,胸口也剧烈地起伏起来。啪地一声,妙妙手里的白瓷杯落到了地上,瓷片像烟花一般四处飞散。开水打在脚上,烫得她打了个哆嗦。

这唱的是哪一出呢?

程雪仙抬了抬手,似乎想安慰一下妙妙,但桌子将两人隔得太远,她又将手收了回去。沉默片刻,她音调低回,继续唱到,小帆喝了酒,回来就打她。我不能不管啊,怎么说,怎么说也怀着条性命不是?唱到这里,她抬头看着妙妙,目光里充满了渴望。

妙妙一动不动注视着茶壶嘴里袅袅升起的热气,仿佛变成了一件道具。

程雪仙意识到应该对妙妙说点补偿的话,可说出来的却是,那丫头也怪可怜的,在家里什么都干,洗衣服、拖地板、做饭,我看着,常常就把她当成了你啊!

妙妙动了动脚,一片碎瓷应声被踢远,清脆地撞到墙上。服务员都哪去了?怎么不进来收拾一下?这么大的破碎声,她没听见吗?

程雪仙显然是感觉到了妙妙的情绪,于是接着说,她还跟我说,等生下孩子,也想去电台上班,让我找台长说说。妙妙的心一沉。我不会让她去的!还嫌人丢的不够吗?她是个什么东西啊!呸!一股凉气从脚底袭上来,袜子上的水已经冷了。

她握了握手,让自己平静下来。师父,您出来多久了?我送您回去吧?

你真的不想知道……她是谁吗?程雪仙的声音怯怯地,一只手紧紧地攥着台布。

师父,我饿了。闫秀玲缓缓说道。

程雪仙的手从台布上松开,声音恢复了力道,服务员,点菜!

师父要了黄酒,妙妙陪她喝了一会,师父的脸渐渐红润起来,仿佛重新涂上了油彩。至于师父又都说了些什么,她已经听不见了,但有一个词,还是匕首一样刺进她的耳朵——男孩。她端起酒杯,喝了一大口,心里竟隐约有种如释重负的感觉。她被这感觉吓了一跳。然后,她就踩着云彩离开了这里。在起飞的瞬间,她看到了爸爸的棺木。出殡前的那天晚上,有那么一刻,妈妈不在身边,她站在棺木前犹豫了很久,一股恐惧阻挡着她的脚步。她抬起胳膊,手指在虚空中颤动了一下。是的,即便是现在,她还是不敢推一下那个薄薄的盖子,去看看躺在里面的爸爸。

香奈儿

王军盯着手里这个柠檬色小布包,比儿子的文具盒大不了多少,无论如何不能相信它值四万多。

他把拉锁拉上,再打开,又把里衬掏出来,用两个手指捻了捻,难道里面藏着金子？说着,将包放在耳边使劲摇了摇,仿佛真有金子缝在里面。老婆一把夺过包,别给人家折腾坏了！他扫了一眼电脑屏幕,页面上是这个包的放大图,几乎和面前这个一般大小。不会错的。这是香奈儿官网,标价清清楚楚：＄7200。啧啧,四十我都不买。这也装不了啥呀！她摆弄着。你懂个屁！这叫名牌。不知为什么,心里有点不舒服。老婆挎上包,对着镜子照起来。包的小巧显得她的身材更加肥胖,仿佛贴在腋下的一贴膏药。王军说,快摘下来吧,这包一到你身上,我看连四块都不值。

那天,许丹戴着一副大墨镜,边打手机边上了王军的车。她一张嘴,王军就知道了她是谁。对于一个出租车司机来说,她的声音就是商标。她说,去铁西六街口的富豪汽车修理厂。停了一下,在王军启动汽车的轰鸣声中,又补充道,取我的车。然后接着打电话。浅栗色长发垂到胸前,闪闪发亮,发根部隐隐露出新长出来的黑。王军从后视镜中窥视着这个女人。她似乎在谈着一个广告方面的话题,语气十分熟络,偶尔拖长音调——刘总,今年你就多投点钱嘛……接着发出修饰得非常好听的笑声,幅度控制得恰到好处,像按摩一般。无数个夜晚,王军在寂寞的大街上奔跑的时候,享受过这声音的按摩。那时刻,他常常认为这享受是只属于他一个人的。

发现许丹的包落在车里,是她下车20多分钟以后的事。他一路狂奔去缴养路费,因为那边排队的哥们说,马上就轮到了。看到包的刹那,他吃了一惊,第一反应是给她送回去。但现在不行。见哥们从远处走来,他迅速把包塞进了副驾驶前的抽屉里。

重新回到车上,他拿出包。一丝淡淡的香味飘过来,他深深地吸了一口。这是她身上的味道。将包的拉链打开,里面的东西不多。一张电台的门卡,上面印着她的照片、名字和部门。果然没错!此外,还有不足200元的零钱和一个装卡的小夹子。他有点失望。起码会有一支口红吧?他以为。这时候,收音机里传出一条寻物启事,找的正是这个包,够快的。结尾照例是联系电话和"有酬谢"三个字。他在心里默念了一遍电话号码,掏出手机,拨了出去。就在接通的瞬间,又慌忙挂断了。他觉得,今天穿得太邋遢了,胡子也没刮。阳光斜射进来,小巧玲珑的包散发着温暖的光泽,他摩挲着,忽然很想拍两张照片,于是举起手机。

　　本打算回家之后,就把包放到角落里,明天早上走时再带走。可还是被老婆看到了。她从厨房出来,顶着一头浓烈的葱花味,一把抓过包,车上捡的?他没吭声。你没在下车那地方等人家一会?他把包拽过来,烦不烦,每次都这么唠叨。这是电台主持人许丹落在车里的,明天就还!老婆竟然来了兴致,就是老给人解决家里事的那个许丹?哎,她咋坐你车了呢?废话!打车呗。王军懒得跟她细说,换完鞋准备进屋。老婆并不满足,里边都有啥?给我看看。说着又要拿包。别翻!王军提高了嗓门。老婆一撇嘴,转身又钻进油烟机嗡嗡作响的厨房。

　　夜里,王军睡不着,起来到客厅上网。儿子已经睡了,他尽量减少身体的动作,鼠标的咔哒声像暗夜里的蚊虫。他进入了许丹的微博。他是她的粉丝,叫替班老王,头像是一只犀牛。许丹刚刚更新了一条微博,写道,偶超喜欢的一个包包不见了,等待中……两句话中间夹着个哭脸图案。他想在评论里安慰一下她,但四万元像王母娘娘的簪子,瞬间在他们之间划出了一条银河。手在键盘上犹豫了一下,拿开了。

　　第二天早上,他还是刮了胡子,换上一身精神点的衣服。待上班高峰过去后,找个地方停下车,从手机里调出昨天拨过的那个号码。如果她问"喂?",自己接下来说什么呢?如果是昨天,他可能会说,你的包落在我车上了,我给你送去?但是今天,他改变了主意。你过来取吧!随着这句话的确定,王军脸上的表情也紧绷起来,仿佛穿上了一副盔甲。他拨通了电话。

喂?你好!电话里传出一个女人的声音,把盔甲穿成职业装的那种。王军一愣。喂?你好!声音毫不走样地重复了一遍。王军踌躇了一下,刚要说话。啪!那边挂断了。我操——王军拉了个大长音,果断地按了重播键。这次响足了六声,对方才接。干吗把电话挂了?我这还没说话呢!王军抢先开口。请问您有什么事?声音依然那么冷静。让机主接电话,没工夫跟你废话!他听出这个人不是许丹。对方说,我这里是交通台办公室,您如果没什么事,我就挂了。交通台办公室?办公室也有手机?这可有点出乎王军的意料。他顿时有点心虚,但依然硬着口气问道,昨天你们不是播了一个寻物启事吗?寻物启事多了,哪个?就是丢包那个!留的这个电话。对方的语气稍微缓和了些,你捡到了?不捡着我能打电话呀?我没事闲的?对方重新套上盔甲,那你就送到电台来吧,有200元家乐福超市的购物卡做酬谢,我代表失主感谢你!说完,不等王军回话就挂断了电话。我操!王军看着手机,恨不得钻进去抽她一巴掌。他将包重新塞进抽屉,骂了句,去你妈的!发动了汽车。

晚上,快交班前,盔甲女声来了电话。柔和地问道,请问,是你捡到了一个包吧?王军粗暴地答道,没有的事,没捡着。你上午不是打过电话吗?打过呀,我没事闲的,撩闲呢!要不,咱俩聊一会?对方毫不犹豫地放下了电话。王军的心情莫名地畅快起来。他把包套上一个黑色塑料口袋,塞进后备箱里属于他的那个塑料箱子。

　　临睡觉前,老婆想起了包的事,还给她了?嗯。长得跟公共汽车上的美人头一样不?多高个?没见着本人。他的语气很不耐烦。老婆不再问了。过了一会,冒出一句,怪可惜的。

　　王军又来到电脑前,轻车熟路地拐进了许丹的微博。仅一天的功夫,更新了五六条。最下面一条写到:有个人说捡到了,后来又说木有捡到,偶空欢喜一场。后面跟着一个叹气的表情图案。再往上,是晚上的饭局照片。林哥听说她丢了价值不菲的包,召集了一帮朋友,请她吃饭,以示安慰。照片里有一张是捧着木瓜燕窝的一只白皙秀气的手,一张是众人大快朵颐的吃相,还有一张她的头像,面泛桃花。最近一条已经移师到KTV唱歌,贴的是许丹手持麦克在缤纷的灯光中深情吟唱,王军注意到,她身后的包隐隐露出一角,是咖啡色的LV休闲包,经典图案,一望便知。以前王军没注意过这些细节,但四万元像个门槛,跨过来之后,再看许丹的微博,他就变成了计算器。一个嗝突兀地顶上来,蒜茄子味从嘴里散发出来。王军关了网页,回到自己的页面。他的微博是空的。除了名字和头像,什么都没有。他想起最近一次在饭店吃饭是上个礼拜,一个开白班的哥们不干了,准备去干大货,于是就把他介绍给了车主。哥们做东,三个人在一家小烤串店整了两瓶二锅头。晚上回来,他往微博里传了一张席面的照片,写道:整了小八两二锅头,爽!第二天酒醒之后再看,立马删了。原来自己那桌酒席到了微博上,竟然显得那么寒酸。

王军决定把包卖掉。他知道有专门回收二手名牌包的店,八卦市场里有好几家。四万元的包,差不多九成新,怎么不卖个一万块钱?

他将包很随意地放在收银台上,高个子女人的眼珠瞬间闪出两道光芒,假眼毛扑扇扇不停地抖动,将包从里到外检查了一遍,接着又开始看第二遍。王军点燃了一支烟,目光飘向门外。他很享受这时刻。为了这一刻,中午他特意要了12块钱的盒饭,肉、蛋、鱼,一样不少。与每天中午风卷残云的吃法不同,他把车停在一个僻静的巷子里,慢慢地享用。并且在这过程中,设计好了自己的神情、语气和举止状态。

女人边看边漫不经心地问,大哥,发票带来了吧?发票?王军不动声色地想了想,我媳妇从来不留那玩意,买完东西就扔。哦……这包,哪里买的呀?沈阳!王军肯定而迅速地答道。女人笑了,抬起被假睫毛密密覆盖的眼睛,大哥,你可真能开玩笑,这款是限量版,不可能是在国内买的。王军一时语塞。女人并不想为难他,目光又回到包上,开个价吧。一万。王军脱口而出。女人摇摇头,我只能出到2000。说完,把包推回到王军面前。王军感到心跳开始加快。虽然没有达到自己的预期,2000也是个不小的数目。他犹豫了片刻,将手往包上一拍,行!女人脸上绽放出胜利的笑容,一把抓过包,你等等,我叫我老公再看一眼。然后对着身后喊了一声,老公! 一个瘦小的穿着睡衣的男人应声从帘子后面钻出来。他打量了王军两眼,然后把目光落在包上。仔细地检查了外观之后,示意女人把屋里的灯都打开,开始认真查看包的内部。过了一会,他缓缓抬起头,开了口,500。王军一愣,有点摸不着头脑,怎么回事?啊?怎么回事?也顾不上设计好的语气了。女人也吃了一惊,旋即自作聪明道,大哥,这包……来路不明吧?王军急了,怎么说话呢这是?我这样的,像贼吗?男人厌恶地白了女人一眼,把嘴闭上!然后盯着王军,把声音放低,但是加重了力量,仿的!王军又是一愣,像被突然捅了一刀,这个宣判是他万万没有想到的。许丹的包,怎么可能是假的呢?

他夺回包走出店门,上了车,开了好远,才回过神来。仿的!男人的声音在他耳边回荡着。不可能!也不看看是谁的东西。无非是想压价。他断定。我才没那么傻!

他再次进入许丹的微博,想找到证据。官网上说,这是今年的新款,那么一定是今年买的。也许微博里会有记录。他一条一条地看,一页一页地翻,眼睛都要花了。许丹的微博太繁杂,有时候一天发三四十条,有时候一条被转了十来遍。比如,她发上来一张照片,有人夸漂亮,她回复一个羞涩的笑脸,转一次。又有人夸,她就再回复,并且又转一次。越转字数越多,照片就不停地重复出现,像刷屏一样。忙活到后半夜两点,王军觉得右肩膀都要掉下来了,终于看完了从今年元旦到现在的所有内容。但是,没有找到这个包的原始信息,它是在丢了之后,才出现的。

王军有点动摇了,但仍然抱着希望。

几天之后,他在站前拉到一个没赶上火车的外地人,要打车去沈阳。若是平常,他肯定不跑。有专门跑长途的出租车,两边都有人拉客,来回都有生意。跑市内的车十有八九会空着车回来,不划算。但是,为了香奈儿,他决定跑一次沈阳。

虽然做好了各种思想准备,听到结果的刹那,他还是不愿意相信。接连跑了三个箱包市场,鉴定的结果都是假的。而且,只有一家出到300元回收,其余都嫌是旧的,根本不要。

王军有点撑不住了,这不是体力上的事。在回程的路上,他感到自己的心像被洗劫过的厨房,说不清楚是什么滋味。中途他两次停下车,站在路边方便。因为这一路上一直在喝水。他希望水可以将心里复杂的滋味冲淡,甚至冲走。他不擅长承受这么复杂的滋味。他知道这难受不是儿子的新羽毛球拍泡汤了,也不是老娘的远红外线治疗仪要再等几个月才能买。不是这些。这些具体的事情,多年来他一直在应付,或早或晚,总有解决的一天。实在解决不了,家人也都能理解。他早就习惯了。他在凤凰传奇的高声吟唱中,不可遏制地想起了开夜班的那些日子。

许丹在交通台做一档夜间谈心节目,通过热线电话,解答听众工作、学习、情感、人际关系等方面各种琐碎的疑问和烦恼。每天给她打电话的什么人都有,因失恋寻死觅活的大学生,有了外遇又不想离婚,说话遮遮掩掩的中年男人,想把儿子对象搅和黄了的更年期妇女,嘛事也没有,不知说了什么骗过导播,只为了和许丹说句话的色迷迷的老男人,甚至吸毒者、刑满释放犯……在电波中,她始终亲切、温和、善解人意,像个邻家大姐,劝人真诚、宽容、向善,常常把打电话的听众劝得失声而泣。王军是她雷打不动的忠实听众。午夜时分,当她充满感性的声音乘着他的车,飘洒在城市大街小巷的时候,王军常常有种情人般的满足。他喜欢和陌生人谈论她,会突然问打车的人,你说,她怎么懂得那么多呢?他们通常不回答,只是笑笑。他就接着说,我老服她了!那语气,竟有点自豪。后来,许丹升任了交通台副总监。王军很为她高兴,只是遗憾,开白班之后,不能天天听她的节目了。他依然关注着她,通过报纸、电视的新闻,知道她被评为省优秀新闻工作者、全国五十佳节目主持人、奥运火炬手、市申办全国文明城形象大使……今年年初,作为红十字会的形象代言人,她的头像开始出现在公共汽车的车体上。着白衣的她,笑得像个天使。可以说每取得一份荣誉,王军心里的满足感就增加一分,就跟自己的儿子考了好成绩一样。也许……她还不知道这个包是假的?完全有这种可能!想到这里,王军觉得自己的心终于找到了一个出口。随即为许丹不平起来,她一定是让人骗了。

犹豫再三,他在微博里给她发了一条私信——香奈儿包是假的,丢了挺好。第二天,收到一条回复:你是谁?凭什么说是假的?王军按捺住激动,马上答道:百分之百是假的,你用不着心疼。没想到许丹很快回复过来一条:包是今年春节我在巴黎买的,收据都有。你说是假的,不是存心损坏我名誉吗?王军吃了一惊。今年春节去了巴黎?他回想着许丹微博里的内容,自己从今年元旦看到现在,怎么不记得有她去巴黎的内容呢?他希望是自己弄错了。

这天晚上,当他再次打开许丹的微博,发现她更新了一条。上面写着:忽然很怀念在巴黎的日子。下面是一张大铁塔的照片。王军在网上见过这个铁塔,叫什么什么菲。很少见的,照片里没有许丹的身影。春节去的?王军记得春节期间许丹在沈阳的婆婆家待过,还展示了她做的一道菜。对了,是果蔬沙拉。她用右手托着盘子拍了一张照片,穿着一件大红的唐装马夹,盘子里的果蔬五颜六色的,特别喜庆。王军记得很清楚。他迅速向前翻着网页,想找到那张照片。但是,那张照片神奇地消失了。他的心一沉。

他不知道自己为什么要那么做。那天夜里,他无论如何不能让自己的心平静下来,必须要做点什么才罢休。他站在厨房喝了两大杯白开水,又走到阳台大口大口地吸了三支烟。最后,重新回到电脑前,把手机里那几张包的照片发到了许丹的微博邮箱里。在邮件的主题一栏,他打上了两个字:假包。想了想,又改成了:香奈儿。然后点击,发送。做完这一切,他觉得轻松多了。

隔了两天,他收到了许丹的回信。而他多么希望,她永远都不回复。

许丹说,我不知道你是谁,但是知道你想干什么。这些照片发到网上,足以毁坏我的形象。那么你就开个价吧,要多少钱? 犹如一盆冰水泼到身上,王军一下子懵了。他问自己,真是这样吗? 仿佛一个被冤枉的失恋者,被女人甩了不说,还被诬陷是个流氓。我操! 王军一拳砸在电脑桌上。一声闷响在暗夜里扩散开来,儿子在单人床上翻了个身,木床发出吱呀的响声。王军马上起身,奔到床边,为儿子掖好被子。

他狠狠地敲下两个字:一万。发了过去。

许丹回复:5000,怎样? 我们见个面。

王军的心一软,同意了。

一大早,王军去车主那取回了香奈儿包,顺便请了假。吃过早饭,把儿子送到学校后,他特意到家门口的小浴池洗了个澡。九点中的太阳暖洋洋地照在身上,心情忽然也变得温暖起来。他想起许丹曾经在一次节目里说过,宽容,表面上看是原谅别人,其实是解脱自己。他已经改变了主意,或者也可以说,他原本就没有明确什么主意,才会答应去电台见她。也许,他只是想去见见她,顺便把包还给她。也许。

广电大楼是这座城市最高的建筑,与市政府遥遥相对。王军开着出租车无数次路过这座被金色玻璃包裹的大厦,却从没进去过。

他在大门口的保安面前放慢了脚步,但是保安保持着挺拔倨傲的站姿,没有理他。盘问他的是面部冰冷的礼宾小姐。经过打电话确认,并且详细到连会面时间在多少分钟之内都登记了之后,王军终于坐上了电梯,他感到后背有点潮湿。

走进交通台办公室,一个着深色套裙、化着浓妆的年轻女子从办公桌后面站起来,你好!请问有什么事?王军想起电话里的盔甲女声,想必就是她了。我找……找许丹。女子面无表情,上下打量了他一番,是姓王吗?他连忙点头。她用手往沙发一指,请坐,许总监接了个电话,刚出去。您等一会吧。说完,回到她的座位上。王军很不自在地在宽大的皮沙发上坐下,后背没触到靠背,差点仰倒。他忙调整上身。盔甲女扫了他一眼,目光重新回到电脑屏幕上,手在键盘上敲击着什么。坐了一会,王军问,能……抽烟吗?我们全大厦都禁烟。她没看他。王军把一只空手从兜里抽了回来。

盔甲女忙活了半天,终于重击了一下回车键,然后偏过头来问他,你是来领奖品的吧?什么?王军听得一头雾水。许总监临走前交代了,有位王先生上午来领一份5000元的大奖。她停顿了一下,放慢语速,还有件东西要给她。哦。王军似乎明白了一点,忙把装着香奈儿的袋子放到茶几上。女子走过去,拿过袋子,往里面看了看,放到自己的椅子旁边,重新坐好。又问,带身份证了吗?过来登个记吧。她把一份表格推到办公桌的边上,示意他过来。王军像木偶一样站起身,走过来,在女子的指挥下,写下了自己的名字、身份证号码。女子麻利地收起表格,又变魔术般地呈现出一个信封,递给王军。奖品都在里面了。王军梦幻般地接过信封,不知自己又说了什么,便在盔甲女面具般冷漠的笑容中被送出了办公室。

他恍惚着走进电梯,什么键子也没按,电梯就急速向下冲去。身体摇晃了一下。

当电梯门打开的刹那,他差点喊出她的名字。不错!是许丹。栗色长发闪着光泽,笑声里藏着习惯性的尾音。她与一个和她年纪相仿的女人亲热地说笑着,进了电梯。站到王军前面,背对着他,只有两拳之隔。王军感到心怦怦地跳起来。她的名字在他的嗓子眼里,像一个随时准备抢跑的百米运动员。然而她似乎并未意识到他的存在,将手扶在那人的胳膊上,加重了语气,我告诉你,别等着了,多少人惦记这个位置呢!那人点了点头,收起笑容。许丹向后侧了侧头,用余光扫了一下王军。沉默片刻,王军刚想开口,她却将身子向女人靠了靠,放低声音,硬送。去他家。那女人皱了一下眉,还是买点东西好吧?许丹搡了她一下,怎么不开窍呢?!人家缺啥呀?还是广播里那个充满感性的声音,而语气、语速却是如此不同。王军有点不相信自己的耳朵,名字一下子卡在喉咙处。电梯此时到达一楼。许丹站着没动,旁边的女人拽她,下呀。许丹用手拍了一下她胳膊,不去了,刚才小吴给我电话,说那个来找我的精神病已经走了。我那还一堆活呢。王军的身子一震,下意识地迈出电梯。就听身后的女人说,怎么老有精神病来找你呀?当个名人也真够不容易的!许丹笑道,没办法呀!哈哈……电梯门"嘭"地关上,笑声被隔住,坐在轿厢里闪着红灯向上窜去。

王军站在金色玻璃大厦的阴影里,一时间不知自己身在何处,有什么东西将心口堵住了。他不能相信刚才发生的一切,但手里分明还捏着一个无比真实的信封。

他一把撕开信封。两张薄薄的纸片露出来。一张是家乐福超市200元的购物券。另一张是腾达体育器材商店的实物兑换券,居中印着两行大字:高级拳击沙袋、手套、比赛服、护具一套,价值4800元。下面是鲜红的商店圆形公章,再下面,是一枚小小的方形印章,王军仔细看那印章,用一种很扭曲的字体画着四个字:许丹之印。王军抖了抖信封,空了。

那四个字像谜底一般,亮在王军的面前,他感到,一场绚丽的魔术表演终于在最后的刹那,无可挽回地穿帮了。他愤怒地将两张纸片一撕两半,叠在一起,又撕成两半,一甩手,扔到路边的垃圾箱里,然后狠狠地冲着大厦的方向吐了一口唾沫!他打电话给车主,说事办完了,可以把车送过来了。他要离开这里,马上!

一阵风密集地吹过,几块浓重的乌云正缓缓地压过来。

临开车之前,他踌躇了一会,还是折回到垃圾箱边,小心地翻出那些碎纸片。印着许丹印章的那一角已经被风吹走了,所幸超市的购物券还是完整的。他在车里翻出一帖自己用剩下的治颈椎的膏药,揭开,将购物券重新拼贴好。200块钱,能给儿子买一大堆好吃的。傻子才会跟钱过不去。

下午,王军在上班途中开了个小差,去了趟家乐福。

在食品区转了一圈,购物车马上装了一大堆花花绿绿的小食品。路过箱包区,他放慢了脚步。一个女人正试背的一个大休闲包吸引了他的目光。那女人的高矮、胖瘦都和老婆差不多。他走过去,也拿起一个。黑色,纯皮,虽然皮质一般,但看着很结实、耐用。他站在那里,抚摩着手里的包,良久。